Indésirable

Valerie Martin

Indésirable

ROMAN

Traduit de l'anglais (États-Unis)
par Françoise du Sorbier

Albin Michel

« Les Grandes Traductions »

À Christine Wiltz,
qui m'a fait longer le Mississippi
pour découvrir le Roi des coquillages

Je ne peux pas vous dire tout ce que nous savons. Mais ce que je suis en mesure de vous révéler, ajouté à tout ce que nous avons appris au fil des ans, est profondément déroutant. Ce que vous verrez est une accumulation de faits et de schémas de comportement troublants.

Colin Powell aux Nations-Unies,
New York, 6 février 2003

PREMIÈRE PARTIE

Sombre crinière luxuriante, épais sourcils, traits acérés, yeux sombres soulignés de cernes, regards sombres posés sur la salle, le maître d'hôtel, la serveuse, le chariot où s'étale une profusion de desserts tentants et riches, et enfin, lorsque Toby la guide vers la table, sur Chloé, qui lui tend la main et dit gentiment, malgré les premières morsures de la panique qui va un temps consumer ses nuits et perturber ses jours : « Ravie de vous rencontrer, Salomé. »

La main qu'elle serre est inerte ; elle la lâche presque aussitôt. Toby avance une chaise et, pendant cette poignée de main tronquée, croise le regard de sa mère avec une expression où elle lit du défi. « Ma mère, Chloé Dale », dit-il.

« Bonjour », articule la jeune femme en se laissant tomber sur la chaise. Toby lui pose un instant les doigts sur l'épaule en un geste possessif. Salomé lui adresse un pâle sourire.

Au téléphone, il avait déclaré : « Elle te plaira. Elle est très différente. Très sérieuse. »

Autrement dit, cette fille n'était pas une évaporée comme Belinda qui, l'an dernier, leur avait gâché tout l'été. En entendant la description de Toby, Brendan avait mis Chloé en garde : « Sois prête à tout : les garçons passent d'un extrême à l'autre.

– C'est vrai, avait-elle répondu. Toi le premier. » Elle n'avait pas oublié la poétesse folle de Brendan, ni sa passade pour une alcoolique anorexique ; mais elle non plus n'avait pas été irréprochable – l'artiste incompris qui lisait trop de William Blake et s'était plongé tout un semestre dans les comptes rendus des assassinats de Manson afin de préparer une série de lithographies représentant des corps de femmes coupés en morceaux.

La serveuse approche, brandissant de lourds menus à couverture de cuir. Toby en prend un, Chloé aussi. Salomé garde les mains sur les genoux, ce qui oblige la fille à se pencher sur la table pour poser le menu entre le couteau et la fourchette. « Vous désirez boire quelque chose ? demande-t-elle.

– Nous prendrons une bouteille d'eau minérale avec le déjeuner, dit Chloé. Et je commencerai par un verre de bordeaux blanc.

– Bonne idée, dit Toby. Moi aussi. »

Salomé lève les yeux du menu et les pose sur la bouche de Toby. « Pour moi, du café », dit-elle.

Elle ne boit pas. Est-ce bon signe ?

« Elle en avale des litres », commente Toby d'un ton indulgent, comme s'il informait sa mère d'un secret charmant. Chloé étudie la jeune femme qui a baissé les yeux vers le menu, un léger sourire sur les lèvres.

Elle ne manque pas d'aplomb, pense Chloé, qui demande : « Alors, comment vous êtes-vous rencontrés ?

– On suit le même cours de sciences politiques, dit Toby. Un cours en amphi. J'avais remarqué Salomé, mais la première fois qu'on s'est parlé, c'était à une réunion pour constituer sur le campus un groupe contre la guerre.

– Parfait, dit Chloé. Vous ne risquez pas d'avoir des discussions assommantes sur vos opinions politiques.

– Quel genre de discussions ? demande tranquillement Salomé, qui continue à examiner le menu.

– Des discussions politiques. Vous êtes déjà d'accord. » Les boissons arrivent ; la conversation cesse pendant que la serveuse emplit les verres d'eau et pose les verres de vin puis le café de Salomé, servi dans un pot en argent assorti d'un plus petit pour la crème. « Voulez-vous que je revienne dans cinq minutes pour vous laisser le temps de choisir ? demande-t-elle.

– C'est peut-être préférable », dit Chloé en regardant son fils, qui répond. « Oui, je ne suis pas encore décidé. » Ils se taisent tous trois pour se concentrer sur les descriptions sophistiquées des plats. « Tu prends quoi ? demande Chloé à Toby.

– J'hésite. Le saumon, peut-être. »

Salomé repousse le menu, bousculant son verre d'eau ; mais elle a des réflexes rapides et le retient en posant une main ferme sur le pied. Chloé remarque ses ongles courts, coupés carrés. Pendant un instant, leur attention à tous trois est happée par ce geste décidé – non, le verre ne se renversera pas – puis, pour la première fois, Chloé reçoit de plein fouet le regard de Salomé. Une sensation déconcertante, comme lorsqu'on voit une araignée sortir fiévreusement de quelque trou noir dans la cave. « Pourquoi une discussion sur la politique serait-elle nécessairement ennuyeuse ? » demande Salomé d'une voix soigneusement modulée, sans aucune agressivité, comme si elle posait une question purement scientifique – pourquoi la gravité maintient-elle les objets au sol, pourquoi la lumière pénètre-t-elle le verre mais pas le bois ?

Toby a raison. Cette jeune personne n'est pas ordinaire. « Elle ne l'est pas nécessairement, concède Chloé. Mais lorsqu'on a un désaccord marqué sur les principes, sans entente possible, la discussion peut devenir très ennuyeuse, très... – elle s'arrête et cherche un mot neutre ... – improductive.

– Salomé adore discuter politique », intervient Toby, qui temporise, comme toujours.

Elle boit des litres de café, adore discuter. Y a-t-il un lien ?

« Je n'adore pas ça, rectifie Salomé. Mais quand c'est nécessaire, je ne trouve jamais ça ennuyeux. »

Ça n'a pas traîné. Chloé se retrouve accusée de juger ennuyeuse la nouvelle élue de Toby.

Elle avale une gorgée de vin et cherche des yeux la serveuse. La décoration de la pièce est agréable et de bon goût : magnifiques lambris, meubles sombres et cossus, nappes damassées, bouquets placés aux endroits stratégiques. Les verres et les cuivres étincellent. La cuisine est excellente, bien qu'excessivement chère. Chloé a choisi ce restaurant, Mignon, parce que Toby l'aime bien et qu'il est proche de l'université. Elle a pris le train, une heure et demie jusqu'à la gare Grand Central ; puis a fait vingt minutes de métro pour descendre à quatre rues de chez Mignon. Il est midi quarante-cinq, elle a rendez-vous chez son éditeur au centre-ville à quinze heures trente, ce qui lui laisse largement le temps de déjeuner sans se presser avec son fils et sa nouvelle petite amie. Elle a voulu leur faire plaisir : ce sont deux étudiants, habitués à la nourriture fade de la cantine ou à la cuisine bon marché et nourrissante des restaurants ukrainiens du Lower East Side. Son regard se pose sur Toby : il paraît nerveux et fait semblant d'étudier le menu. Elle observe ensuite Salomé, qui sucre copieusement son café : deux pleines cuillerées.

Elle éprouve une bouffée de pitié pour cette jeune fille qui, manifestement, est hors de son élément et sur la défensive. Ce n'est jamais drôle de rencontrer la mère de son petit ami, d'abord parce qu'on voit son amoureux se transformer en fils d'une femme plus âgée. Mais ce pourrait être bien pire, aimerait-elle dire à Salomé. Si vous aviez vu ma belle-mère, une vraie mégère. Le pire, c'était que Brendan trouvait sa mère extraordinaire. En sa présence, on aurait dit un petit toutou qui passait son temps à faire le beau pour lui plaire. Tandis que Chloé est charmante, de l'avis général, et ses relations avec son fils, chaleureuses. Ces pensées complaisantes la détendent et, quand Salomé porte la tasse à ses lèvres en lui jetant par-dessus le bord un bref coup d'œil nerveux, Chloé lui adresse un gentil sourire.

« Vous avez raison, dit-elle, la politique, c'est sérieux. Surtout en cette triste époque.

– Ce crétin est d'une arrogance incroyable ! s'exclame Toby. Voilà que nous n'avons plus besoin des Nations-Unies ! Comme si le reste du monde n'avait plus aucune importance.

– C'est une marionnette, déclare Salomé. Les gens dangereux qui le manipulent restent à l'arrière-plan. »

La serveuse reparaît pour prendre leur commande. Chloé prend note du choix de Salomé : elle doit être végétarienne. Toby commande du saumon et Chloé, la salade au canard, comme d'habitude. La serveuse, une rousse aux yeux vifs – Toby n'aurait-il pu tomber amoureux d'une fille comme elle ? –, regarde attentivement Salomé, stylo en l'air.

« Je prendrai la salade César, mais sans anchois », dit Salomé.

Pure et dure, dira Chloé à Brendan : ni alcool, ni viande.

La serveuse s'éloigne. Toby choisit un petit pain dans la corbeille et commence à le tartiner généreusement de beurre. « Il y aura un meeting contre la guerre dans le parc le quinze, dit-il. Nous avons déjà quatre-vingts signatures.

– Parfait, dit Chloé. J'en parlerai à ton père. Il est tellement furieux qu'il a besoin d'un exutoire. »

Toby hoche la tête et enfourne la moitié du petit pain. Il est toujours affamé. À quinze ans, il a commencé à avoir un appétit qui ne s'est jamais démenti ; pourtant, il n'a pas un gramme de graisse. Chloé présente la corbeille à Salomé qui prend un petit pain au froment et le dépose soigneusement sur l'assiette à pain de Chloé. Si cette fille ne mange pas de pain, se dit Chloé, elle ne se rendra jamais compte de son erreur. « Vous avez aussi choisi les sciences politiques comme dominante ? demande-t-elle en posant la corbeille près de son fils.

– Non, répond Salomé. J'ai pris relations internationales, avec option Balkans.

– Tiens, c'est peu banal !

– Elle est croate », annonce Toby.

Chloé digère l'information en silence, ne sachant trop comment réagir. Cela explique-t-il cette passion pour la politique ? Les Croates sont-ils musulmans ? « Mais vous n'avez pas d'accent, dit-elle.

– J'ai grandi en Louisiane. »

Des Croates en Louisiane ?

« Son père est le "Roi des coquillages" », dit Toby.

Chloé avale une autre gorgée de vin en pensant à l'illustration de Tenniel pour la chanson du Morse et du Charpentier dans *Alice*, qui invitent les huîtres naïves à faire *une petite excursion, une petite discussion, le long de la plage salée.*

18

« Et qu'est-ce qui vous a décidée à venir à New York ? demande-t-elle.

– J'ai obtenu une bourse.

– Elle est très intelligente, commente inutilement Toby.

– Ça doit beaucoup vous changer, dit Chloé. Et vous vous plaisez ici ? »

Le regard de Salomé croise un instant celui de Chloé, mais se détourne aussitôt pour examiner la salle sans se presser, comme si sa réponse allait être dictée par les photographies encadrées de scènes de rue à Paris, alignées sur le mur du fond, par la qualité du linge de table, les bavardages discrets des autres convives, la blouse blanche impeccable de la serveuse qui, au grand soulagement de Chloé, s'approche de leur table en portant en équilibre trois assiettes sur l'une desquelles elle reconnaît sa salade de canard. Mais enfin, pense Chloé avec agacement, la gorge serrée sur des mots qui lui viennent pêle-mêle sans qu'elle puisse s'autoriser à les prononcer, je ne vous demandais pas votre avis sur ce restaurant ! Adossé à sa chaise, Toby hausse les sourcils, dans l'expectative. Il attend, comme elle, le verdict de cette étrange créature brune qu'il a tirée, semble-t-il, de quelque marécage où croupissent les réfugiés pour la présenter à sa mère dans un des beaux quartiers de New York. Le regard de Salomé passe sur son visage attentif pour se poser sur sa tasse à café, qui est vide. Elle soulève le pot en argent et verse un ruban de liquide noir dans la tasse de porcelaine. « Pas vraiment », dit-elle.

Lorsqu'ils se retrouvent sur le trottoir et regardent disparaître Chloé dans le flot incessant des passants, Toby lance à Salomé : « Tu vois, ça n'a pas été si pénible !

– Je ne crois pas lui avoir plu, dit-elle.

– Elle aime ceux que j'aime », affirme Toby, bien que ce ne soit pas la stricte vérité. Il sait que sa mère ne critiquera pas ouvertement un de ses amis, mais cela ne veut pas dire qu'elle n'a pas son opinion personnelle. Il ne s'attendait pas à ce que Salomé fasse la conquête de Chloé, mais il avait espéré qu'une obscure connivence féminine atténuerait l'inévitable tension. Or il n'en a rien été, et ce, malgré tous les efforts déployés par sa mère, il doit le reconnaître. Salomé s'appuie contre lui et il sent le moelleux de sa poitrine contre son bras. Elle est gênée de s'être si mal comportée, en conclut-il, et craint qu'il ne soit fâché.

« Peu importe », dit-elle. Ils retournent en direction du sud, vers l'université, et elle glisse sa main dans la sienne. Au feu rouge, elle lève le bras pour lui caresser la joue et, quand il la regarde, se dresse sur la pointe des pieds pour effleurer ses lèvres d'un baiser. Il l'accepte et passe une main sous son menton pour prolonger le contact. Avant que son colocataire ne rentre de son travail, il leur reste deux heures, et ils les passeront sur le futon qui prend presque toute la place dont dispose Toby. Le temps d'automne est idéal, frais et sec. Sur les arbres rabougris plantés sur le trottoir dans des carrés de poussière vitrifiée, sans couleur, les feuilles ont déjà viré au jaune anémique. Toby aimerait courir sur la centaine de mètres qui les sépare de l'appartement pour pouvoir passer quelques minutes de plus au lit avec Salomé. Il lui entoure les épaules d'un bras pour lui faire presser le pas. Au contact de cette ossature délicate sous la peau, de cette taille mince, il sent un frisson de désir lui traverser le ventre. Elle a raison. Peu importe ce que sa mère pense d'elle ; ou son père ; ou quiconque, d'ailleurs. Il est inévitable que leur réaction soit vive, d'ailleurs, car Salomé ne ressemble en rien aux femmes qu'il a connues. Comparée aux anciennes élèves d'écoles privées coûteuses, des filles bien-pensantes que ses opinions perturbent, aux citadines branchées arborant tatouages et piercing à la langue, aux boursières de l'Amérique profonde qui se retrouvent avec des cris de joie en se tombant dans les bras quand elles ont été séparées plus d'une heure, Salomé ressemble à un jaguar au milieu de poulettes timorées.

« Drôlement exotique, Toby, a dit son colocataire après l'avoir rencontrée. Tu es certain de pouvoir assurer ? »

Elle n'est pas commode, il doit le reconnaître. Elle ne fraie pas avec grand monde, à l'exception des deux filles avec qui elle partage un appartement, deux étudiantes de troisième année en art dramatique, auxquelles elle n'accorde aucune importance. Sa chambre, jadis une soupente, est tapissée de broderies encadrées. Sur une étagère s'entassent des statues de ses saints favoris et des chandelles votives qu'elle allume pour implorer des faveurs. Le dimanche, elle se met un châle de dentelle sur les cheveux et va à la messe à l'église croate de la 51ᵉ rue. Après quoi, elle reçoit le coup de téléphone hebdomadaire de son père, le Roi des coquillages. Pendant leur conversation, Toby s'étire sur l'étroit matelas, déconcerté par cette langue rude et impénétrable. Elle hausse le ton, elle semble furieuse – il a du mal à imaginer ce qu'il éprouverait s'il s'adressait à son père ou sa mère avec une telle véhémence – puis, sans transition, elle se fait calme et affectueuse. La conversation se termine toujours par ce qu'il interprète comme des mots doux tendrement roucoulés.

Quand elle l'attend dans un café, elle passe le temps en faisant du crochet : des carrés de dentelle qu'elle donnera aux professeurs qui ont conquis son admiration. Ceux qui lui déplaisent sont soumis à un feu roulant de questions si ardues qu'ils pâlissent quand ils voient sa main se lever au milieu de ses condisciples somnolents.

Elle apporte la même énergie, le même naturel franc dans la chambre minimaliste où ils ne vont pas tarder à se jeter l'un sur l'autre avec une exubérance féline et à lutter pour rire. Elle commencera à se déshabiller à peine la porte franchie, tirant Toby vers le lit avec une impatience qui l'enchante. Quand sa chevelure lui tombe sur le visage, il respire un parfum de clou de girofle, et sa peau a une odeur chaude, complexe, épicée. Lorsqu'elle croise bras et jambes derrière son dos, elle le serre si fort qu'il sent vibrer ses muscles contractés, et entend son souffle contre son oreille, rapide et régulier jusqu'à l'ultime moment.

En tournant le dernier coin de rue avant l'appartement, il est bien loin de penser à sa mère, aussi est-il très surpris lorsque Salomé lui lance : « Ce que je ne comprends pas, c'est pourquoi ta mère a dit d'emblée que ton père viendrait au meeting. Pourquoi elle ne viendrait pas elle-même ? Elle a peur de se faire arrêter ?

– Non, non, proteste-t-il. Elle viendra. C'est certain.

– Pourquoi ? Pour s'ennuyer ? »

Ils sont arrivés à l'entrée, deux marches en ciment devant une véritable herse : blindage d'acier et barres de fer. Toby lâche Salomé et plonge la main dans sa poche pour chercher ses clés. Elle se perche sur la marche derrière lui et regarde d'un œil hostile le misérable carré d'herbe mitée entouré d'une clôture grillagée. « Oh écoute, dit Toby en enfonçant la première clé dans la serrure, pourquoi l'as-tu agressée ? Elle voulait juste alimenter la conversation.

– Je ne l'ai pas agressée. Je lui ai juste demandé ce qu'elle voulait dire, merde ! »

Le premier verrou s'ouvre avec un clic. Toby pousse la grille, ce qui force Salomé à descendre de sa marche. « Ce n'était pourtant pas compliqué ! » rétorque-t-il. La scène se rejoue dans son esprit à un volume tel que le restaurant s'est figé pour entendre l'outrage fait à sa mère. « Elle voulait dire que c'était une bonne chose que nous ayons les mêmes vues sur la politique, que nos opinions ne provoquent pas de disputes. C'était une réflexion parfaitement innocente, Salomé. Elle n'a jamais dit que la politique était ennuyeuse, ni que tu étais ennuyeuse. Elle a dit que se disputer était ennuyeux. La preuve. »

Le deuxième et le troisième verrou cèdent devant la force de l'argument et Toby ouvre la lourde porte en grognant sous l'effort.

« C'était une réflexion condescendante », insiste Salomé, parlant à son dos. Il traverse l'entrée et fonce vers l'escalier, sans se retourner, la laissant fermer la porte et le suivre. « Oui, condescendante, répète-t-elle en montant lourdement derrière lui. Elle voulait me faire bien comprendre qu'elle se moque de ce qui compte pour moi. »

Toby monte l'étage suivant quatre à quatre, la main serrée sur la dernière clé. À la porte, il la glisse dans la serrure et regarde Salomé derrière lui dans la pénombre de la cage d'escalier. Elle baisse la tête et monte, une main blanche crispée sur la rampe. Un mélange de pitié et de consternation assaille Toby, coupant le désir qu'il éprouvait sur le trottoir aussi sûrement qu'une main posée à plat sur une corde vibrante. « Écoute, Salomé, c'était très gentil de la part de maman de nous avoir invités à déjeuner. Mignon est un excellent restaurant, pas spécialement bon marché, et elle a pris cette initiative pour qu'on passe un moment agréable. C'est quelqu'un de très gentil. Elle aime faire plaisir, elle agit sans calcul.

– Si elle voulait nous faire plaisir, pourquoi ne pas avoir choisi un endroit où une personne normale se sentirait à l'aise ? » Salomé arrive au palier et relève ses cheveux qui lui tombent sur le front. « Je ne vois pas quel plaisir on peut trouver à payer une salade vingt dollars.

– Ce n'est pas toi qui as payé, c'est elle, lance-t-il en bloquant l'entrée, si bien qu'elle est obligée de lever les yeux vers lui. Elle a les moyens et elle nous a invités. Si elle nous a emmenés là, c'est parce qu'elle sait que j'aime bien ce restaurant. Je suis quelqu'un de normal, et il me plaît.

– Tu prends son parti, dit calmement Salomé.

– Il n'y a pas de parti à prendre », s'exclame-t-il. Elle passe devant lui dans l'espace mal éclairé que forment le salon et la cuisine, et va droit à l'évier, où elle prend un verre sur l'égouttoir et l'emplit d'eau.

Toby s'arrête à la porte, ce qui symbolise bien l'état de ses émotions : il peut soit entrer, soit sortir ; il peut continuer la dispute, leur première, ou y mettre fin ; il peut lui prendre le verre d'eau des mains, le poser dans l'évier et la conduire à sa chambre ; ou il peut le lui jeter à la figure. Chaque possibilité a ses attraits. Salomé avale la moitié du verre, regardant Toby d'un œil indifférent, alors qu'il est en proie aux affres de l'indécision. Puis, les sourcils toujours froncés, elle porte sa main libre à son col et commence à déboutonner son corsage. Alors, Toby voit qu'elle porte le soutien-gorge noir en dentelle qui se ferme devant. Il entre dans la pièce, ferme la porte derrière lui, et prend juste le temps de reverrouiller avant de se retourner.

« Alors, comment ça s'est passé ? » demande Brendan en examinant les adresses d'expéditeurs sur les quatre enveloppes que Chloé pose une par une devant lui. « Rien que des factures, poursuit-il.

– Bien, dit-elle. Il adore le roman et n'y connaît pas grand-chose en matière de gravure. Je crois qu'il me laissera carte blanche. À mon avis, il faut donner au lecteur une impression d'épines et d'écorce rugueuse.

– Il risque de trouver ça un peu dur », commente Brendan. Il tend la joue pour recevoir le bref baiser qu'elle lui destine. « Ma question portait sur le déjeuner, la nouvelle petite amie.

– Pas très prometteur. Très bizarre, même. Elle est croate ; tu crois qu'elle est musulmane ?

– Croate ? Non. Les Croates sont catholiques en majorité. Où est-elle née ?

– En Louisiane », dit Chloé en se dirigeant vers la porte. Elle ne tient pas à prolonger la conversation sur la petite amie de Toby au-delà du strict minimum.

« Alors elle n'est pas croate, chérie. C'est une Américaine d'origine croate.

– Toby l'a présentée comme croate et elle n'a pas protesté. Son père est un "Roi des coquillages".

– De mieux en mieux.

– Probablement végétarienne, enragée de politique ; elle a avalé quatre tasses de café au déjeuner ; elle se spécialise en relations internationales, avec option Balkans, et elle couche avec Toby.

– Option Balkans ?

– Je savais que ça retiendrait ton attention.

– Tandis que toi, c'est le fait qu'elle couche avec Toby qui a retenu la tienne, dit Brendan, amusé par ses appréhensions maternelles.

– Elle est très abrupte, reprend Chloé.

– Elle s'est montrée désagréable ?

25

– Pas exactement. Mais devant elle, je me suis sentie… »
Brendan pivote sur son fauteuil de bureau pour lui faire
face. En attendant le mot qui va décrire la réaction de
Chloé, il étend ses longues jambes et pose ses talons sur le
tapis.
« Je ne sais pas, conclut Chloé. Elle m'a donné la chair
de poule.
– La chair de poule », répète-t-il d'un ton neutre.
Chloé essaie de préciser. « Elle m'a mise mal à l'aise.
– Comment s'appelle-t-elle, déjà ? demande-t-il. Elle a
un prénom biblique, celui d'une femme cruelle : Dalila ?
Lilith ?
– Salomé », dit Chloé. Brendan hoche la tête. « Salomé
Drago.
– C'est un diminutif. Ça doit venir de Dragonovic ou
quelque chose comme ça.
– Ce qui veut dire ?
– Ovic signifie "fils de", murmure-t-il, pensif.
– Fils de dragon ? »
Brendan hausse les épaules.
Chloé fait passer son sac de toile sur son autre épaule.
« Fils de dragon et fille du Roi des coquillages. J'ai hâte
de la rencontrer, déclare Brendan.
– Ça ne durera pas, prédit Chloé.
– Non, ça semble peu probable, en effet. » Les yeux de
Brendan se reportent vers les livres et les blocs de papier
entassés sur son bureau.
« Comment va la croisade ? » demande Chloé, espérant
que la réponse sera brève.
Brendan prend ses lunettes. « Frédéric s'apprête à passer
un accord avec le sultan Al-Kamil au sujet de Jérusalem.
– Ça non plus, ça ne durera pas.

– Ça durera huit ans, ce qui est plus qu'on peut en espérer des accords conclus de nos jours. »

Jérusalem, pense Chloé. Si seulement Dieu voulait bien envoyer de nouvelles tables pour préciser quel groupe de réfugiés bafoués forme le « vrai » peuple élu.

« Je vais travailler un peu », dit-elle. Brendan lève une main au-dessus de ses pages, un geste qui tient à la fois du salut et du congé. Son attention est à nouveau absorbée par le compagnon qu'il s'est choisi, Frédéric de Hohenstaufen, l'empereur du XIIIe siècle dont la puissance et la ruse ont surpris ses contemporains au point de lui valoir le surnom de Stupor Mondi, la merveille du monde.

En arrivant dans la clairière, Chloé effraie une biche qui la regarde à peine avant de détaler dans les broussailles. Elle se dirige vers l'étroite terrasse, jonchée de feuilles rouges et jaunes, et ouvre la porte vitrée. L'automne est une saison de contradictions, pense-t-elle en posant son sac sur sa table de travail et en mettant la bouilloire sur la plaque chauffante. L'explosion de couleurs, l'air tonique, empli d'ions. On dirait une promesse, alors que pour les créatures vivantes, l'automne n'annonce rien de bon. Les journées raccourcissent déjà : il n'est que cinq heures trente et il fait sombre dans la pièce. Il va falloir allumer. Elle prend son mug sur la desserte et examine la pièce encombrée tout en ouvrant son paquet de thé. Le moment est venu de faire place nette après le dernier projet, ce maudit livre de cuisine pour enfants qu'elle avait accepté parce qu'il était bien payé et que le directeur artistique était un ami de longue date. Le travail ne lui avait guère donné de plaisir. La maquette lui était arrivée avec les illustrations programmées. Elle a un modèle d'enfant dans son répertoire, un être androgyne au sourire serein, auquel on peut donner l'air malicieux ou sérieux en ajustant la ligne des sourcils. Il devait y avoir cinq enfants dans ce livre de cuisine, dont un Noir, bien sûr, et un autre vaguement asiatique, avec des cheveux noirs et raides. Ils mélangeaient des ingrédients dans des bols, utilisaient des mixers, retournaient des crêpes et, lors du festin final, se goinfraient de brownies.

Bon débarras, pense Chloé. Et maintenant finie la couleur ! Elle ouvre son sac en toile et y plonge la main. Lorsque ses doigts découvrent, logé entre son carnet de croquis et son portefeuille, le livre de poche qu'elle a acheté à la librairie de la gare elle éprouve un curieux frisson, presque un frisson de cinéma. Une légende s'inscrit sur un écran imaginaire : *les doigts tremblants, l'artiste découvre le projet définitif.* Elle repêche le roman dont elle examine la couverture, où un arbre courbé par le vent étend ses branches menaçantes au-dessus d'une femme qui tente de lutter contre les rafales. Elle découvre qu'il s'agit d'un détail d'un tableau de Corot, *Le coup de vent* qui, par un concours de circonstances impliquant sans doute vol et guerre, est maintenant en possession du musée Pouchkine à Moscou.

C'est un livre de poche très ordinaire, avec un appareil critique réduit au minimum et une qualité majeure : sa petite taille. Il passera les six prochains mois dans sa poche, pour être lu à chaque moment libre, marqué au surligneur jaune et bleu, parsemé de post-it, le dos cassé, les pages couvertes de taches d'encre et de café. Brendan a une expression pour sa méthode : il dit qu'elle « prend pension dans le livre », ce qui n'est pas une mauvaise description, car elle ne cherche ni à mémoriser le texte, ni à en faire une étude critique, mais à l'habiter. Pendant la durée du travail, il doit devenir le champ de manœuvres de son imagination.

Indésirable

La bouilloire se met à hurler. Obéissante, elle l'ôte de la plaque chauffante et verse l'eau bouillante dans son mug. Son regard se pose sur l'aquarelle encadrée au-dessus du plan de travail : elle a servi de préparation aux pommes de pin qui décoraient la page de garde de l'édition pour enfants de *Walden*[1], le travail mal payé et très accaparant qui l'a certainement conduite à celui qu'elle entreprend. « Merci, Henry David », murmure-t-elle. Son *Walden* n'a gagné aucun prix, mais il a été finaliste à trois reprises et s'est bien vendu. C'est un livre de facture élégante, dont Chloé a contrôlé le moindre détail. Le Pr Warnick, l'universitaire qui a choisi les passages de l'œuvre initiale, lui a dit combien il déplorait que l'ouvrage soit relégué à la section littérature enfantine. Chloé s'était plongée dans la vie du grand excentrique, avait lu deux grosses biographies, fait deux voyages à Princeton en voiture pour de longs entretiens avec le Pr Warnick. Puis, armée de sa lettre d'introduction, s'était rendue à Harvard et à Concord pour examiner les papiers encore existants.

La jaquette et la reliure du livre sont vert de sève, mais à l'intérieur, tout est sépia. Elle avait fait cent dessins et une douzaine d'esquisses à l'aquarelle pour préparer les vingt gravures, ce qui lui avait pris presque une année. Ce petit livre sans prétention, à la présentation discrète, correspond tout à fait aux principes d'un ascète qui avait pour seuls sièges deux chaises dans son salon. En travaillant, elle en était arrivée à un détachement bouddhiste, une retenue et une sérénité profondes qu'elle espère retrouver pour le travail à entreprendre.

---

1. *Walden, ou la vie dans les bois* (1854), de Henry David Thoreau (1817-1862). (Les notes sont de la traductrice.)

Elle prend sa tasse et le roman pour s'installer dans le fauteuil près du poêle à bois froid. Dans le train, elle avait lu l'introduction, qui comprend un résumé des critiques depuis la publication, ainsi qu'une bibliographie à étudier de près. S'y ajoutait une « notice biographique », texte frileux et nombriliste que, d'après Chloé, on aurait pu attendre sous la plume d'un parent dépourvu d'imagination, mais non sous celle de la sœur de l'auteur, romancière elle-même, qui ne s'y était guère distinguée. Du moins l'auteur qui, de son vivant, avait eu juste le temps de voir son imaginaire puissant traîné dans la boue par la presse londonienne s'était-elle vu épargner l'humiliation de lire les justifications boiteuses de sa sœur.

Malgré tout, Emily Brontë avait eu plus de chance que le malheureux Thoreau, qui avait rempli ses étagères avec l'essentiel de la première édition de *Walden*. En regardant d'un peu plus près la note biographique, Chloé s'avise d'un fait surprenant : Emily Brontë est née juste un an après Thoreau, et dans un coin perdu elle aussi, encore que le presbytère de Haworth, battu par les vents, ait été plus éloigné de l'univers du commerce que Concord. Deux sensibilités plus disparates avaient-elles pu exister en même temps sur la planète ? Thoreau, tout en observation patiente, doté d'un tempérament ironique, réfractaire, mais paradoxalement, plutôt chaleureux. Brontë la rebelle, la passionnée, glaciale, hautaine, plongée dès le berceau dans des contes fantastiques, élevée dans une maison dont la porte donnait sur un cimetière. Pourtant, ni l'un ni l'autre ne supportait d'être enfermé ; ils se sentaient plus à l'aise dans une tempête qu'au coin du feu ; tous deux étaient inaptes à un travail ordinaire, solitaires par nature. Même en tenant compte de la différence des fuseaux horaires, il devait y avoir eu beaucoup d'heures par jour où le jeune Henry et la jeune Emily se promenaient dehors sous la pluie, Henry accompagné à l'occasion d'un ami et Emily d'un chien.

Une promenade avec Henry et Emily. Refermant son livre, Chloé regarde le chemin forestier ombragé d'érables, de marronniers et de hêtres qui pleurent tous des feuilles bigarrées. Ils se seraient détestés. Elle l'aurait trouvé sec et mou ; il l'aurait jugée égocentrique et irrationnelle.

La forte détonation d'un fusil, toute proche, arrache Chloé à sa méditation critique. Une pause apaise l'air, puis trois coups de feu se succèdent rapidement.

« Le salaud », s'exclame-t-elle, se levant d'un bond. Dans sa hâte de traverser la terrasse, elle se cogne cruellement le tibia contre la plaque du poêle. « Merde », jure-t-elle.

Mike remonte l'allée d'un pas décidé, les épaules basses, la tête relevée pour ne pas être gêné par les soubresauts de l'animal condamné qu'il tient serré dans sa gueule implacable. Un assassinat, pense Brendan, qui se détourne de la fenêtre. Qu'est-ce que c'est ? Un campagnol, un écureuil rayé ? Mike est sans pitié, une terreur pour tout ce qui passe à portée de ses pattes. Si Chloé le voyait, elle lui ferait lâcher prise pour libérer la créature blessée, et se battrait bec et ongles contre l'instinct naturel. Si l'animal mourait, elle passerait plusieurs heures à faire des croquis de la dépouille à plumes ou à poils, puis elle prendrait une pelle pour aller l'enterrer. Brendan y voit une routine aussi morbide qu'inutile, même s'il peut comprendre l'avantage d'un sujet mort pour un artiste : il ne risque pas de bouger. Chloé a un carnet entier de croquis de sa mère mourante à l'hôpital. Elle a avoué à Brendan qu'elle avait réalisé le dernier dans les deux ou trois minutes entre le moment où elle avait compris que sa mère avait quitté cette vie et celui où elle s'était levée pour aller prévenir l'infirmière de nuit.

Brendan prend la cafetière, se ressert une tasse de café et y ajoute une cuillerée de sucre qu'il mélange mollement, tournant le dos à l'univers de mort du dehors. Même la lumière oblique et dorée, l'averse chatoyante de feuilles, incessante à présent, annoncent l'arrivée cruelle des heures sombres et froides. Un temps idéal pour se promener, mais il est condamné à rester dans son bureau où il s'efforce, un peu comme Chloé, d'arracher au monde des morts l'image d'un potentat à laquelle il insufflera vie.

Dans l'entrée, il éprouve un moment d'angoisse professionnelle. Bien qu'elle soit de courte durée – Brendan n'est pas naturellement porté à la rumination – elle est aussi étouffante qu'une bouchée de cendres. À quoi bon exhumer le passé? À quoi bon faire savoir qu'il n'est pas d'accord avec Bowker sur la cause de la participation tardive de Frédéric à la cinquième croisade? Bowker s'en moque bien : il est aussi mort que Frédéric. On ne peut en aucune manière affirmer que l'opinion de Brendan se fonde sur des preuves tangibles : il ne peut démontrer que la fascination éprouvée par Frédéric pour l'Orient, son dégoût des manœuvres cyniques du pape l'ont fait hésiter à partir pour Jérusalem, ni que le pape l'a finalement excommunié parce qu'il se montrait trop indulgent à l'égard de l'Islam.

Et quand bien même il le prouverait, qui s'en soucierait?

Il se laisse tomber dans son fauteuil, renverse un peu de café sur la page où s'étale ce qu'il a griffonné depuis le matin. Il éponge le liquide avec son mouchoir, qui va être taché et peu ragoûtant, et s'abandonne quelques instants au découragement. Il a sur son bureau une photo de Toby, qui fait l'imbécile lors de la remise des diplômes de fin d'études au lycée, avec une toque de guingois et un grand sourire niais irrésistible. D'habitude, cette photo rassérène Brendan, mais aujourd'hui, elle lui rappelle seulement le président en train de se vanter devant une foule d'étudiants et d'enseignants de sa prestigieuse université de n'avoir pas fait grand-chose pendant ses années de fac, et même d'avoir séché régulièrement les cours. Après lui avoir lu l'article, Chloé avait froissé le journal et l'avait jeté par terre : « Quel sale con, arrogant et écervelé ! » s'était-elle écriée.

Ce souvenir le réconforte, Brendan le reconnaît tout en pliant le mouchoir humide qu'il remet au fond de sa poche. L'indignation de sa femme est pour lui source de consolation, même si elle exaspère parfois Toby, qui croit le monde susceptible de changer.

Toby, pense Brendan avec confiance. Puis, avec moins d'assurance, il songe à Chloé.

Une fille qui plaît à Toby a fort peu de chances de trouver grâce aux yeux de Chloé : à tel point que c'est devenu un sujet de plaisanteries entre eux. Rien de plus naturel cependant, pense Brendan : Toby est fils unique, et Chloé lui passe tout. Mais son manque de confiance dans le discernement de son fils augure mal de l'avenir. Au lycée, il a eu trois petites amies : une pianiste japonaise, un petit prodige ; une rousse imposante qui montait à cheval ; et une blonde exubérante qui voulait devenir une grande actrice. L'éclectisme des goûts de son fils impressionnait Brendan. Du point de vue de Chloé, chacune des filles avait un défaut rédhibitoire. La Japonaise, hypocondriaque, était toujours malade ; la cavalière n'était pas très intelligente ; et l'actrice avait un ego démesuré. Si sa mère témoignait d'une politesse sans faille envers ces jeunes filles,

Toby devait deviner ses réserves. Pendant sa première année à l'université, il n'avait ramené personne à la maison. Les cours qu'il suivait étaient très fréquentés, leurs sujets très variés et la question brûlante qui se posait à lui était celle d'une spécialisation. Il était bon dans de nombreuses matières, ayant le don de son père pour les langues et l'œil d'un dessinateur, comme sa mère. Un court moment, il avait été tenté par l'architecture, puis par la philosophie. Lors de sa seconde année, un cours de sciences politiques lui avait enflammé l'imagination, et il avait commencé à croire qu'il pourrait changer le monde. En tout cas, avait-il déclaré, il ne voulait pas vivre dans une tour d'ivoire. Brendan avait pris cette remarque pour une critique de Chloé et de lui, l'artiste et l'universitaire, qui passaient leur vie enfermés avec leurs livres et leur encre, absorbés par le passé, timorés dans leurs rapports avec le présent et indifférents à l'avenir. Mais les nombreux étés passés à l'étranger en famille, avec son père sur la piste de rois défunts et Chloé en quête de lumière, avaient finalement marqué leur fils : Toby envisageait de se consacrer au droit international.

Belinda Stanford avait fait son apparition juste après Noël, lors de la seconde année de Toby, et la relation s'était poursuivie pendant l'été. Chloé l'avait détestée au premier coup d'œil. Brendan lui avait donné le bénéfice d'un doute sans cesse croissant. Elle était riche, autoritaire et totalement hypocrite. Elle avait insisté pour que les Dale passent leur été dans le petit chalet de sa famille dans le Maine. L'offre était d'autant plus difficile à décliner que la jeune fille proposait, par relations interposées, de trouver du travail pour Toby dans un hôtel chic. Chloé n'avait guère manifesté d'enthousiasme pour le projet, et puis Toby était arrivé chez lui un week-end en apportant un paquet de photographies du chalet, une cabane en rondins au bord d'un lac, avec une vaste véranda et des marches descendant vers un débarcadère isolé. Chaque photo portait une légende, soigneusement écrite en majuscules par Belinda : *la cuisine, la chambre, les escaliers de pierre.* Après le dîner et de nombreux verres de vin rouge, Toby, visiblement convaincu des vertus du projet, avait montré les photos une par une à Chloé, qui les avait passées à Brendan. Celui-ci, en examinant la véranda couverte et indiscutablement charmante, s'était dit que Toby connaissait bien sa mère. Ils avaient un budget assez serré, les frais de scolarité étaient élevés et si Toby avait un travail, il réussirait à payer son loyer de l'automne, ce qui les soulagerait opportunément. Tous trois profiteraient des avantages financiers du projet de Toby et voilà qu'il leur en proposait un autre, celui de passer un agréable été ensemble à moindres frais. « C'est très beau, le Maine », avait dit Chloé en retournant la photographie intitulée *la vue.*

Brendan fit un signe de tête de connivence à son fils, qui était en train de se verser un fond du calvados rapporté de Normandie l'été précédent. Je le connais à peine, se dit-il. Maintenant, il se débrouille tout seul.

L'aventure dans le Maine fut un fiasco, que Toby qualifia ensuite non sans ironie d'« expérience pédagogique ». Il plut sans discontinuer et quand le soleil faisait une apparition, il était brûlant. Le lac était couvert de nuées de moustiques. Il y avait des trous dans le grillage de la véranda, des trous dans la coque du bateau ; le chalet était humide et mal aéré. Belinda insistait pour que les Dale se joignent tous les jours à ses parents pour déjeuner à leur « cantine », un restaurant bruyant où l'on payait cher une cuisine infecte et des portions chiches. À l'hôtel où travaillait Toby, les clients étaient tous d'une humeur massacrante à cause de la pluie et le personnel, réduit au strict minimum, était chaque jour de plus en plus débordé et hystérique. Les patrons appréciaient beaucoup la compétence réelle et le flegme de Toby, mais pas assez pour le payer plus que le salaire minimum. Il travaillait dix heures par jour, six jours sur sept, et le soir, quand il rejoignait son étroit lit de camp dans un dortoir mis à sa disposition par la direction, il s'écroulait comme une masse. Mais Belinda, elle, ne perdait pas de vue qu'il y avait vingt-quatre heures dans une journée, et elle entendait bien profiter de l'été dans le Maine pour se distraire. Ce qui, pour elle, signifiait faire des randonnées ardues sous la pluie, monter ou descendre des chemins cailloux, ou disputer des parties de tennis acharnées sur le court fermé du club de ses parents. Peu à peu, il apparut que les Dale, s'ils étaient des convives et des joueurs de tennis acceptables, n'avaient pas le niveau requis pour mériter une invitation dans cet incomparable saint des saints : la « petite maison de campagne » des Stanford. À plusieurs reprises, Belinda passa devant en voiture avec les Dale ; ou, plus exactement, devant la grille de fer, à travers laquelle on apercevait, au bout d'une allée bordée d'arbres, des murs de pierre couverts de lierre et le miroitement de l'océan. Belinda, jamais avare d'informations, leur déclara que « les amies de maman occupaient toute la maison ».

Ils avaient tenu une semaine. Le dimanche, quand Brendan et Chloé arrivèrent au chalet, fatigués après une randonnée, ils trouvèrent leur fils en train de se battre mollement contre les moustiques dans la véranda grillagée. C'était la première fois depuis leur arrivée qu'ils se retrouvaient seuls tous les trois, et ils s'accueillirent sans effusions. Brendan et Chloé se débarrassèrent de leurs baskets et s'effondrèrent sur les coussins humides des fauteuils en osier. « Maman, papa, dit Toby, c'est l'enfer ici. Rentrez chez vous.

– Oui, mais les parents de Belinda ? » demanda Chloé, circonspecte.

Toby fit la grimace. « Jamais vu des gens plus épouvantables. De vraies caricatures !

– Ouf ! soupira Chloé.

– Oui, mais Belinda ? » demanda Brendan.

Pour toute réponse, Toby gémit en se couvrant les yeux. « Tu rentres avec nous ? demanda Chloé.

– Non. Je gagne trop pour arrêter. Je crois que je prendrai juste la dernière semaine pour partir au cap Cod avec David. »

David était le cousin de Toby, presque un frère, et la maison dont il parlait était une vieille bicoque décrépite à Truro, où, depuis leur enfance, les deux garçons avaient passé ensemble la dernière semaine avant la rentrée scolaire. Dans la véranda grillagée, le soulagement était palpable. Toby était rentré au bercail et, comme pour signifier l'accord de la nature, les nuages s'écartèrent et un rai de lumière vive balaya la surface placide du lac, éclairant la jetée branlante en contrebas.

Pendant le long trajet de retour en voiture, Chloé triompha. Elle gratifia Brendan de plusieurs scénarios où Toby était corrompu ou enlevé par les Stanford pour ne plus jamais reparaître. Il reconnut que ces gens-là étaient sans originalité, cupides et manipulateurs ; qu'ils se montraient condescendants et suffisants de surcroît ; mais d'après lui, leur grossièreté pouvait tout aussi bien s'expliquer par leur détermination à se débarrasser de Toby que par un effort pour l'intégrer à leur névrose familiale. Autre explication possible : les Stanford étaient exactement tels qu'ils paraissaient, des êtres sans calcul, complètement indifférents et imperméables au monde extérieur. D'après Brendan, ils semblaient incapables de se passionner pour quoi que ce soit. Il fit part de cette hypothèse à Chloé pendant qu'ils déjeunaient à Portsmouth, et qu'elle décortiquait son deuxième homard. Elle ne fut pas d'accord du tout et conclut par : « Ces gens sont des monstres. » Brendan en eut un frisson de sympathie inquiète. Pour qui ? Toby ? Chloé ? Ou pour lui-même ?

Il faut dire en l'honneur de Chloé qu'elle ne laisse pas son fils deviner les zones sombres de son imagination maternelle. Chez elle, c'est un principe. Si Toby invite sa nouvelle petite amie – Salomé, c'est bien ça ? – à venir chez ses parents, il ne se doutera pas que sa mère lui est déjà hostile.

Brendan pose les yeux sur les pixels de néon qui tournent sans cesse sur son écran d'ordinateur, puis regarde par la fenêtre, où une nouvelle feuille aux couleurs vives descend en voltigeant vers la mort. Il examine la page griffonnée qu'il a abandonnée dans l'espoir qu'une dose de caféine donnera plus de punch à son style. Le sujet est assez fastidieux, contre toute attente. On était à la fin de la cinquième croisade. Quand Frédéric était arrivé à Jérusalem, il était resté debout toute la nuit pour écouter les muezzins appeler à la prière. Mais par égard pour son hôte chrétien, le sultan Al-Kamil leur avait donné l'ordre de garder le silence. En l'apprenant, Frédéric, furieux, s'était mis en colère en public. À son tour, le sultan fut profondément offensé. Le malentendu classique, dont les détails avaient survécu sept cents ans. Brendan prend sa plume et rature sa dernière phrase. Il se frotte le menton en regardant la fenêtre. Encore une feuille.

Les coups de feu, secs et sonores, lancent des échos concentriques, comme l'eau qui fuit au contact soudain d'une pierre. Pan. Un silence. Puis trois autres coups. Pan. Pan. Pan.

« Non, mais je rêve ! » dit Brendan.

Debout au bord du trottoir, main dans la main, Toby et Salomé attendent le feu pour les piétons. Autour d'eux, leurs condisciples échangent des plaisanteries et se bousculent amicalement. Ils ont tous passé les quatre dernières heures à boire du café au milieu de piles de livres, à se poser des colles sur des dates, lieux, noms et différences religieuses pointues. Chacun connaît la différence entre druse et chiite. Maintenant, ils vont boire des litres de bière et reprendre des conversations personnelles. L'air est sec ; ils sont joyeux ; aucun d'entre eux n'a enroulé une écharpe ou boutonné un manteau pour se protéger du froid. « Pourquoi appelle-t-on les chrétiens des phalangistes ? » demande une grande blonde à ses voisins, ce qui lui vaut un concert de cris : « On arrête avec le Liban ! » et « Parce qu'ils ont des doigts ». Le petit bonhomme passe au vert et ils envahissent la rue.

Salomé glisse la main sous le bras de Toby et se rapproche de lui en marchant. Il sourit et baisse les yeux vers ses cheveux. À quoi pense-t-elle ? Il n'en a aucune idée, mais n'éprouve pas d'inquiétude. Comme la blonde, il est encore absorbé par l'histoire ancienne, féroce, qu'ils se sont serinée mutuellement.

Le groupe arrive sur l'autre trottoir, la circulation remplit à nouveau la rue derrière eux, dense mais disciplinée. Une vieille femme qui promène un chow-chow déplie une page de journal qu'elle pose sur le trottoir pour que l'animal fasse ses besoins. Quelques jours avant, en passant devant un monsieur au visage et à l'allure distingués, à la coupe de cheveux coûteuse et à la mise élégante qui se livrait à la même opération, penché sur un tas d'excréments nauséabonds, Toby avait glissé à sa mère : « Si on parvient à convaincre les New-Yorkais de ramasser derrière leurs chiens, tout espoir pour le monde n'est pas perdu. » La première vague des étudiants arrive au bar et entre à flots par la porte en verre dépoli. Derrière Toby s'élèvent des éclats de rire. D'une pression de main, Salomé le pousse à avancer. Il sent son ventre gargouiller et sa tête tourner après tant de cafés. Dans ce bar, on sert de la cuisine bon marché, vaguement mexicaine, à base de haricots rouges, fromage et avocats. Cela ne peut pas faire de mal, se dit-il pour se convaincre. Salomé le lâche et passe la porte devant lui en adressant quelques mots à Bruce Macalister, le marxiste agité. Ils sont tous à l'intérieur, prennent les tables d'assaut, tirent les chaises, hèlent la serveuse indifférente qui reste nonchalamment plantée devant le barman pendant qu'il tire la première de nombreuses bières pression. Toby se laisse tomber sur la chaise la plus proche ; Salomé s'installe sur celle d'à côté. Elle parle toujours à Macalister, qui se penche vers elle avec cette expression, habituelle chez lui, de sérieux passionné qui agace Toby. On ne peut nier que Macalister soit sincère et énergique. C'est lui qui a organisé ce groupe d'études, lui qui envoie sans cesse des e-mails pour informer des derniers événements le groupe d'opposants à la guerre ; et le week-end, il travaille dans une soupe populaire. Toby le considère comme une mouche du coche, un garçon plein d'enthousiasme, d'idéaux dépourvus de réalisme, un chicaneur dangereusement contestataire qui évoque un rongeur, jouant sans cesse des mandibules, trottinant à toute vitesse, vaticinant sur le matérialisme dialectique, la praxis et les vices du capitalisme. Il ne voit l'implosion du Liban qu'en termes de lutte des classes, ce que Toby juge réducteur. Pour commencer, les changements d'alliances de ce pays au cours des années soixante et soixante-dix étaient si déconcertants que le groupe d'études a dû dresser un tableau pour y voir clair. Les chrétiens se sont alliés aux juifs contre les musulmans, ce qui n'a rien d'étonnant. Mais les chiites se sont désolidarisés. Les plus anciens parmi les oulémas ont cherché protection auprès des phalangistes chrétiens et l'ont obtenue. Puis chaque citoyen s'est armé, chacun a scrupuleusement suivi ses engagements envers telle milice, telle secte : un enfer, des batailles dont Beyrouth était l'enjeu ; la lutte pour le pays était la lutte pour Beyrouth. Quand un groupe réussissait à prendre un pâté d'immeubles, il chassait tous les occupants, pillait les bâtiments, puis les rasait. Les femmes couraient partout, hurlant, pleurant, cramponnées à leurs enfants. Une émeute avait éclaté dans une église lorsqu'une milice sunnite avait attaqué des squatters chiites refusant de se laisser déloger parce qu'ils ne savaient où aller se cacher. Dans la bataille, l'église fut détruite. Un compte rendu avait décrit un combat de plusieurs jours entre deux milices cherchant à s'emparer d'une large avenue menant à la mer. Finalement, après de lourdes pertes des deux côtés, les vainqueurs avaient fêté leur arrivée au but en allant se baigner.

Beyrouth était leur ville, une ancienne et fière cité, « la perle du Moyen-Orient », et ils l'avaient entièrement détruite, mais Macalister n'avait retenu qu'une chose : une fois les rues réduites en cendres et décombres, alors que les habitants risquaient leur vie pour aller chercher une miche de pain en évitant les balles, les riches s'étaient retirés dans leurs maisons de campagne, dans les montagnes.

Toby se verse à boire avec l'un des pichets alignés sur la table, avale une longue gorgée en examinant le marxiste qui dévide sa dialectique éculée devant ses camarades. La révolution mondiale est inévitable, annonce-t-il. Toby se penche vers Salomé pour lui chuchoter : « Quel imbécile, ce mec. » Elle lui décoche un regard glacial : la remarque ne l'a pas amusée. Le marxiste s'anime en développant son thème.

Prend-elle ce Macalister au sérieux ? L'admire-t-elle ? De l'autre côté de la table, Susan Davies, la grande blonde, écoute le marxiste avec un sourire timide. Les villes, soutient Macalister, exacerbent les iniquités du capitalisme ; dans le monde entier, les villes sont des poudrières qui déclencheront l'incendie prochain. À côté de Susan, Brent – dont Toby ne connaît pas le nom de famille, mais il doit être du Sud, de Virginie peut-être – éclate de son rire chaleureux d'homme du Sud et dit : « La révolution à Manhattan ? »

Toby croise son regard et ils échangent un signe de connivence. Cela devrait doucher le marxiste, mais non. « Pourquoi pas, rétorque-t-il. Pourquoi pas ici ? Il n'y a donc pas assez d'immigrants pauvres qui s'entassent dans de misérables galetas infestés par les rats, pour des loyers excessifs, et qui s'endorment épuisés chaque soir en pensant : "C'est pour vivre dans cet enfer que j'ai risqué ma peau ?" Il n'y a donc pas assez de dingues armés et dangereux, assez de fusils, de munitions et de fanatiques religieux, qui ne pensent qu'à massacrer les autres fanatiques au coin de la rue ? La souffrance et la colère sont là, et bien là. Il ne manque plus qu'un encadrement de révolutionnaires professionnels pour servir d'avant-garde à la classe laborieuse.

– La guerre civile à Manhattan, suggère Brent, à l'amusement général. Le Village dévasté par un bataillon de Soho.

– Escarmouches nocturnes à Central Park entre des escadrons de l'Upper East Side et du West Side », renchérit Toby.

Salomé prend son verre et aspire la mousse du dessus. Il ne voit pas son visage, mais elle ne doit pas rire. Macalister, il faut le reconnaître, prend la plaisanterie de bonne grâce. « L'est du Village pourrait servir de zone tampon, dit-il, c'est évident. »

Quelqu'un fait remarquer que dans la partie est du Village, la bataille se déroulerait entre les drogués et les rats, et la conversation dévie vers des récits de cambriolages et de commissaires toxico. Même le marxiste a une histoire à raconter. Des groupes de deux ou trois se forment et leurs doléances se perdent dans le brouhaha général, tandis qu'apparaissent entre les pichets des plats emplis de tortillas moelleuses copieusement garnies de haricots et de fromage. Toby se penche, s'appuyant sur Salomé, et prend une portion qu'il dépose sur une assiette en papier. « Tu en veux ?

– Oui », dit-elle en posant son verre. Toby glisse l'assiette devant elle. Il fait exprès de se pencher sur la table afin de voir son visage. Elle a une expression solennelle et les yeux baissés. « Ça va ? » demande-t-il. Au même moment, le marxiste approche ses lèvres de l'autre oreille de Salomé et lui chuchote quelques mots que Toby n'entend pas. Elle lève les yeux et lui adresse un sourire rusé et complice, pose sa main sur son avant-bras et lui murmure sa réponse, tournant le dos à son amant et à sa question affectueuse.

Toby se laisse retomber sur sa chaise. Il est tenté de se lever et de sortir, mais le geste serait trop théâtral. Il mastique sa tortilla, qui a le goût d'une boulette de résignation. Salomé n'a aucune idée des bonnes manières ; on dirait qu'elle a été élevée par des hyènes. Doit-il supporter son impolitesse sans se plaindre ? Cela provoquera-t-il une autre dispute ? Qu'est-ce qu'il déteste le plus : un comportement discourtois ou de vaines discussions ?

Pendant les premières semaines de leur liaison, ces choix décourageants ne se présentaient pas. Il n'y avait que le choc de la reconnaissance, la nouveauté de cette attirance puissante et mutuelle à la fois, qui vous emportait sans qu'il soit nécessaire de lui résister. Il admettait que Salomé n'avait guère de grâces sociales, qu'elle perturbait la scène tranquille autour d'elle. Mais il s'en amusait, lui qui n'était pas un farouche adepte des convenances. Il regarde Susan Davies, qui rit à une remarque de Brent. Son physique blond et anguleux est certainement attirant, comme son allure de grande godiche, son rire nasal et comique qui découvre ses dents blanches et régulières. Bien sous tous rapports, mais elle laisse Toby froid. C'est une gentille fille de bonne famille ; il n'a pas besoin de voir sa chambre à coucher pour savoir comment elle est. Son avenir est tout aussi prévisible, et il ne veut y jouer aucun rôle.

Salomé met fin à son aparté avec le marxiste, et prend la part molle de quesadilla. Elle mord dedans et se tourne vers Toby, mais il regarde ailleurs. Quelque chose le travaille, lui soulève le cœur et lui fait tourner la tête, mais il ne pense pas que cela ait un rapport avec la nourriture, le café ou la bière : et si Salomé préférait le marxiste ? Qu'est-ce qui peut l'empêcher de faire ce choix maintenant, la semaine prochaine, dans quelques années, et de s'en aller, purement et simplement ? Elle peut rentrer avec Macalister ce soir même si elle en a envie, et Toby n'aura pas grand-chose à dire. Elle peut l'embrasser dans la rue comme elle a embrassé Toby la première fois qu'ils ont passé la nuit ensemble, une main sur sa nuque, les yeux rêveurs et mi-clos. Macalister a une vigoureuse tignasse noire où Salomé pourrait plonger les doigts, tirant doucement dessus pour jouer. Ce ne serait sans doute pas pour lui déplaire. À ce jour, il ne s'est jamais fait rejeter par une femme. Ou c'est lui qui s'est lassé, ou la désillusion a été mutuelle et la séparation amicale, sans une seule parole désagréable. Il peut imaginer Meg ou Michiko, ou, oh oui, Belinda Stanford dans les bras d'un autre sans le moindre pincement d'angoisse. Il n'a jamais eu comme maintenant la gorge serrée, le visage brûlant, les oreilles qui bourdonnent. Un goût amer lui envahit la bouche. Qu'est-ce que c'est ? Il tend la main vers son verre et avale une longue gorgée rafraîchissante de bière. Mais elle ne fait qu'ajouter un bruit de déglutition et des gargouillis à la bande-son déjà tapageuse qui se déchaîne dans sa tête. La main de Salomé s'approche de la sienne lorsqu'elle prend son verre. Prudemment, il suit des yeux le verre qui monte jusqu'à son visage, et croise les siens, qui l'observent par-dessus le bord. Elle avale ; il voit les muscles de son cou se contracter. Qu'il est blanc, ce cou, et gracile. Elle repose le verre et s'essuie les lèvres d'un revers de main. « Les communistes ont pillé mon pays pendant trente ans, déclare-t-elle calmement. Si mon père était là, il réduirait Macalister en bouillie. »

C'était l'un d'eux. Depuis des mois, ils avançaient et s'installaient dans notre ville, et nous ne pouvions pas faire grand-chose pour les en empêcher. Personne ne les aimait, mais nous ne cherchions pas non plus à leur montrer nos sentiments. Évidemment, les enfants sont parfois cruels, et ils se disputaient ; mais des amitiés se nouaient aussi. Sa famille est arrivée au printemps ; la fonte des neiges avait provoqué la crue de la rivière. Je me souviens avoir vu passer en brinquebalant dans la ruelle près de l'église leur camion délabré, avec toutes leurs possessions entassées à l'arrière, ainsi qu'une vieille femme ratatinée. J'allais au marché. La fenêtre du camion était ouverte, et il conduisait, une cigarette à la bouche. À côté de lui, avachie sur son siège, se tenait une femme à l'air épuisé, un bébé serré contre sa poitrine ; derrière elle, plusieurs enfants se tortillaient comme des petits cochons. La ruelle était si étroite que lorsqu'il a baissé le bras pour secouer la cendre de sa cigarette, elle est venue se poser sur le bord de mon panier. Il m'a adressé un sourire ; il avait de très belles dents, comme eux tous, et a dit : « Excusez-moi, madame. Je ne vous avais pas vue. » Je l'ai ignoré et il a continué son chemin. C'était la première fois que je le voyais.

Ce soir-là, mon mari m'a dit : « Il y a une nouvelle famille qui a immigré. Ils ont la vieille maison de Tereza, ne me demande pas comment. Il est maçon. Ils habitent à huit dans cette petite bicoque.

— Je les ai vus, ai-je répondu. Ils avaient perché une vieille femme par-dessus les matelas, comme un meuble.

— C'est la mère de la femme. Elle est d'Ogulin.

— Tu en sais des choses sur eux », ai-je répliqué pour le taquiner.

Il m'a lancé un regard acéré en disant : « On a intérêt. » Je ne prenais pas assez au sérieux la menace qu'ils consti-tuaient pour notre ville : c'était son opinion. Plus tard, une fois les enfants couchés, il a dit à ses parents que j'avais vu la nouvelle famille ; assis autour de la table de la cuisine, ils ont commencé à vitupérer et à prédire le pire pour la ville. J'ai passé mon gilet de laine et suis sortie dans le jardin pour regarder les étoiles. Les tuteurs des tomates luisaient comme des piquets de cimetière. Je trouvais ça ennuyeux, de les voir là à cultiver leur haine. Mieux valait s'occuper des tomates.

J'ai pensé à l'homme du camion, notre nouveau voisin, et je me suis rappelé son sourire, ses yeux sombres si amusés, sa voix grave, légèrement moqueuse, qui m'avait appelée« madame ». J'éprouvais du plaisir en pensant à lui. Je me sentais en train de lui rendre son sourire et je savais que la prochaine fois que je le verrais, s'il me parlait, s'il me souriait comme ça, je lui rendrais son sourire. Il faisait froid et je me suis mise à frissonner, mais je n'avais pas envie de rentrer dans la maison et de me retrouver avec les hommes.

Alors vous aviez déjà fait votre choix ?

Oui. Probablement. Quand je repense à cette soirée où je tremblais de froid sous les étoiles, j'avais certainement déjà décidé de détruire ma famille.

Chloé traverse la véranda à la course, la jambe meurtrie, et file droit vers le point d'où vient le coup de feu. Les échos se taisent, remplacés par un tintement mat qui l'intrigue. Elle suit le bruit, se fraie un chemin dans les laiterons qui lui arrivent à la taille, les verges d'or fanées, évite les branches basses et trébuche sur des plantes rampantes à tiges dures qui courent sur le sol comme un réseau veineux ; elle finit par apercevoir le chien, le nez collé au sol, zigzaguant dans l'herbe rase. Une clochette attachée à son collier tinte à chaque pas. C'est un corniaud du genre beagle, mais en un peu plus grand et nonchalant. Chloé s'accroupit et l'appelle : « Par ici, mon chien, viens par ici. »

Il lève le nez sans crainte, renifle une dernière fois une zone très intéressante près du tronc d'un noyer blanc malade, et trotte vers Chloé pour découvrir son odeur.

Il n'est pas beau. Sa grosse tête et sa mâchoire inférieure en retrait lui donnent un air obstiné. Deux tiques grises, luisantes et gorgées de sang, sont logées dans le poil ras près d'une oreille. Les pattes torses, le poitrail large, il n'est pas gras, mais robuste. Pas jeune. Chloé lui tapote la tête et les épaules, et porte le regard vers le champ où, elle en est sûre, son maître déambule, le fusil à la main. Une voix bourrue crie un mot qu'elle identifie seulement comme n'étant pas de l'anglais. Avec précaution, elle glisse les doigts sous le collier du chien et le tient. À la vérité, il ne manifeste aucune velléité d'obéir à l'ordre de son maître. Chloé est impatiente, intriguée, mais elle n'a pas peur. Elle va enfin découvrir le visage de cet intrus obstiné que Brendan et elle appellent avec indignation « le braconnier », et qui a ponctué leur vie de coups de fusil pendant ces deux derniers automnes.

Les hautes herbes qui sont devant elle s'écartent et il apparaît, en pied. Il n'a rien d'impressionnant. Pas de tenue de camouflage, pas de fusil à grande portée, pas de casquette de chasseur, ni de grosses chaussures de marche. Un sac en toile est jeté sur une de ses épaules et il tient un fusil dont le canon oscille mollement dans sa main. C'est un petit homme, habillé comme pour aller chercher son journal : chemisette noire, pantalon noir râpé, pieds nus dans des mocassins marron tout éraflés. Épais cheveux noirs, peau desséchée par le grand air, teint gris et malsain. Sa chemise humide colle à son torse concave. Il voit Chloé, comprend d'emblée qu'il devra lui parler pour récupérer son chien, et jette des regards en tous sens pour chercher une issue. Chloé, qui n'a pas l'habitude de provoquer un désir de fuite chez un homme, a cependant ressenti assez souvent ce sentiment elle-même pour l'identifier. Cette gêne manifeste lui fait pitié. Elle lâche le chien et se redresse. « Il est à vous ? » demande-t-elle aimablement.

Indésirable

Question idiote, ils le savent l'un et l'autre. Le chien s'approche de son maître à travers les hautes herbes, nez au sol, l'allure décidée. L'homme le suit du regard. Chloé a le temps d'examiner le fusil, mais elle ne connaît rien aux armes à feu. Son père avait un fusil de chasse, il y a longtemps. Elle l'a vu s'en servir une ou deux fois. Cela aurait pu être le même. Le braconnier observe son chien et se détourne lentement d'elle. Elle a l'impression qu'il s'apprête à partir.

« Qu'est-ce que vous chassez ? » demande-t-elle, toujours aimablement, comme si elle était susceptible de l'accompagner.

Il se retourne et lui adresse un rapide coup d'œil impassible : « Les lapins », dit-il. Il prononce mal le mot, accentuant la première syllabe et traînant sur la seconde, qu'il termine par une nasale appuyée. « Lah-paing. »

« Je regrette, mais vous ne pouvez pas chasser ici. Il y a des panneaux de chasse interdite sur ce terrain. »

Il regarde ses chaussures et avance un pied. « Je savais pas », dit-il.

Chloé regarde derrière lui l'écriteau cloué à un arbre, à moins de six mètres, mais elle décide de ne pas exploiter la situation. « Vous êtes trop près de la maison », dit-elle en indiquant vaguement la direction d'où elle vient. « Nous avons un chat. Nous ne voulons pas qu'il se fasse tuer. »

Sans lever la tête, il tourne les yeux de façon à la voir obliquement. Sa bouche crispée n'est plus qu'une ligne sévère. Ses yeux sombres la jaugent avec soin. Il a le regard froid, mais pas mort. Plus loup que requin. Elle n'a pas peur, bien qu'elle sente qu'au même moment, ils ont pensé l'un et l'autre qu'il pourrait l'assassiner. La composante sexuelle du regard est minimale, mais elle existe.

« Pardon, dit-il enfin. Je vais loin. » En l'entendant ainsi admettre à contrecœur la légitimité de sa demande, Chloé se sent confortée dans sa position et une douce chaleur lui envahit la poitrine. Après tout, elle est sur son territoire, et lui, chez elle. Il ne dit pas, comme il le pourrait : « Mais il y a beaucoup de lah-paings ici. Moi, je les mange. Pas vous. » Elle lève à nouveau la main pour désigner le mur de pierres délabré à l'arrière de son terrain. « Il y a toute la place pour chasser de l'autre côté. Sur la colline là-bas. Je ne crois pas qu'il y ait de panneaux de chasse interdite. » Il hoche la tête sans même prendre la peine de regarder dans la direction qu'elle lui montre. Le chien revient à portée de vue en faisant tinter sa clochette, puis oblique vers le mur en question. « OK », dit l'homme, qui se tourne pour suivre le chien. Chloé le regarde disparaître derrière un buisson de ronces.

En regagnant l'atelier, elle a les jambes en coton et promène le regard autour d'elle pour s'efforcer de retrouver son calme. La lumière est claire, l'air frais et sec ; quant à la végétation, elle dégage un parfum plus délicat et plus doux qu'au printemps, où elle est assez âcre, puissante et agressive. Les rosiers rugueux sont couverts de gratte-cul, les laiterons dressent leurs cosses éclatées, laissant voir leur intérieur soyeux, et déploient leurs rangs loqueteux, s'avouant battus. La semaine passée, il y a eu deux petits coups de froid suffisants pour flétrir le basilic et les capucines du jardin, mais pas encore de gelées meurtrières. Au loin, des corneilles font du vacarme ; plus près, elle entend le cri palpitant et délicat d'une colombe. Elle suit un sentier tracé par les chevreuils et évite les tas de crottes noires et huileuses. Lorsqu'elle commence à apercevoir le toit de l'atelier, un lapin débouche des fourrés et traverse son chemin en trombe. Elle regarde disparaître la petite créature à fourrure beige avec une tache rousse sur la nuque et de puissantes pattes arrière : un garenne. Elle a vu une fois un lièvre brun, deux fois plus gros que ce lapin-ci, presque aussi gros que Mike qui, comme le braconnier, est un chasseur de lapins acharné.

En arrivant dans le champ, elle pense à Mike, l'assassin qu'elle adore. Au milieu des mauvaises herbes se dressent trois grands genévriers, dont l'un est pratiquement fendu en deux à la suite d'un orage de printemps, il y a trois ans, et la partie brisée s'étale par terre. Ce spectacle, qui évoque la brutalité, la destruction, a quelque chose de romantique. Elle fera un dessin de cet arbre foudroyé. Y avait-il des genévriers dans le Yorkshire ? Emily passait-elle sous les genévriers en imaginant son récit fantastique, deux générations de deux familles détruites par la fureur vengeresse d'un enfant trouvé introduit en leur sein ?

Chloé s'immobilise, l'oreille aux aguets, inspirant à pleins poumons l'air délicieux, puis lève les yeux vers les cimes des arbres et, au-delà, le ciel bleu pâle. Le soleil lui chauffe le cou et le front. Été indien ou réchauffement de la planète ? Ces périodes de chaleur inhabituelles provoqueront-elle l'explosion d'une population d'insectes voraces, coléoptères ou termites, susceptibles de ravager la forêt sur des kilomètres, comme c'est arrivé sur deux millions d'hectares en Alaska ? Elle tente d'imaginer deux millions d'hectares d'arbres morts.

Tout en haut d'un vieux marronnier, elle aperçoit un écureuil qui bavarde. Un faucon vole paresseusement au-dessus des arbres. Puis, du côté de la rivière, elle entend deux coups de feu en succession rapide.

Une fois descendus du train, Toby et Salomé doivent longer le quai pour prendre l'escalier à l'extrémité, puis revenir sur le chemin pavé jusqu'au parking où Brendan, qui les attend dans sa voiture, les regarde avancer. Chloé a raison, se dit-il. Ils couchent ensemble, c'est évident. Comment le sait-il ? C'est dans l'air entre eux, l'aisance de leurs jeunes corps, côte à côte ; ils ne se regardent pas, ne sont même pas en contact, mais sont penchés l'un vers l'autre et comme au diapason. Toby porte un sac en bandoulière et Salomé, enveloppée dans un épais pull marron qui lui descend jusqu'aux genoux, serre sur sa poitrine un sac à dos bourré. Tout en marchant, menton levé, elle parle à Toby, qui l'écoute avec attention, menton baissé. Elle est plus petite que Brendan ne croyait, bien que sa masse de boucles noires lui ajoute deux ou trois centimètres. On a du mal à juger sa silhouette à cause du pull, et son visage, à cause des cheveux. Pendant qu'ils approchent, elle passe en revue les voitures qui attendent ; il n'y en a que trois. Brendan voit qu'elle a d'épais sourcils et le teint clair. Son visage s'amenuise de façon abrupte au-dessous de sa bouche pour s'adapter à son petit menton pointu. Un visage de renard, sournois, très rusé et volontaire, insaisissable aussi. Toby désigne la voiture, et le regard de Salomé croise celui de Brendan. Ainsi observé, il prend conscience qu'il est avachi sur son siège. Il se redresse, appuie sur le bouton commandant l'ouverture du coffre, se retourne et voit Toby se pencher pour se débarrasser de son sac, puis poser le sac à dos de Salomé avant de refermer le hayon en le claquant.

Il est hors de question de leur faire partager la même chambre : Toby doit le savoir et en avoir informé Salomé. Elle aura la chambre d'amis et lui couchera dans le lit de repos de la pièce à couture de Chloé au bout du couloir. Toby et Brendan partageront la salle de bains du bas et les deux femmes celle de l'étage, qui est plus grande.

« Il dit qu'il veut nous parler d'un projet », avait annoncé Chloé en pinçant si fort les lèvres qu'elles étaient devenues violettes.

« Il avait l'air content, ou le ton était inquiétant ?

– Content », dit-elle

Ils ont l'air contents. Toby présente Salomé par la fenêtre de la voiture. Brendan se demande s'il ne devrait pas descendre. Sans doute, se dit-il, mais tandis qu'il cherche à tâtons la poignée, Toby ouvre la portière arrière et Salomé se glisse dans la voiture. Brendan se tourne vers l'arrière et, s'adressant à l'espace entre les deux sièges, demande : « Alors, vous avez fait bon voyage ? »

Elle paraît surprise. « Oui », répond-elle. Le « voyage » représente un trajet d'une heure et demie par train de banlieue ; comment peut-il être « bon » ou « mauvais » ? La question de Brendan est manifestement stupide, ce qui semble indiquer qu'il se sent mal à l'aise. Mais pourquoi ?

Toby ouvre la portière du passager et se laisse tomber sur le siège à côté de son père. « Alors, papa, demande-t-il en tapotant affectueusement l'épaule de celui-ci, comment ça va ? »

Brendan surprend dans le rétroviseur le regard acéré de Salomé, qui oscille entre le père et le fils. Il enclenche la marche arrière et recule lentement. « Très bien, dit-il. Tout va bien. »

Pendant le trajet de la gare à la maison, la conversation roule principalement sur Toby : ses cours, ses professeurs, son enthousiasme pour le groupe anti-guerre et les projets concernant le meeting dans Central Park. Salomé parle peu. Peut-être n'entend-elle pas très clairement, bien que Toby se retourne de temps en temps pour l'inclure dans la conversation. Elle murmure son assentiment. Au sortir de la ville, ils abordent une campagne doucement vallonnée, avec des champs semés de vaches et entourés par les pentes sombres des Catskills plantées de sapins, un paysage que Brendan adore et qu'aucun visiteur ne manque d'admirer. Il lève les yeux à plusieurs reprises vers le rétroviseur où il voit le profil de Salomé qui regarde par la fenêtre en silence. Est-ce de la timidité ? Lorsqu'il tourne sur la route ombragée et tranquille menant à la maison, il se promet de la faire sortir de sa réserve à force de gentillesse, en s'intéressant à elle. Elle est boursière, il ne doit pas l'oublier ; son père est un immigrant, un pêcheur. La voiture grimpe la côte, passant devant quelques pavillons. Ensuite, d'un côté, se déploient les terres du voisin, une ferme bucolique dont le champ de blé est hirsute à présent, mais les pâtures encore vertes ; au sommet se dresse le bâtiment vénérable, la ferme elle-même, plus imposante que la plupart, et construite pour un gentleman-farmer juste après la guerre d'Indépendance. De l'autre côté, une étendue de bois laissés à l'abandon s'arrête brutalement devant une pelouse bien entretenue et une courte allée menant à la maison des Dale. Qui n'a rien d'imposant, mais Brendan sait que les invités sont souvent impressionnés en la découvrant. Le cadre est agréable : l'allée ombragée, la pelouse qui descend en pente douce jusqu'à une rivière, et autour de la véranda grillagée, le jardin de Chloé, actuellement un camaïeu de roux et d'or. La structure irrégulière de la maison elle-même, agrandie peu à peu au fil d'un siècle et dont le dernier ajout remonte à presque cent ans, est charmante, accueillante. « Nous y voilà », dit-il en arrêtant la voiture à côté de celle de Chloé au bout de l'allée. Toby descend aussitôt et file vers le coffre, que Brendan déverrouille avant de couper le moteur, d'ouvrir la portière et de descendre à son tour. La portière de Salomé est ouverte ; apparaissent d'abord ses pieds, chaussés de jolies bottines noires, ses mollets bien tournés en collants noirs, puis le reste suit et elle se dresse à côté de lui, sans toutefois paraître le remarquer. Elle regarde la maison. Depuis les cheminées jusqu'à la terrasse dallée, elle l'examine avec un sourire amusé qui surprend Brendan. Ainsi, elle ne manque pas d'humour. Sa femme s'encadre dans la porte du vestiaire ; elle porte – chère Chloé ! – un tablier matelassé par-dessus son pull et son pantalon en velours côtelé. « Vous avez besoin d'un coup de main ? » crie-t-elle.

Salomé abandonne son inspection de la maison et regarde Brendan avec un haussement de sourcils complice. Alors, nous y voilà, semble-t-elle dire, s'il comprend bien. Sans réfléchir, il lui rend son sourire, prenant par là son parti, il le sent bien. Contre quoi ?

Elle rejoint Toby devant le coffre, prend son sac à dos et le suit en direction de la maison.

Rusée comme un renard, cette fille, pense Brendan. Puis une idée s'impose presque douloureusement, une idée qu'il serait assez gêné de devoir reconnaître : lorsqu'il voit Chloé en tablier hésiter sur le seuil et caqueter aimablement pour accueillir son fils et son invitée dans sa chaleureuse cuisine familiale, il trouve qu'elle évoque tout à fait une mère poule un peu sotte, agitée et absolument sans défense.

Toby fait visiter la maison à Salomé, y compris le grenier d'où l'on a une belle vue d'ensemble. Elle remarque le toit de l'atelier niché dans sa clairière et veut savoir ce que c'est. Toby explique que sa mère est artiste.

À ceci près qu'il n'a sans doute pas utilisé le mot « artiste », se dit Chloé en les précédant sur l'étroit sentier. Il a dû dire « illustratrice » ou « illustratrice de livres pour enfants ». Elle se sent blessée, sur la défensive. Mais après tout, pourquoi Toby aurait-il évoqué la profession de sa mère ? Chloé s'imagine-t-elle que les jeunes amants parlent de leurs parents, et qu'après ce déjeuner raté à New York, Salomé s'est tournée vers Toby en disant : « Ta mère est extraordinaire. Qu'est-ce qu'elle fait ? »

Pourtant Chloé avait été informée avant l'arrivée des entrées que le père de Salomé, ce noble immigrant, pas assez prospère cependant pour payer les études universitaires de sa fille, était le Roi des coquillages. Et sans nul doute, Salomé connaissait la profession de Brendan : professeur à l'université, historien, un homme qui savait où se trouvait Zagreb. Voilà une chose qui méritait qu'on en parle au Roi des coquillages.

Au dîner, décide Chloé, elle posera à Salomé des questions sur sa mère. Une pratiquante active, peut-être ? Une diseuse infatigable de chapelet ?

Un écureuil, très occupé par une grosse noisette, grimpe à toute vitesse sur le tronc d'un frêne et interrompt les réflexions amères de Chloé par des protestations indignées. Ils sont arrivés à la planche jetée en travers du ruisseau, réduit à présent à un filet d'eau, engorgé par des feuilles jaune vif. Le long de son lit foisonnent les rosiers rugueux, qui arrachent des poils ou écorchent la chair de tout ce qui les frôle. « Attention aux épines ici », avertit Chloé en se retournant vers son fils et sa compagne. Ils se tiennent la main et lèvent les yeux vers l'écureuil en colère, l'air également amusé. Qu'ils semblent jeunes et intacts ! Comme il est innocent, le plaisir qu'ils prennent à regarder ce râleur sylvestre ! Chloé pardonne à Toby, réfrène sa rancœur contre Salomé, qui menace du doigt l'écureuil et pince les lèvres en une moue moqueuse. Une petite brise lui ébouriffe les cheveux, qu'elle repousse en arrière, révélant le V accentué de leur implantation, et la largeur de son front. Elle a l'air intelligent, reconnaît Chloé. Ce n'est pas une beauté classique, mais elle est jolie et séduisante. L'espace d'un instant, elle comprend ce que Toby voit en elle.

Ils traversent le ruisseau en file indienne, puis suivent le sentier jusqu'à la clairière où il débouche. L'atelier est là, la fumée du poêle à bois monte en spirales tranquilles et les nombreuses fenêtres étincellent au soleil. D'emblée, Chloé remarque quelque chose – un animal, peut-être ? – sur la terrasse, contre la porte à deux battants. Elle s'avance, monte les marches de bois. C'est une carcasse, apparemment ; un réflexe de révulsion la fait reculer d'un pas.

« Qu'est-ce que c'est ? demande Toby, arrivant à sa suite.

– Un lapin mort. »

Salomé les dépasse tous les deux et se penche sur le tas sanglant de fourrure et d'os. « Il n'y a que la tête, annonce-t-elle.

– Berk ! » dit Toby.

Chloé rejoint Salomé pour regarder la chose de plus près. « C'est Mike qui a dû le laisser là », dit-elle. Salomé lui lance un regard interrogateur. « Le chat », ajoute Chloé. En prononçant ces mots, elle s'avise que Mike laisse des entrailles, pas les têtes et qu'elle l'a surpris une fois dans le jardin en train de dévorer un petit lapin dont il avait commencé par manger la tête.

Salomé prend les oreilles de la tête coupée et la retourne. « C'était un gros lapin, dit-elle.

– Ne le touche pas », avertit Toby, qui reste en retrait.

Les yeux bruns figés regardent les deux femmes. Le museau est humide, les moustaches rabattues, dégageant le nez velouté, la lèvre inférieure est légèrement ouverte sur une ligne de gencives roses et deux dents brunâtres, usées. « Pauvre bête », dit Chloé. Elle regarde attentivement la fourrure pleine de sang coagulé à la base de la tête – a-t-elle été mangée ou tranchée ? – mais elle n'a pas la réponse.

Toby devine ses pensées et dit : « Tu crois que c'est le braconnier qui a laissé ça ?

– Je l'ai vu, avoue Chloé. La semaine dernière. Je lui ai dit de ne pas s'approcher d'ici. » Elle regarde au-delà de son fils, vers l'endroit où a eu lieu cette rencontre déconcertante. Toby suit son regard : des arbres, des broussailles ; seul leur parvient le bruit d'un pivert attaquant un arbre au loin. « Tu devrais te décider à fermer ta porte à clé, dit Toby.

– Je ne pense pas qu'il soit dangereux, répond Chloé. Et il n'y a rien ici qui puisse le tenter.

– Il s'est excusé ?

– Si on veut. Il parle mal anglais. C'est un étranger.

– D'où ?

– Je n'en sais rien. J'ai eu l'impression qu'il était libanais. »

Toby ricane. « Pour elle, quand on vient du Moyen-Orient, on est libanais », dit-il à Salomé, toujours en train d'examiner la tête du lapin. Elle se lève en la tenant par les oreilles. « Qu'est-ce que j'en fais ? » demande-t-elle. Chloé fronce les sourcils. Elle ne l'aurait pas manipulée si brutalement ; elle serait rentrée chercher un torchon ou une serviette en papier pour éviter le contact entre sa chair et la bête morte. Pourquoi ? « Jetez-la dans les broussailles, dit-elle. Les coyotes s'en occuperont. » Salomé traverse la clairière, tenant à bout de bras la tête qui oscille. Arrivée au taillis de genévriers, elle la lance devant elle. Tous trois regardent le trophée sanglant voler vers l'obscurité du sous-bois.

« Ce n'est pas une petite nature, commente Chloé.

– C'est une fille de la campagne », répond Toby.

Dans l'atelier, Salomé est fascinée par le poêle à bois, dont Chloé s'occupe machinalement : elle l'ouvre, remue les braises, ajoute quelques menues branches qu'elle prend dans le panier à bois. « Combien de temps tiendrait-il si vous ne rajoutiez pas de bois ? demande Salomé.

– Ça dépend. En hiver, quand je passe la journée ici, je le couvre en partant et je retrouve des braises le matin, donc il ne s'éteint jamais, en réalité.

– Il fait bien chaud ici, dit Salomé qui se penche pour regarder par la vitre les flammes crépitantes. Plus que dans la maison.

– À vrai dire, je n'ai pas besoin d'un poêle aussi puissant. Mais l'avantage, c'est de ne pas être obligée de me couvrir quand je travaille. »

Toby saisit l'allusion. Il est debout devant une table où des livres ouverts, un plateau empli de fusains et plusieurs pages de croquis se disputent l'espace limité. Il prend le dessin du dessus et le tient à bout de bras. « C'est pour ton nouveau projet ?

– Oui. Je commence juste. C'est Thrushcross Grange.

– *Les Hauts de Hurlevent*, c'est ça ?

– Oui. » Chloé s'approche et tire un autre dessin. « Voilà la maison. Ou une approximation. Elle n'est pas encore très nette dans mon esprit. »

Salomé se détourne des flammes en se frottant les mains, sans s'éloigner du poêle et de sa chaleur. Son regard se promène dans la pièce, se pose sur les meubles, les étagères où sont rangés encres, peintures et pinceaux, la pile de disques de buis et de citronnier, le tas de blocs de résine à gravure, le sac de sable en cuir, le tiroir ouvert laissant voir des burins, la pierre à aiguiser, le support d'ordinateur, le fauteuil de lecture avec son pupitre plein de livres et de magazines, la plaque chauffante et le petit réfrigérateur à l'écart dans un coin derrière une table à tréteaux chargée de gros folios contenant des gravures de flore, faune, architecture et costumes, les divers dessins et gravures – certains encadrés, d'autres punaisés aux quatre coins – qui égaient les murs de la pièce. Elle fixe son attention sur une gravure sépia représentant une aigrette de pissenlit dont une brise invisible disperse les graines. « J'aime bien celle-ci », dit-elle en traversant l'étroit espace pour regarder la gravure de plus près.

Chloé, qui cherche à mettre son invitée à l'aise, repose son dessin et dit : « C'était une étude pour mon dernier livre.

– Le Thoreau », précise Toby.

Chloé rejoint Salomé près du mur. La bibliothèque réservée aux exemplaires terminés de ses livres se trouve à côté de la gravure, et elle en sort le mince volume aux couleurs d'automne, éprouvant une fois de plus une bouffée de satisfaction à le voir et à le toucher. « L'ensemble est minutieusement conçu. Pourtant, les illustrations découlent du texte aussi naturellement et capricieusement que les feuilles tombent d'un arbre », avait commenté un critique. « Le voilà », dit Chloé en tendant l'ouvrage à Salomé, qui le prend volontiers et le feuillette.

« Ce livre a été très remarqué, dit Toby, qui abandonne les dessins pour s'approcher des deux femmes. Il a été nominé pour deux prix.

– Trois, rectifie Chloé d'un ton mesuré et modeste, comme si cette erreur était sans importance.

– Trois », répète Toby.

Debout, Salomé tourne les pages avec lenteur. Il y en a peu et les illustrations sont petites : le livre étant destiné à des lecteurs adultes, le texte domine largement. Il y a quatre illustrations pleine page, mais Salomé ferme le livre avant d'arriver à la dernière, celle du pissenlit, et le tend à Chloé. « Ça rend bien », dit-elle.

Au grand dépit de sa mère, Toby se penche sur l'étagère et en sort le malheureux livre de cuisine. « Je ne le connais pas, celui-là », dit-il. Salomé regarde par-dessus son épaule la couverture clinquante, où un enfant aux traits vaguement asiatiques lance en l'air une crêpe qui se retourne en s'élevant dans la marge de gauche, puis se réduit en haut à un mince rectangle avant de se déployer en ovale de plus en plus large en descendant dans la marge de droite, où un second enfant, un androgyne blond aux yeux bleus, attend de la recevoir dans une autre poêle. « C'est vraiment mignon », dit Salomé.

Chloé résiste à l'envie d'arracher le livre des mains de son fils. « C'est une bricole, dit-elle. J'ai fait ça pour des raisons financières. »

Toby l'ouvre et tourne quelques pages. « Ça se vend bien, ce genre de livre. » Il s'arrête sur une recette de sauce aux pommes, avec le mixer d'un côté de la page et une pile de pommes vernissées de l'autre. L'attention de Salomé se détourne du livre pour se poser sur les vieilles pantoufles de Chloé, rangées à côté du pouf.

« En fait, il n'a pas bien marché du tout », dit Chloé. Heureusement, Toby referme le livre et le remet sur l'étagère.

« Il vous arrive de dormir ici ? demande Salomé.

– Non. Il faudrait que j'essaie. Je serais aux premières loges pour observer la vie sauvage.

– Tu risquerais de ne pas être déçue, dit Toby.

– Vous avez combien d'hectares ? »

Chloé lance à Salomé un regard acéré. L'indélicatesse de la question la hérisse : en quoi cela regarde-t-il Salomé ? Elle hésite à répondre par une autre question : « Pourquoi voulez-vous le savoir ? » mais Toby lui évite d'ouvrir les hostilités.

« Quatre », dit-il. Il montre la fenêtre donnant au nord. « La majeure partie est boisée et va par là, jusqu'à un mur de pierre. » Il se tourne vers l'est. « De ce côté-ci, le terrain va jusqu'à l'autre rive du ruisseau. Il y a un étang en bas. Je m'y baignais quand j'étais petit.

– J'aimerais bien le voir », dit Salomé. Toby répond qu'il se fera un plaisir de le lui montrer. Visiblement, ils en ont assez de l'atelier. Chloé les accompagne à la porte et dit qu'elle reste, parce qu'elle a deux ou trois choses à faire. Ils partent, traversent la clairière et descendent le sentier. Lorsqu'ils pénètrent dans le bois, Toby prend la main de Salomé. Elle lève les yeux vers lui et se rapproche de façon à effleurer des lèvres la manche de sa veste.

Chloé les regarde disparaître, la main crispée sur son flanc. Lorsqu'elle se détourne de la fenêtre et retourne à son poste de travail encombré où se trouvent tant d'objets intéressants, elle a les larmes aux yeux. Elle s'efforce de se raisonner pour retrouver son calme : il n'est pas rare que des visiteurs posent des questions sur la taille de la propriété ; ni entièrement déplacé de la part de Toby de répondre comme si c'était à lui de le faire. Après tout, il est un peu le propriétaire, et le sera complètement un jour ou l'autre. Il a grandi ici, et en petit garçon curieux et vif, il a exploré tous les coins et recoins du lieu, qui lui est plus cher qu'à ses parents, car il contient son enfance. C'est cette enfance qu'il veut montrer maintenant à Salomé, son premier amour véritable, comme Chloé doit l'admettre. Et il n'est ni surprenant, ni même insultant que son travail à elle, sa vie, ses préoccupations et ses opinions n'intéressent que modérément deux jeunes gens. Peu leur importe qu'Emily Brontë ait couru la lande austère du Yorkshire, un faucon apprivoisé perché sur le bras, et que Chloé envisage de mettre cet animal fabuleux dans ses illustrations, à l'arrière-plan de chaque scène, s'éloignant dans les lointains venteux ou dardant un œil malveillant de son perchoir dans l'ombre de la triste cuisine où Lockwood, le locataire trop curieux de la Grange, a son premier entretien avec son nouveau propriétaire inhospitalier, Heathcliff.

Chloé parvient ainsi à faire passer au second plan son fils et sa déconcertante petite amie. Elle arrive à sa table de dessin où ses esquisses des deux maisons requièrent son attention. Elle feuillette le livre de photographies, celles des landes du Yorkshire, de la ville de Gimmerton, du presbytère de Haworth où les enfants Brontë ont passé leur brève existence, d'un domaine voisin, qui a pu servir de modèle à Emily pour la Grange, de l'école où est morte Maria, sa sœur aînée, certainement le Lowood de Jane Eyre. Pauvres filles orphelines de mère, sans grande beauté, passionnées, intelligentes, marquées par le destin, et fatalement préoccupées par la mort. Chloé se souvient de son professeur à l'université, le Pr Kramer. C'était il y a bien longtemps, mais elle se rappelle encore exactement la phrase ainsi que le frémissement amusé de la salle : « Les Brontë sont presque tous morts de refroidissements attrapés à leurs enterrements respectifs. »

Un par un, la toux les a emportés, hormis le fils obstiné et rebelle, Branwell qui, après avoir échoué de façon spec-

taculaire comme peintre, précepteur et employé de chemins de fer, est mort alcoolique à l'âge de trente et un ans.
Un raté, ce garçon pourtant si prometteur dans sa jeunesse,
chéri de ses sœurs qui avaient assisté, incrédules, à sa
déchéance progressive.
Heureusement, sa mère n'avait pas vécu assez vieille
pour voir la volonté d'autodestruction implacable qui
caractérisa la vie gâchée de son fils unique.

Au milieu du dîner, lorsque Salomé décrit le groupe
d'opposants à la guerre comme des « anarchistes tyranni-
ques », Toby tend la main pour lui tapoter l'épaule en
signe d'approbation, une lueur amusée dans les yeux.
Brendan voit que Chloé observe ce geste d'affection spon-
tané. Il doit admirer la maîtrise de sa femme : seuls ses
yeux s'écarquillent lorsqu'elle se concentre pour couper les
lasagnes aux légumes qu'elle a préparées, ayant pris à tort
leur invitée pour une végétarienne. En fait, elle n'est pas
plus végétarienne que buveuse d'eau. Avant le dîner, elle a
mangé plusieurs tranches du coûteux salami que Chloé
avait servi dans la cuisine avec des olives, du fromage et
des biscuits salés, et maintenant, elle a largement entamé
son troisième verre de vin rouge. Elle s'est bien déridée ;
elle a les joues rouges et dévore son repas de bon cœur. Un
robuste appétit, remarque Brendan, à la différence de la
pianiste japonaise – comment s'appelait-elle ? – qui chipo-
tait comme si elle soupçonnait le contenu de son assiette
d'être assaisonné à l'arsenic. Chloé ne pourra nier que
Salomé marque un progrès par rapport à celles qui l'ont
précédée. Brendan est fasciné par la multiplicité des formes
que peuvent prendre les névroses ou le mauvais caractère
des jeunes femmes. Les garçons, eux, dans l'ensemble, sont

bons ou mauvais. Les mauvais détestent d'emblée l'autorité, quelle qu'en soit la nature, ils n'ont pas besoin de passer par l'automutilation ou l'anorexie pour affirmer leur refus de s'intégrer.

Chloé est en train de passer la salade lorsque Toby échange un regard entendu avec Salomé et annonce qu'« ils » veulent discuter d'un projet. Comme ils sont déjà convenus des arrangements pour le meeting pour la paix – ils se retrouveront tous les quatre à la gare et prendront le métro jusqu'à Central Park –, Brendan se prépare à entendre quelque chose d'inattendu, voire déplaisant. Chloé pose sa fourchette en travers de son assiette et fixe son attention sur son fils avec une intensité que Brendan trouve superflue. Salomé, manifestement détendue, enfourne une énorme bouchée de légumes. Elle n'est pas enceinte. Sinon, elle ne pourrait manger autant.

Toby explique la situation telle qu'il la voit, ainsi que la solution qu'il propose. Son colocataire a échoué dans quatre des cinq matières qu'il prépare et a décidé, avec les encouragements musclés de ses parents, de quitter l'université pour retourner à Pittsburgh. Salomé est malheureuse de vivre dans un placard à balais avec des colocataires qui écoutent des airs de comédies musicales de Broadway et invitent des copains à boire tard dans la nuit. Le propriétaire de Toby veut qu'il parte, car il entend transformer son immeuble en appartements et les vendre en copropriété. Il le dispensera de payer ses deux dernières semaines de loyer s'il libère les lieux avant le quinze. Toby et Salomé ont trouvé un appartement plus agréable, plus près de l'université, au quatrième sans ascenseur, avec une fenêtre donnant sur un arbre de surcroît, pour un loyer guère supérieur à celui que paie actuellement Toby. Ils ont l'argent pour leur dernier mois de loyer et pour le premier, mais pas pour la caution, et le nouveau propriétaire demande que les parents de Toby cosignent le bail.

Pendant que Toby expose son projet, Salomé termine sa salade, ne levant les yeux de son assiette que pour les porter sur le profil de Toby qui parle. « Voilà, conclut-il, on trouve que l'appartement a un bon rapport qualité-prix, et l'autre avantage, c'est que nous pourrons travailler beaucoup mieux tous les deux. Alors, nous avons besoin de votre aide. »

Pendant ces mots de la fin, Salomé avale une gorgée de vin. Brendan se demande si elle garde la bouche pleine afin d'éviter d'éclater de rire à l'idée qu'elle et Toby en arrivent à partager un appartement parce qu'ils souhaitent avoir de meilleures conditions de travail. Tandis qu'un iceberg de silence se glisse entre les convives, Salomé pose un coude sur la table et son menton dans sa main. Son regard croise celui de Brendan avec une franche interrogation qui le surprend. Est-elle insolente ou simplement honnête ?

Chloé n'a cessé de scruter le visage de son fils. « Les parents de Salomé sont-ils au courant ? demande-t-elle d'une voix douce.

– Mon père n'a pas beaucoup d'argent, dit celle-ci. Mais il m'en envoie un peu chaque mois. Je pourrai mettre la différence par rapport à ce que paie Toby actuellement. »

Chloé la regarde avec stupéfaction. Elle n'en croit pas ses oreilles. Brendan prend son élan pour répondre, mais Chloé se borne à demander : « Et votre mère ? Que pense-t-elle de ce projet ? »

Toby regarde son amie, puis sa mère, le sourcil froncé, première manifestation d'inquiétude de toute la soirée. « Ma mère est morte quand j'avais neuf ans », répond Salomé.

Chloé ne sait plus où se mettre. « Je suis désolée », dit-elle. Elle met une main sur sa joue et regarde Brendan. « Je ne savais pas.

– C'était en Croatie. C'est pour ça que nous sommes venus ici.

– Vous êtes née en Croatie, alors ? demande Brendan.

– Oui, dans une petite ville.

– Et vous y retournez parfois ?

– Non. Toute notre famille est morte. Mon père nous a amenés en Louisiane parce qu'il y avait un oncle.

– Et il ne s'est jamais remarié ? » demande Chloé.

Salomé ne répond pas à la question, peut-être parce qu'elle ne l'a pas entendue. C'est l'interprétation charitable à laquelle Brendan donne sa préférence. Mais Chloé prendra cela pour une insolence, une impolitesse délibérée. Brendan le sait et il sent bien l'irritation croissante de sa femme, même lorsque Salomé se tourne vers Toby et dit : « Il ne faut pas que j'oublie que mon père me téléphonera ici demain à onze heures. Tu me le rappelleras ? »

Et Toby, l'innocent, l'envoûté, annonce fièrement à ses parents : « Son père l'appelle tous les dimanches. »

Chloé se lève sans commentaire et se met à débarrasser les assiettes à salade, laissant Brendan remarquer que Salomé doit beaucoup manquer à son père. Cela entraîne d'autres révélations : elle a un frère aîné qui travaille avec son père, et c'est elle qui tient les comptes de l'affaire familiale. Chloé disparaît dans la cuisine où Brendan l'imagine en train de se cramponner quelques instants à l'évier en prenant de profondes inspirations. Ils discutent de l'endroit où se trouve l'église catholique la plus proche – c'est aussi bien que Chloé ne soit pas là – et de l'éventuelle existence d'une communauté croate dans le secteur. La question des nouvelles modalités de logement n'est pas abordée. Lorsque Chloé revient en apportant le dessert préféré de Toby, une tarte meringuée au citron, la conversation s'oriente sur le sujet neutre de la nourriture.

Plus tard, pendant que Chloé range la cuisine, Brendan, Salomé et Toby emportent leurs tasses de café dans le salon. Brendan passe en revue ses CD, en quête d'une musique susceptible d'apaiser l'atmosphère. Les deux jeunes gens sont assis ensemble sur le canapé, assez près pour que les doigts de Toby effleurent l'épaule de Salomé s'il tend le bras au-dessus des coussins. « Alors, papa, on peut compter sur vous pour l'appartement ? »

Brendan choisit *Romances sans paroles*, de Mendelssohn, avec Murray Perahia au piano, l'un des morceaux favoris de Chloé. « La caution s'élève à combien ? demande-t-il.

– Neuf cents. Je pourrai t'en rembourser quatre le mois prochain, quand j'aurai récupéré l'argent qu'Arnie me doit. »

Il glisse le disque brillant dans la fente, appuie sur le bouton « play », et les notes sereines emplissent l'air. Mendelssohn, cet enfant prodige, avait un tempérament notoirement joyeux qui irradie de sa musique, même lors de son année la plus triste, où sa sœur bien-aimée est morte. Brendan se tourne vers son fils qui se penche pour examiner un livre sur la table basse, une main posée derrière lui sur le genou de Salomé. Elle regarde sur le mur d'en face un cadre qui contient l'une des gravures de Chloé, un gros plan de Mike vu d'en dessous, de ce que Chloé appelle « le niveau souris ». Le regard de Salomé s'en détache et s'arrête sur un vase de chrysanthèmes posé sur le piano, sur la main de son amant qui repose si naturellement sur son genou. Toby lève vers son père un regard plein d'espoir, attendant sa réponse.

Une stupéfaction mêlée de tendresse rend Brendan muet. Il considère son fils avec un sentiment proche de l'admiration. Ainsi il va vivre avec cette jeune femme si maîtresse d'elle-même, provocante, à la sensualité sans complexes, qui lui fera assurément voir du pays, inconnu de surcroît. Il est assis là, à l'aise, comme si de rien n'était, certain que son père va comprendre combien cette étape est nécessaire. Il n'a aucune idée de ce que c'est de vivre nuit et jour avec une femme désirable, et il veut le savoir, il en a besoin. Brendan se rappelle vaguement cet état. Qui était-elle ? Combien de temps cela a-t-il duré ?

Toby ferme le livre et lâche le genou de Salomé pour prendre sa tasse de café.

« J'en parlerai à ta mère plus tard, dit Brendan. Je pense qu'il n'y aura pas de problème. »

« Ils ne nous ont pas laissé le choix, dit Chloé en se brossant les cheveux à grands gestes furieux. C'est ça que j'ai du mal à admettre.

– Il a vingt et un ans », fait remarquer Brendan, déjà couché, calé contre ses oreillers avec un livre, un nouveau roman anglais. Pour essayer de se tenir au courant de la littérature de fiction, il en lit avant de dormir.

« Tout ce que j'espère, c'est qu'elle ne va pas se retrouver enceinte.

– Il n'est pas idiot. Je suis sûr qu'il prend des précautions. »

Chloé pose sa brosse devant la glace et se retourne pour regarder son placide époux.

« Vraiment ? »

Brendan la regarde par-dessus ses lunettes de lecture. Il s'avise qu'elle est physiquement tout le contraire de la jeune femme dans la chambre du rez-de-chaussée. « Si tu veux dire "Est-ce que je lui ai demandé", alors non. Et je n'en ai pas l'intention.

– Ce n'est certainement pas à moi de le faire.

– Tu n'as aucune confiance en lui.

– Il ne pense qu'au sexe, pas aux conséquences. C'est un garçon, ça ne l'effleure même pas.

– Alors c'est à elle que tu ne fais pas confiance.

– C'est une catholique, c'est tout dire. Elle file à la messe demain matin.

– Tu crois qu'elle se ferait mettre enceinte pour le piéger ?

– Oui. » Chloé se lève et enlève sa robe de chambre. Brendan remarque qu'elle porte son pyjama préféré, bleu à rayures et élimé au col et aux manches. « Pas toi ? »

Elle grimpe dans le lit et se laisse tomber sur l'oreiller près de lui.

« Tu t'attends toujours au pire chez les autres, dit-il.

– Je me trompe souvent ? »

Sans répondre, il se plonge dans son roman. Il est question de deux jeunes Anglais pendant la guerre, dont l'un soupçonne sa mère d'être une espionne allemande.

« Il y avait une tête de lapin sur la terrasse aujourd'hui », annonce Chloé.

Sans grand espoir de pouvoir poursuivre, Brendan garde les yeux sur la phrase qu'il a commencé à lire. « J'ai trouvé que Mike avait l'air repu cet après-midi, dit-il.

– Ah oui ?

– Il est arrivé pendant que tu étais là-bas avec les enfants, il a bu beaucoup et s'est installé sur le canapé où il s'est endormi tout de suite.

– C'était un gros lapin. »

Brendan laisse le livre se refermer et retomber sur la couverture. « Tu crois que ce n'est pas lui qui l'a laissée là ?

– Je n'en sais vraiment rien. Je suppose que le lapin a été tué par des coyotes et qu'il m'a apporté la tête parce qu'il n'en voulait pas.

– Ça paraît possible.

– Mais d'habitude, il mange la tête.

– C'est peut-être un coyote qui l'a laissée.

– Elle était contre la porte, coincée contre la vitre. On avait l'impression qu'elle avait été jetée.

– Alors, tu penses que c'est le braconnier.

– Pourquoi ferait-il une chose pareille ?

– Tu lui as trouvé l'air en colère quand tu lui as parlé ?

– Non, totalement indifférent. »

Un craquement sec les fait sursauter tous les deux, mais ce n'est que Toby qui ouvre sa porte. Ils l'écoutent en silence passer devant la porte de leur chambre pour gagner la salle de bains. Un bruit d'eau qui coule dans les tuyaux, une toux, la porte qui s'ouvre, puis le silence. Chloé pose la main sur le bras de Brendan. Va-t-il aller dans la chambre de Salomé maintenant ? En aurait-il le culot ? Peut-être regarde-t-il derrière lui pour voir s'il y a de la lumière sous la porte de ses parents. Chloé écoute, tendue, les yeux grands ouverts. Brendan serait amusé si elle n'avait l'air aussi impuissante. Une latte du plancher craque ; oui, il regagne son lit étroit dans la salle de couture de sa mère. La porte se referme. Ils entendent grincer les ressorts du lit.

« Je n'aime pas du tout cette situation », dit Chloé, tendant la main pour éteindre sa lampe de chevet.

Le lendemain matin, Chloé trouve Salomé et Toby assis à la table de la cuisine en train de boire du café et de lire le *Sunday Times*. « Bonjour, lancent-ils joyeusement en chœur.

– Bonjour, vous êtes debout de bonne heure, répond Chloé en se dirigeant vers le poêle.

– Salomé doit aller à la messe », lui rappelle Toby. Comme si elle pouvait l'oublier. Ce n'est pas « veut aller » ni même « a besoin d'aller » mais « doit aller ». Et si elle n'y allait pas, que se passerait-il ? Chloé emplit sa tasse de café. Elle se sent grincheuse. En ajoutant du lait – ils ont fait chauffer le pot à lait dans le micro-ondes, juste comme elle l'aime – elle s'exhorte à la courtoisie. Elle fait un effort pour décrisper son visage, prendre l'air intéressé, et se tourne vers son fils. « Il y a des nouvelles qui méritent d'être lues ? demande-t-elle avec un mouvement du menton en direction des pages étalées devant lui.

– Du tout-venant. Les Démocrates sont d'une lâcheté révoltante. »

Salomé ne lève pas les yeux. Elle a une tenue noire, soignée : un cardigan boutonné jusqu'au cou, une jupe en coton qui arrive au ras des bottines. Une mantille en dentelle bleu pâle est drapée sur ses épaules. Chloé en remarque la beauté. « Très joli châle, Salomé », dit-elle.

La jeune fille lève les yeux, porte une main à son épaule pour ajuster un pli. « Il appartenait à ma mère. »

La mère défunte. Chloé creuse sa cervelle somnolente pour trouver une réponse appropriée. Devrait-elle dire que c'est triste, que c'est malheureux ? Ou alors que c'est bien de porter ce châle, rassurant peut-être ? Cela doit vous réconforter ? Rien ne sonne juste. Le regard de Salomé balaie brièvement le visage de Chloé puis retourne au journal devant elle. À l'évidence, aucune réponse ne s'impose ; mais malgré elle, Chloé dit « Oh ». Trop peu, trop tard.

Toby finit sa tasse de café et lève le poignet pour consulter sa montre. « C'est l'heure de partir », dit-il. Ils commencent à replier les feuilles du journal. Toby prend leurs tasses et les met dans l'évier. Appuyée au plan de travail, Chloé les observe. Encore à moitié endormie, elle se sent agacée en les voyant si efficaces, si pressés. Elle entend les tuyaux gronder au premier : Brendan, dans la salle de bains. Ces deux-là seront partis avant qu'il ne descende dans la cuisine. Un bruit de pattes qui trottent dans la véranda à l'arrière de la maison lui parvient : voilà Mike qui rentre de ses festivités nocturnes. Toby ouvre la porte et le chat entre en trombe, passant devant Salomé qui recule son pied comme si elle dédaignait d'être touchée par un animal. Chloé pose sa tasse sur le plan de travail et se penche pour prendre Mike dans ses bras, vexée pour lui. Enfin, ils partent, remarquant à peine son geste. Toby saisit au vol les clés de voiture sur la table. « Je passerai au marché pendant que Salomé sera à l'église, dit-il. As-tu besoin de quelque chose ? »

Ainsi, il ne l'accompagne pas à la messe. « Non, dit Chloé en mettant son nez dans la fourrure du chat. Je te remercie. »

Salomé sort de la cuisine et s'arrête sur la terrasse pour regarder la voiture. Chloé a l'impression que ce moment est le dernier qu'elle partagera seule avec son fils. À coup sûr, c'est une réaction paranoïaque. Mais désormais, sa relation avec lui ne se composera que de ces moments-là, du temps volé à Salomé. Cette prise de conscience déprimante l'oppresse. Toby s'immobilise dans l'embrasure de la porte et tourne la tête vers elle sans se douter un seul instant qu'elle a besoin d'être rassurée. Assurément, sa réaction est normale, mais Chloé, elle, pense à toutes les fois où ils sont restés assis ensemble le dimanche matin, la mère et le fils, à regarder la presse, à se lire des passages intéressants, à manger du pain grillé et à boire du café jusqu'à l'apparition de Brendan ; elle se mettait alors à préparer des œufs au bacon, des crêpes, un petit déjeuner tardif qui se prolongeait parfois en déjeuner. Se peut-il que cette porte qui claque pour conduire une intruse de l'autre côté de la vallée afin de satisfaire à une obligation religieuse soit le nouvel ordre des choses ?

« Nous n'en avons pas pour longtemps », dit Toby. Le pâle sourire qu'il lui adresse exprime-t-il sympathie ou regret ?

« Sois prudent au volant », répond-elle.

Brendan est en train de se verser du café et Chloé de lire un article sur la surabondance de chevreuils dans le comté de Putnam lorsque le téléphone sonne. Elle s'arrête de lire quand il décroche. « Allô ? dit-il.

– Branko à l'appareil. » L'accent est prononcé, la voix rude et assurée.

« Désolé », répond Brendan. Il s'apprête à informer son interlocuteur qu'il a fait un faux numéro quand il s'avise que c'est le père de Salomé. « Vous voulez parler à Salomé ? » demande-t-il.

Chloé repose le journal et appuie son menton sur sa paume, l'oreille aux aguets.

« Je suis son père.

– Oui, c'est ce que j'ai pensé. Mais je regrette, elle n'est pas là. Toby l'a emmenée à l'église.

– Je sais. J'appelle pour prévenir que je ne pourrai pas téléphoner à onze heures quand elle rentrera, parce qu'il y a un problème avec le bateau.

– Ah. » Brendan lève les sourcils en direction de Chloé pour lui faire comprendre que son interlocuteur l'amuse. « Je lui transmettrai le message.

– Je l'appellerai plus tard, à trois heures.

– Je crois qu'ils repartent par le train de deux heures trente pour New York. Ils ne seront pas rentrés avant quatre heures. »

Il y a un silence. Brendan essaie de se représenter l'homme au bout du fil, un homme qui a un problème avec son bateau. Il est grand, ça s'entend ; il est debout sur un quai de Louisiane, à l'extrémité de la terre, entouré d'eau, avec peut-être un palmier ou deux. Il fait chaud là-bas ; il ne porte qu'une chemise de coton dont il a roulé les manches sur ses avant-bras puissants. Il a glissé un paquet de cigarettes dans la poche de sa chemise. Il a une voix rauque de fumeur. « Alors je l'appellerai chez elle à cinq heures. Vous le lui direz de ma part ?

– Comptez sur moi, dit Brendan.

– Merci beaucoup. » Et la communication est coupée. Brendan raccroche en souriant.

« Eh bien ? dit Chloé.

– Le père.

– Quelle impression t'a-t-il fait ? Il a été poli ?

– Pas plus que ça.

– Grossier ?

– Non. Juste sec. Il a un accent prononcé, mais il ne parle pas mal du tout.

– Qu'est-ce qu'il voulait ?

– Il ne pourra appeler Salomé que plus tard. Il a un problème avec son bateau.

– Il a appelé pour dire qu'il ne pouvait pas appeler ?

– Enfin, pas à l'heure prévue. »

Chloé se replonge dans le journal. Brendan, debout, la regarde en buvant son café. Malgré la brièveté de la conversation, il a l'impression qu'il reconnaîtrait le père de Salomé au milieu d'une foule. « Il s'appelle Branko », dit-il.

Chloé ponctue cette information d'un souffle indigné, sans toutefois lever les yeux de sa page. « Branko », répète-t-elle, incrédule.

J'étais jeune, j'étais passionnée. Je ne supportais pas les contraintes de la vie quotidienne, l'indifférence de mon mari et la cruauté inconsidérée de ma belle-famille. C'est par colère, je l'avoue, que j'ai cherché du réconfort auprès d'un étranger. Il n'était rien d'autre alors ; plus tard, il est devenu un ennemi, et alors a commencé le compte à rebours avant que quelqu'un nous trahisse, quelqu'un de sa famille ou de la mienne.

Mon père était un homme instruit, originaire de Zagreb, et il ne m'a pas pardonné d'épouser un pauvre fermier d'une petite ville, donc au départ, j'ai déjà été rejetée. J'y étais habituée. Mon mari était un homme robuste, plein de vitalité. Papa était petit, frêle, opiniâtre et amoureux des livres. Il se considérait comme un Occidental. Il détestait le gouvernement, quel qu'il soit. Il avait détesté les Oustachis[1] autant que Tito. C'était un démocrate. Il tenait des comptes, remâchait ses griefs et se souvenait du moindre affront. Il avait de grands projets pour mon frère : son fils devait être sa revanche sur le monde. Pour moi, il ne nourrissait pas d'ambitions aussi élevées. Il voulait que j'épouse un médecin ou un universitaire.

J'avais vingt ans quand je me suis enfuie avec mon mari. J'avais fait deux trimestres à l'université ; j'avais de bonnes notes. Je l'avais rencontré en vacances avec des amis Nous faisions du stop dans la campagne et lui, il était dans son champ sur son tracteur.

---

1. Membres d'un mouvement terroriste nationaliste croate fondé en 1929, ils dirigèrent la Croatie indépendante pendant la Deuxième Guerre mondiale. Protégés par Hitler, ils menèrent une politique de répression qui prit parfois des allures de génocide dont Serbes, Juifs, Tsiganes et musulmans furent les victimes. Leur régime s'effondra en 1944.

Au début, nous avons habité une petite ville, puis nous avons déménagé dans une autre, encore plus petite, pour nous rapprocher de ses parents parce que son père était malade. J'ai eu trois enfants en cinq ans. En ville, on ne prête jamais grande attention à l'endroit d'où viennent les gens, à l'église qu'ils fréquentent, ou à l'alphabet dans lequel est écrit le journal qu'ils reçoivent ; mais c'était très différent dans cette petite ville. Pourtant, il y avait des mariages mixtes. Les différences s'attirent, comme on dit, je crois ?

Non, ce sont les contraires qui s'attirent.

En effet. Comme des aimants.

Le train est bondé. Ils prennent les sièges aveugles dont personne ne veut, ce que Toby trouve bizarre, parce que c'est un train de banlieue, et que les voyageurs, ayant vu le paysage mille fois, sont absorbés par l'écran de leur ordinateur. Il jette son sac dans le porte-bagages au-dessus d'eux et se laisse tomber sur le siège à côté de Salomé, qui s'est poussée contre la paroi. Elle sourit et lui pose la main sur le genou. « Embrasse-moi », dit-elle. Toby jette un coup d'œil au couple d'un certain âge qui déballe des sandwichs de l'autre côté du couloir. « Quel puritain ! » jette Salomé en glissant une main sous son menton. Il baisse la tête et pose ses lèvres sur les siennes. Le baiser devient plus complexe lorsqu'elle fait intervenir sa langue et que ses doigts pianotent vers le haut de sa cuisse : Toby est à la fois excité et gêné. Sent-elle sa réticence ? Elle referme doucement les lèvres, sa main redescend vers son genou, puis le lâche. Quand il ouvre les yeux, il la voit affalée sur son siège, les lèvres pincées, le regard amusé comme si elle connaissait un secret le concernant, et qu'il était un adorable petit garçon espiègle.

77

« Papa m'a donné le chèque, annonce-t-il. Il faudra lui envoyer le bail par mail dès que nous rentrerons.

— Qu'a dit ta mère ?

— Rien.

— Elle n'est pas contente.

— Ça lui passera.

— Elle pense que je lui vole son fils. »

Toby ne dit rien. Il n'a pas envie de parler de sa mère. « Et elle a raison, poursuit Salomé.

— Tu crois que je suis un gros lot qui doit passer de femme en femme ?

— Je crois que ta mère te trouve trop bien pour moi.

— Ah bon », dit-il en se penchant pour prendre son sac de livres sur le sol ; il tire le rabat en velcro, qui s'ouvre avec un « critch » satisfaisant. Il ne doute pas que sa mère le trouve trop bien pour Salomé, et cela le dérange de devoir la défendre de cette accusation. Il fouille dans le sac à la recherche de son classeur. Le lendemain matin de bonne heure, ils ont un examen qu'il n'a pas suffisamment préparé.

« Passe-moi le mien aussi », dit-elle.

Leurs classeurs sont écrasés l'un sur l'autre, mais faciles à distinguer. Le sien est petit, beige avec des spirales ; celui de Salomé rose, plastifié, avec une étiquette où on lit MIR, ce qui, il le sait, signifie « paix » en croate. Bon programme, pense-t-il en lui passant le classeur. Il repose le sac entre ses genoux. Cependant, lorsqu'elle ouvre la couverture rigide et tourne les premières pages de ses notes, il déclare : « Ça n'a rien d'extraordinaire qu'une mère ait bonne opinion de son fils, si ? »

Salomé ferme le classeur et croise les mains sur la couverture. « Justement, dit-elle. Elle n'a pas une bonne opinion de toi. Elle te croit trop bête pour savoir ce qui est bon pour toi. Elle me prend pour une tentatrice qui va te tirer vers le bas, ruiner ton existence, et elle pense que tu es trop faible pour me résister, que tu as besoin d'être protégé. De mes semblables. Si elle avait une haute opinion de toi, elle respecterait ta capacité de faire des choix dans la vie, de choisir tes amis, ceux que tu aimes. Mais elle ne te fait pas confiance là-dessus. En fait, elle te méprise complètement.

– Et ton père, il va d'emblée m'accepter, me faire confiance, et être absolument ravi de me rencontrer », dit Toby.

Salomé hausse les épaules « Mon père ne fait confiance à personne. Mais quand il verra que je t'aime, alors tu feras partie de la famille. Il ne sera pas nécessairement d'accord avec toi, et dans ce cas, il te le fera savoir, mais d'égal à égal. Il ne te parlera pas avec condescendance et il ne te demandera pas ce que ton père pense de tes projets.

– Voilà ce que tu n'as pas digéré, s'exclame Toby.

– Quoi ?

– Qu'elle t'ait demandé si ton père approuvait qu'on vive ensemble. »

Elle pince les lèvres et baisse les yeux. « Quelle connerie », dit-elle doucement.

Toby la regarde, observe sa façon de serrer les mâchoires, l'ombre que ses cheveux projettent sur ses yeux et ses petites mains croisées sur la couverture de son classeur. Sa colère se dissipe, remplacée par de la fascination. Il met de côté la question incendiaire concernant l'éventuel mépris de sa mère, une idée qui ne lui avait jamais traversé l'esprit, et s'abandonne à la curiosité que Salomé éveille en lui. Quelle assurance extraordinaire ! Comme elle analyse froidement toute opposition à son point de vue ! Il n'y a aucun sadomasochisme chez elle, aucune manipulation subtile, pas de silence meurtri ni d'allusion pudique, juste un rejet direct : quelle connerie.

« C'est vrai, admet-il. Mais pour l'instant, nous avons besoin de cet argent. »

Elle rouvre son classeur et tourne une page couverte de sa petite écriture serrée. Pas de griffonnages dans la marge, et guère de ratures. En cours, elle prend des notes abondantes, d'où elle tire des plans complexes avec des références aux pages des textes. C'est une méthode qu'elle a apprise chez les sœurs, a-t-elle confié à Toby. Elle fait glisser un doigt sur les chiffres romains de la première grande partie et Toby, supposant clos le chapitre sur l'inquiétude de sa mère, ouvre son cahier. Salomé est peut-être beaucoup mieux organisée, mais son écriture à lui est beaucoup plus lisible.

« Je le sais, qu'on a besoin de cet argent, dit-elle sans relever les yeux. C'est bien ça qui me chagrine. »

Toby et Macalister se battent avec le futon, coincé dans l'escalier, au tournant du quatrième étage. Debout dans l'encadrement de la porte au-dessus d'eux, Salomé les regarde.

« Il va falloir qu'on passe dessous, dit Toby, qui disparaît sous le bord inférieur du futon.

– Il faut que vous le souleviez, dit Salomé.

– Elle pense à tout », commente Macalister. Il plie les genoux et passe la tête et les épaules dans la courbe du matelas, hissant la masse molle sur son dos. « À trois », dit-il à Toby, dont la voix étouffée articule « Un, deux, trois. » Le matelas fait saillie jusqu'à ce qu'une extrémité passe par-dessus la rampe. Toby et Macalister émergent et n'ont que le temps de se jeter sur le dessus pour l'empêcher de glisser dans la cage d'escalier. « On dirait un cadavre, dit Toby.

– Les cadavres, c'est plus rigide, rétorque Macalister.

– C'est gagné, maintenant », dit Salomé en tournant les talons pour rentrer dans l'appartement.

Toby se met à rire. « Je ne peux pas en être sûr, dit Macalister, mais je crois que c'est gagné, oui. »

Ensemble, ils font glisser le futon le long de la rampe et négocient le virage. Sur le palier, ils le mettent debout et le poussent contre le mur. De la porte, Salomé les regarde. « Super, dit-elle. Vous y êtes presque. » Les deux jeunes gens échangent un sourire complice.

« Qu'est-ce qu'il y a de drôle ? » demande-t-elle, prête à rire.

Toby pose sa tête contre le matelas et ferme les yeux.

« Tu as du pot, dit Macalister.

– Je sais que tu le penses, répond Toby, sans rouvrir les yeux.

– J'ai déballé la cafetière, dit Salomé. Je vais faire du café. » Elle s'esquive à nouveau. Les deux garçons prennent place de part et d'autre du matelas qu'ils font glisser le long du mur vers la porte ouverte. Voilà plusieurs heures qu'ils descendent trois étages, chargés de caisses et de meubles, puis en gravissent quatre, et ce futon arrive en dernier. Quand ils abordent l'angle d'entrée dans l'appartement et passent devant Salomé, qui s'aplatit contre le plan de travail de la cuisine, leur moral remonte. Ils prennent de la vitesse, glissent rapidement à travers la première pièce puis passent sous l'arche menant à la pièce du fond. Salomé suit, et les guide vers le mur de l'alcôve.

« Mettez-le là, la tête contre le mur.

– C'est un futon, dit Macalister. Il n'a pas de tête.

– Bon, alors, là où seront nos têtes. »

Toby a une vision de leurs têtes, côte à côte sur deux oreillers. Celle de Macalister, réjouie, apparaît entre eux. Toby tire le matelas d'un geste brusque et le marxiste, bousculé, se cogne au chambranle. « Attention », s'exclame Macalister. Quand le matelas est à l'alignement du mur, ils le lâchent et reculent. Il reste droit un moment, comme s'il cherchait de quel côté tomber ; puis le haut se détache et le matelas s'effondre sur le sol.

« Le pouvoir au peuple », dit le marxiste. Salomé glisse un bras autour de la taille de Toby et se blottit contre son épaule. « Mission accomplie ! » dit-il. Tous trois jettent un regard approbateur sur la pièce. Elle est repeinte de frais, le parquet luit ; au fond s'ouvre une grande fenêtre à barreaux, par laquelle on voit frémir sous la brise les feuilles jaunissantes d'un énorme sycomore. « Il est super, cet appartement, dit Macalister. Parfaitement bourgeois et respectable.

— Tu es jaloux, dit Salomé.

— Ben tiens ! » Dans la cuisine, un sifflement de plus en plus perçant s'impose à leur attention. « Le café ! » s'exclame Salomé qui s'élance. Toby regarde son dos s'éloigner. Elle a fière allure, avec un maintien droit comme celui d'une danseuse. « Je ne sais pas toi, dit Macalister, mais moi, je n'ai pas envie de café. Je prendrais bien une bière. »

On décide que Toby va descendre pour déplacer le camion de location et prendra une bière au passage à l'épicerie du coin. Ce n'est qu'en arrivant sur le trottoir qu'il s'avise que Salomé et Macalister se trouvent seuls dans l'appartement. Doit-il s'inquiéter ? « C'est un bon ami, avait-il dit quand Macalister s'était proposé pour leur donner un coup de main pendant le déménagement.

— Tu crois ? avait demandé Salomé.

– Pas toi ?

– Tu es mignon, Toby. Tu n'as même pas remarqué que Bruce est amoureux de moi.

– Il te l'a dit ?

– Pas la peine », avait-elle répondu. Ce qui a dérangé Toby pendant cet échange, c'est que Salomé ait utilisé le prénom du marxiste. Personne n'appelle Macalister « Bruce ». Cela suggère un certain degré d'intimité. Tout de même, où prendrait-elle le temps pour une liaison clandestine ? Toby passe presque toutes les soirées avec elle et elle a un emploi du temps serré dans la journée avec ses cours. Alors, quand Macalister est-il devenu « Bruce » ?

Et maintenant, « Bruce » est seul avec elle. Il a manigancé ça si facilement ! En mettant la clé dans la serrure du camion, Toby lève les yeux vers la façade du bâtiment où Salomé est restée avec leur ami commun. Ils ne se hasarderaient pas à prendre des risques, ne sachant pas combien de temps il lui faudra pour trouver une place où se garer. Ce qui peut aller de quelques minutes à une heure. Il monte, s'installe sur le siège du conducteur et fait démarrer le moteur. Il ne mettra pas longtemps, décide-t-il. Mais même dans le meilleur des cas, ils auront le temps de s'embrasser et de faire des projets fiévreux pour leur prochain rendez-vous. Il baisse la vitre et se penche pour évaluer la circulation derrière lui. Il est ridicule, il le sait, mais un sentiment d'urgence l'étreint. Il déboîte brusquement, évitant de justesse la voiture qui le précède ; le conducteur derrière lui le klaxonne. Cette ville est un asile de fous. Tout le monde s'y agite en permanence, et pourquoi ? Pour rien. Toby passe les vitesses et fonce, traversant deux carrefours avant d'être bloqué dans une file d'autres voitures derrière un camion poubelle. Il appuie sa paume contre son front, soupire, ferme les yeux et inspire profondément.

Salomé porte un vieux cardigan rouge dont les deux premiers boutons sont ouverts, de sorte que les bords retombent, révélant le relief arrondi des clavicules. Toby voit les doigts carrés de Macalister tirer la laine autour du troisième bouton. « Bruce, ne fais pas l'idiot, dit Salomé, on n'a pas le temps. »

Macalister ricane : « Tu plaisantes ? Il est coincé derrière un camion poubelle entre Houston Street et Lafayette Street. Il en a pour des heures. »

Le vent. L'élément vital, dont on ne voit que les effets. Dans les illustrations de Fritz Eichenberg, qui avaient tant intrigué Chloé enfant, le vent est suggéré par une ligne ondulée sur le sol et par les cheveux flottants et les vêtements plaqués des personnages qui luttent contre lui. Le dessin de couverture, imprimé sur du carton résistant, représente Heathcliff appuyé contre un arbre, le visage aux traits durs levé, offert au vent, les cheveux, la cravate et les pans de la redingote déployés devant lui. Chloé trouve l'image problématique. Le tronc de l'arbre est deux fois plus gros que l'homme ; ne le protège-t-il pas un peu du vent ? La touffe d'herbe à ses pieds se courbe sans s'aplatir, ce n'est pas un vent soufflant en tempête. L'arbre est menaçant, avec ses branches nues noueuses et son écorce qui ressemble à un nid de serpents. Heathcliff a une carrure puissante, sa poitrine tend le devant de sa redingote, mais sa tête est trop petite et ses traits sombres, trop accentués, ont quelque chose de caricatural. En feuilletant le livre, Chloé trouve les dessins souvent lourds, surchargés. Le trait d'Eichenberg est uniformément épais. Pour la lumière, il n'en utilise aucun, laissant des blancs autour d'une chandelle ou d'une lanterne levée, ou pour marquer l'éclat d'une lame de couteau.

Il n'a pas beaucoup travaillé les maisons. Hurlevent même n'est qu'une bâtisse à un étage avec un toit mansardé qui pourrait être en chaume. Pour la Grange, seule l'entrée de la maison est visible à l'arrière-plan de la planche où le bulldog de Linton attaque Catherine Earnshaw. Elle est allongée au premier plan, soulevée sur les coudes, la tête retournée vers le chien. Accroupi derrière elle, Heathcliff a une main sur le collier de l'animal, et de l'autre brandit une pierre pour asséner un coup puissant. Au-dessus de sa tête, la lanterne tenue par un domestique est entourée d'un halo blanc.

C'est une composition agréable à l'oeil. Le bras levé de Heathcliff décrit un arc au-dessus de l'épaule du serviteur jusqu'au gourdin qu'il tient, passe par-dessus le dos hérissé du chien et rejoint la cheville de Catherine, puis de là, le bras qu'elle dresse et enfin, sa propre jambe repliée. Cette ellipse féroce de la lutte et de l'indignation est distincte du rectangle de la porte ouverte encadrant la silhouette sombre d'une femme qui observe tranquillement la scène.

Chloé se rappelle encore l'impact agréable et curieusement érotique de cette image sur elle enfant, dans toute sa brutalité inattendue. Où l'avait-elle vue pour la première fois ? À la bibliothèque municipale, où elle passait de nombreux après-midi l'été, ou parmi les livres défendus de la chambre de ses parents, qu'elle allait lire en cachette lorsqu'on la laissait aux bons soins d'une baby-sitter indifférente ? Avant de connaître l'histoire, ces illustrations l'intriguaient, car elles offraient l'accès à un monde interdit, un monde de cruauté, de violence, de jalousie, de mort.

De vie aussi. De passion. C'était en cela que ces scènes crues différaient le plus manifestement de l'univers banal de la maison familiale, cette zone morte, cette eau froide et sans lumière au fond d'un puits. Sa révolte avait été précoce et intense. « On ne vit pas, ici », criait-elle en montant quatre à quatre l'escalier moquetté pour gagner sa chambre. « Cette maison est un tombeau ! » hurlait-elle en claquant sa porte, sur laquelle elle avait collé des aphorismes soigneusement calligraphiés empruntés à ses dieux, les poètes romantiques. *Ne brident la passion que ceux chez qui elle est assez faible pour se laisser brider.* C'était assurément l'un de ses credos. Des années plus tard, alors que William Blake l'intéressait plus comme graveur que comme moraliste, elle avait découvert qu'il n'avait pas eu le temps de vivre la vie passionnée qu'il préconisait ; il était trop à court d'argent. Il travaillait au jour le jour, acceptant n'importe quelle tâche sans intérêt afin de joindre les deux bouts. Vers la fin de sa vie, il avait fait cent quatre-vingt-cinq gravures d'assiettes pour le catalogue de porcelaine de Josiah Wedgewood.

Chloé regarde la dernière gravure : un jeune berger et ses moutons au premier plan. Un paysage paisible, sans vent. Les moutons vaquent à leurs affaires de moutons. Par-dessus son épaule, le berger regarde apparaître Heathcliff et Cathy, dont les silhouettes estompées se détachent sur les lignes dures du sol tourbillonnant. Le choix est bon : après tout, il s'agit d'une histoire de revenants, celle d'un monde hanté.

Un monde hanté. La nuque de Chloé se hérisse comme sous l'effet d'une brise froide, alors que l'air est calme. Elle regarde la clairière, de l'autre côté des portes vitrées. Elle s'avise que les oiseaux ne chantent plus. Elle ferme le volume et le pose à côté d'elle. Dans son esprit défilent paresseusement des visions de cimetières, la pierre tombale touchante de Keats à Rome, le champ de croix en Normandie, la

pelouse bien tondue et les plantations ordonnées du cimetière municipal du Connecticut où ses parents reposent, sans
doute, en paix. Elle se dirige vers la porte ouverte et sort sur
la terrasse semée de feuilles. Elle entend un froissement
d'herbes au bord de la clairière et voit Mike arriver en trébuchant. Voilà qui explique le silence des oiseaux. « Coucou », lance Chloé. Mike s'assoit brusquement. Il paraît
sonné. « Ça va ? » dit Chloé. Le chat fait quelques pas de
plus, mais ses pattes sont mal coordonnées, incroyablement
maladroites, et il s'assoit à nouveau. Chloé se précipite, descend les marches et traverse l'herbe inégale. Il la regarde
approcher, l'œil vague, et quand elle arrive à sa hauteur, il
roule sur le dos. C'est alors qu'elle voit du rouge sombre
suinter dans l'épaisse fourrure grise de son flanc.

Le vétérinaire n'est pas convaincu que la blessure de
Mike soit due à un coup de fusil. « Elle est trop nette, et
il n'y a rien dedans. On dirait qu'il s'est déchiré sur quelque chose de pointu. La coupure est profonde, mais n'a
touché aucun organe. » Il nettoie la plaie avec une
compresse et dénude les contours au rasoir électrique.
Mike ne se débat pas, mais cela ne lui plaît pas. Ses poils
tombent par poignées. « Regardez, dit le vétérinaire, elle
est parfaitement ronde. C'est très étrange. » Brendan et
Chloé s'approchent pour regarder le petit trou net dans le
flanc du chat. « Je ne vais pas recoudre, dit le vétérinaire.
Il faut veiller à ce que la plaie reste propre et appliquer des
compresses chaudes trois fois par jour. Prenez un gant de
toilette, trempez-le dans de l'eau aussi chaude que vous
pourrez le supporter et appliquez-le dessus au moins cinq
minutes. Si elle ne se referme pas d'ici une semaine, reve-
nez me voir. »

« Aurait-il pu se trouver tout à fait en fin de portée de tir, quand les plombs sont déjà tombés ? demande Chloé.

– Je ne crois pas, non. Ça ressemble à une perforation.

– Il est peut-être tombé sur un objet pointu, dit Brendan.

– C'est ce que je pense », répond le vétérinaire. Il lâche Mike, qui se précipite dans le panier à chat et se blottit tout au fond. C'est amusant, car Mike a horreur du panier à chat. Il faut être deux pour l'y faire entrer. Mais il en est arrivé à la conclusion que c'est la façon la plus rapide de sortir du cabinet du vétérinaire. Il fait la même chose chaque fois qu'il y vient. Le vétérinaire a remarqué que la plupart des chats font de même, mais cela reste un prétexte à commentaires narquois. « Il est prêt à rentrer chez lui », dit le vétérinaire, et ils sourient tous trois en hochant la tête pour saluer l'intelligence merveilleuse des chats.

Dans la voiture, Chloé lance : « Il n'a pas dit qu'il était impossible qu'on lui ait tiré dessus.

– En effet.

– J'appelle Joan Chase dès que nous serons rentrés. Elle a entendu ce type sur son terrain la semaine dernière. Elle se fait du souci pour son chien. »

Brendan lui lance un coup d'œil pour jauger ses intentions. « Quand l'as-tu vue ?

– Hier. À la poste. Elle a dit que Joe était allé le trouver pour l'avertir de ne pas entrer chez eux. C'était le même type, et le même chien avec une clochette. Il les a réveillés à six heures du matin dimanche. J'ai dit à Joan que nous devrions avertir la police ou le garde-chasse et elle est d'accord. Mais elle m'a dit que d'après Joe, la police ne pourra rien faire. Il ne va pas être mis sous surveillance rien que pour nous. Joe a discuté avec Fred Ketchum, qui habite Vechey Lane. Il dit que ce type gare sa voiture en lisière des bois de ce côté-là et part à pied. J'ai parlé à Joan de la tête de lapin et elle m'a dit qu'elle s'inquiétait pour son chien.

– Ce petit roquet !

Chloé se met à rire : « Cette peluche, disons.

– Il n'a pas mordu quelqu'un ?

– Si. Le type qui apporte les Fed-ex. À la cheville.

– Peut-être que c'est le braconnier qui devrait se faire du souci. »

Chloé sourit, mais sans conviction. Un miaulement douloureux sort du panier. « Un peu de patience, le chat, dit-elle. On est presque arrivés. »

Brendan voit le présent comme le passé, à travers une longue-vue. Il a rarement l'impression d'y être vraiment. Tandis qu'un énième intervenant monte sur la plate-forme improvisée dans le parc, son mécontentement s'accentue. L'air est frais, baigné de lumière automnale, et le paysage harmonieux, soigneusement entretenu entoure la foule comme une soucoupe verte bordée d'or. Frederick Law Olmsted[1], pense Brendan. Lui au moins, c'était un vrai visionnaire.

Il y a là peut-être vingt mille personnes. La foule emplit l'espace prévu avec une densité satisfaisante, notamment près de l'estrade, mais on attendait beaucoup plus de participants, tout le monde le sait. La petite amie frondeuse de Toby, debout devant lui, se retourne de temps en temps, l'air maussade, pour évaluer l'ampleur de la foule. Au-dessus, un hélicoptère tourne sans but, aussi mollement qu'une libellule. Il a été dépêché par une chaîne

---

1. Frederick Law Olmsted (1822-1903) : architecte paysager qui a conçu Central Park, entre autres jardins célèbres aux États-Unis.

d'actualités pour confirmer les prévisions selon lesquelles cette manifestation ne fera pas la une des médias. « Vous êtes merveilleux, affirme l'orateur à la foule. C'est un bonheur d'être avec vous. Nous pensions être isolés ! »

Debout à côté de Brendan, Chloé lui propose sa bouteille d'eau. « Quel crétin ! » dit-elle à voix basse. Toby, cet incurable optimiste, se retourne vers ses parents et leur désigne le mince filet humain qui franchit la grille, venant de la rue. « Il en arrive encore », dit-il. Sur l'estrade, l'homme prend son élan pour une longue harangue, et dénonce avec audace le fondamentalisme de tous bords. Derrière lui sur l'estrade, un imam afro-américain et un rabbin manifestent leur désaccord de façon visible. Ils se feront un devoir d'expliquer pourquoi leur religion respective ne peut être tenue responsable de divisions ni de provocations incendiaires, la preuve en étant leur présence conjointe sur cette estrade pour en appeler à leurs fidèles afin qu'ils arrêtent le mécanisme de la guerre.

Son discours est déjà si morne, si plein de platitudes que Brendan sent sa fureur contre le gouvernement se transformer en dégoût général de ce qui passe aujourd'hui pour du discours politique. Il est parfois si exaspéré qu'il fait remarquer à ses amis que les événements du sacro-saint 11 septembre n'étaient pas inédits et n'ont en fait rien changé ; plutôt que de marquer l'entrée dans une nouvelle ère, ils signalaient la fin d'un cycle et le retour à une ère très ancienne. Plus s'élargit le cercle du faucon en vol, moins il entend le fauconnier[1]. Brendan lève les yeux vers le ciel bleu et plat. Yeats avait raison. L'histoire est un délit qu'on

---

1. « [Turning and turning in] the widening gyre/The falcon cannot hear the falconer.[…] » W.B. Yeats, *The Second Coming* (1920). Le Second avènement.

n'a pas commis : debout au banc des accusés, on est condamnés d'avance. L'heure est venue de prendre parti mais... *les meilleurs ne croient plus à rien*[1]. « On pourra partir bientôt, tu crois ? » demande-t-il à Chloé. Qui ne l'entend pas. Elle observe d'un œil inquiet Toby, les bras négligemment passés autour de la taille de Salomé, qui s'appuie sur lui de tout son long, le menton levé tandis qu'il lui parle, le visage dans son cou. Lui glisse-t-il des mots doux ou une réflexion sur l'orateur ? Brendan imagine l'endroit précis où, pense-t-il, le pénis de son fils s'appuie contre les reins de Salomé, et cela le fait sourire. Il est habitué à cet étalage de sexualité chez les jeunes ; ses étudiants n'ont pas, comme lui, vieilli au fil des ans. Un groupe portant une banderole où s'étalent les mots *Jésus bombarderait qui ?* quitte la pelouse et s'avance vers Toby et Salomé avec des cris et de grandes démonstrations d'affection. Les garçons se donnent des claques dans le dos, version virile des embrassades que les filles dispensent à tout va. Il constate que Salomé garde ses distances et se borne à faire deux bises rapides sur les joues de ses co-manifestants, à l'européenne. Qu'ils sont tous mal habillés, et quel étalage de tatouages, de bourrelets de chair, de piercings garnis d'anneaux d'argent ! Avec sa jupe large et sa blouse brodée, Salomé paraît déplacée. Brendan note l'absence de toute marque sur elle, visible en tout cas. Le style de Toby est minimaliste : un clou d'oreille en or, les cheveux hérissés par l'application d'un gel, un T-shirt noir trop grand sans logo, des sandales avec des chaussettes. Salomé et lui ont l'air d'aristocrates qui s'encanaillent. Mais un jeune homme à barbichette trotskiste et lunettes

---

1. The best lack all conviction. (*Ibid.*)

à monture d'acier s'empresse sans vergogne auprès de Salomé. Il lui prend le bras, lui parle à l'oreille, la fait rire. Toby regarde ce manège avec indulgence. Ne sait-il pas que son ami est amoureux de Salomé ?

« On aurait dû l'envoyer faire ses études à la Sorbonne, dit Chloé. Ou à Édimbourg. Il s'était bien plu à Édimbourg. »

« Je suis partisan de l'art, annonce l'orateur. Je suis pour les romans, les pièces de théâtre, la poésie, la peinture, la musique, pour la beauté et la créativité et pour la liberté d'expression face à la répression. » Toby s'est rapproché de ses parents. « Salomé est déçue qu'on soit si peu nombreux, dit-il. Mais moi je ne suis pas si pessimiste : il doit bien y avoir cinquante mille personnes, non ? »

« Voilà les libertés qui comptent pour moi, conclut l'orateur. Et ce sont celles que l'administration déteste. »

« Ben voyons, dit Chloé. L'administration déteste nos libertés. » On entend une vague d'applaudissements, assez clairsemés aux pourtours du rassemblement. L'homme fait mine de vouloir les réfréner en étendant les mains et en appuyant sur l'air.

« Quel pauvre type, glisse Toby.

– Je dirais vingt mille, dit Brendan.

– Vingt mille ? reprend Toby. Ce n'est pas beaucoup.

– Qu'en dira le *New York Times* ? demande Chloé.

– Et à quelle page ? » renchérit Brendan.

« "Plusieurs milliers, lit Toby à haute voix. Plusieurs milliers de personnes ont empli East Meadow dans Central Park". » Il plie le journal et le lisse sur la table. « C'est dans la rubrique "Actualités new-yorkaises".

– Grands dieux ! » s'exclame Chloé. Devant la cuisinière, elle fait des crêpes. Elle a mal dormi et ses nerfs sont à vif après vingt-quatre heures sous le même toit que la petite amie de son fils. S'indigner la défoule, et elle peut sans risque s'en prendre au *New York Times*.

« Les salauds ! » dit Salomé, qui remplit à nouveau sa tasse de café, vidant la cafetière. Chloé annonce : « Cette édition n'est même pas vendue en dehors de l'État.

– "Fureur des colombes devant un article du *New York Times*" », fait mine de lire Brendan. Salomé le regarde d'un œil pensif. Elle saisit son humour, mais il l'inquiète.

« Écoutez-moi ça, dit Toby. Voilà à quoi ils consacrent la une : "La littérature américaine n'a rien à voir avec la politique, a déclaré Mrs Bush dans une interview téléphonique. Tout le monde peut apprécier la littérature américaine, quel que soit son bord." »

Éclat de rire général. « Elle est bonne, celle-là. C'est Barbara ou Laura qui a dit ça ? demande Brendan.

– Laura, bien entendu. Elle est bibliothécaire.

– Passe-moi le sucre », demande Salomé à Toby.

Pour une fille pauvre, elle n'a vraiment aucun scrupule à se faire servir. Est-ce que Branko et ses frères sont aux petits soins pour elle dans le bistrot à huîtres ? Chloé ne l'a jamais vue apporter ne fût-ce qu'un plat à l'évier. Toby joue les pères poules avec elle : Est-ce qu'elle a faim ? Froid ? Est-ce qu'elle est fatiguée ? La veille, il a couru lui chercher un châle au premier ; dans le train, il a roulé sa veste en boule et l'a obligée à s'étendre, la tête sur ses genoux.

Après la manif ratée, ils ont pris le métro jusqu'au centre-ville pour que les Dale puissent visiter l'appartement où Toby et Salomé vivent dans une félicité studieuse. Chloé, essoufflée après l'ascension, et préparée à avoir un choc, s'est sentie soulagée de ne rien trouver de bien effrayant dans les arrangements domestiques : des livres empilés sur le sol, des posters punaisés au mur, des meubles bancals récupérés chez des amis ou sur les brocantes des trottoirs, penchaient et s'affaissaient de tous côtés, mais l'ensemble était assez propre. Un rideau au crochet à l'ancienne ornait la grande fenêtre donnant sur l'arbre et une nappe rayée de couleurs vives couvrait la table de la cuisine. « Super, hein ? » a dit Toby. En entrant dans l'alcôve, Chloé s'est trouvée face au futon où son fils et sa petite amie doivent dépenser, elle n'en doute pas, une bonne part de leurs énergies juvéniles. Il était bien net et recouvert d'une couette en duvet appartenant à Toby depuis la terminale. « Tout à fait charmant », a dit Chloé. En se retournant, elle a croisé le regard de Salomé qui l'observait, sourcils froncés, l'air maussade : elle la jaugeait comme si elle la mettait dans un des plateaux d'une balance. Elle s'est dit : La comparaison avec la mère disparue, la sainte martyre, ne doit pas être à mon avantage. « J'aime bien ce rideau, a-elle déclaré.

– C'est Salomé qui l'a fait », a annoncé Toby.

Encore heureux qu'elle ait admiré ce qu'il fallait. Elle s'était approchée de la fenêtre pour regarder le rideau de plus près, passant la main derrière la lourde dentelle et l'éloignant de la lumière. Un joli travail, des points aussi réguliers et serrés que s'ils avaient été faits par une machine. « Ma grand-mère crochetait, a dit Chloé. Je me souviens de l'avoir regardée, mais je n'ai jamais appris. J'ai toujours une nappe faite par elle. C'est magnifique, Salomé.

– C'est une artiste, a affirmé Toby.

– En Louisiane, on appelle ça de la dentelle romano, avait dit Salomé, les sourcils toujours froncés.

– Romano ? avait demandé Brendan. Ce qui veut dire ?
– De Roumanie, a répondu Toby.
– On nous appelle les Romanos là-bas, a ajouté Salomé. Eux, ils ne savent pas comment on les appelle.
– Alors, comment ? a demandé Brendan.
– Les ploucs », a répondu Salomé. Ce qui a fait rire tout le monde.

À qui s'appliquait le mot ? se demande Chloé en mettant la bouilloire sur le feu. Aux Américains ? Aux gens du Sud ? Étaient-ils donc des Cajuns, ces incultes qui croyaient les Croates originaires de Roumanie ? Elle fait glisser les dernière crêpes sur l'assiette chaude qu'elle a mise dans le four et agite la poêle pour la refroidir avant d'y casser les œufs, sort le bacon du micro-ondes et y met le pot de sirop d'érable avec des gestes prestes et compétents. « C'est prêt », annonce-t-elle.

Brendan se lève pour apporter les assiettes sur la table ; Toby range les journaux. Salomé reste assise, à les regarder, aussi placide qu'une grenouille sur une feuille de nénuphar. Quand Chloé soulève la cafetière, elle remarque que la jeune fille a les yeux cernés et très mauvaise mine. La veille, elle a bu beaucoup de vin, puis du cognac à leur retour. Peut-être a-t-elle la gueule de bois.

En fait, Chloé a raison : Salomé ne se sent pas bien et l'explication de son indisposition est fort simple. Plus tard, Chloé dira à Brendan qu'elle a compris quand elle a apporté la cafetière à table et s'est assise en face de Salomé. « Elle n'arrivait pas à me regarder », dira Chloé. Et c'est vrai que lorsqu'on passe les assiettes copieusement garnies, Salomé garde les yeux rivés sur la nappe. Chloé trouve ce comportement si bizarre qu'elle fixe Salomé en la conjurant mentalement de redresser la tête. Mais c'est seulement lorsque Toby pose sa fourchette et s'adresse à ses parents de son ton le plus sentencieux en disant : « Maman, papa, on a quelque chose de très important à vous annoncer », que Salomé lève les yeux et braque sur Chloé un regard lourd de calcul et de défi.

« Oh, je t'en prie… » dit Brendan. Chloé, enveloppée dans sa robe de chambre en flanelle fleurie, les cheveux en bataille, se mouche dans un kleenex, debout dans l'embrasure de la porte entre la salle de bains et la chambre. « Arrête de pleurer, tu es ridicule.

– Je suis censée faire quoi ? Sauter de joie ?

– Ce n'est pas la fin du monde.

– Pour lui, si. Il a vingt et un ans, et elle l'a piégé pour la vie. Jamais nous ne pourrons nous débarrasser d'elle à présent.

– Calme-toi. Ils peuvent t'entendre. » Toby et Salomé, maintenant autorisés pour des raisons évidentes à dormir dans le même lit, se trouvent dans la chambre d'amis au bout du couloir. En regardant les amoureux monter, main dans la main, Brendan a pensé non sans amusement au proverbe qui souligne l'inanité de fermer la porte d'une grange après le départ du cheval. Les fesses de Salomé disparaissant vers le premier étage lui ont évoqué une croupe et sa masse de cheveux une crinière.

Ils ont réussi à arriver au bout de cette journée sans ouvrir les hostilités, mais non sans mal. Brendan est content de lui. Il s'est montré à la hauteur : dévoué, compréhensif, confiant, il a masqué son inquiétude derrière un voile de bonne volonté. Chloé s'en est moins bien tirée. Après l'annonce, il y a eu un court silence, où il était clair que la première phrase prononcée donnerait le ton du conflit à venir. Alors, avec un pesant soupir, Chloé a laissé tomber : « Qu'est-ce que vous allez faire ? »

Toby a lancé un regard d'encouragement à Salomé. Ils se sont préparés depuis des jours à cette confrontation. « Ce qu'on va faire, maman ? On va se marier, évidemment.

— À votre âge ! s'est exclamée Chloé. Vous vous connaissez à peine.

— Ce n'est pas vraiment le sujet, tu ne crois pas ? a rétorqué Toby.

— Si, justement. Je trouve que c'est tout à fait le sujet. C'est prématuré. Il s'agit d'un accident, j'imagine. Vous aurez tout le temps d'avoir des enfants quand vous aurez fini vos études.

— Vous suggérez quoi ? a glissé Salomé.

— Chloé ! a lancé Brendan.

— Votre père est au courant ? a demandé Chloé à Salomé.

— Pas encore.

— On voulait vous prévenir en premier, a précisé Toby.

— Je ne suis pas certaine qu'il trouve que c'est une bonne idée.

— Vous ne savez rien de mon père, a dit aimablement Salomé.

— Ce n'est pas une idée, c'est un bébé », a rétorqué Toby.

Chloé a mis une main sur sa bouche, pour réfréner la douzaine de choses dont tout le monde sait qu'elles ne sont pas à dire. Écartant sa chaise de la table, elle s'est levée pour s'approcher de la cuisinière et s'est exclamée : « Oh, mon Dieu !

— Maman, essaie d'être raisonnable. » Chloé a pris une casserole sur un brûleur pour la mettre sur l'autre, soulevé la boîte d'œufs pour la reposer. Ses mains tremblaient et quand elle s'est retournée vers eux, elle avait les yeux emplis de larmes. « Comment avez-vous pu faire ça ?

– Chloé ! a répété Brendan.

– Excusez-moi », a-t-elle dit en passant entre sa chaise vide et la porte. Elle a traversé le vestiaire, puis la pelouse, à grands pas, sans se retourner. Par la fenêtre, Brendan l'a regardée. Elle allait dans l'atelier pleurer un bon coup.

« Tout ira bien, a-t-il dit. Elle est surprise, c'est tout.

– Toi aussi, a dit Toby. Mais tu n'es pas en larmes.

– Elle se fait du souci pour toi. Elle veut simplement que tu sois heureux.

– J'ai l'air malheureux ? »

Salomé a pris le petit pot, arrosé ses crêpes de sirop et attaqué son assiettée avec couteau et fourchette.

« Elle mange pour deux », a commenté Toby, qui la regardait en souriant.

Lorsque Chloé est revenue, les trois autres avaient terminé le petit déjeuner et débarrassé la table. Installés dans la véranda, ils feuilletaient les journaux quand elle a reparu, mortellement calme, pour prier Toby de venir faire un tour avec elle. Elle est vexée que personne ne soit venu la chercher, a pensé Brendan ; mais s'il y était allé, elle lui aurait dit qu'elle préférait être seule. Elle aurait voulu que son fils vienne vers elle, mais comme il n'a pas bougé, c'est elle qui fait le chemin. « Bien sûr, maman », a dit Toby en posant le magazine. Il accompagne sa mère sur la pelouse, puis ils descendent vers l'étang, où se trouve un banc à l'écart. Salomé les a regardés s'éloigner, le menton levé de telle sorte qu'elle avait les paupières baissées, les dents bien serrées. Ma belle-fille, a pensé Brendan, en s'avouant que cette idée lui donnait, disons, matière à réflexion. « Elle est vraiment mal », a-t-elle dit.

Ce qui est vrai, reconnaît Brendan, face à son épouse furieuse et larmoyante. Chloé est en train de se rendre malade. Assise au bord du lit, elle tamponne avec un kleenex trempé son visage bouffi comme celui d'un enfant qui fait un caprice. « Ils utilisaient des préservatifs quand ils y pensaient, siffle-t-elle. Seulement, ils n'y pensaient pas toujours. Elle voulait être enceinte.

– C'est lui qui te l'a dit ?

– Il semble trouver ça très bien. Il est flatté qu'elle lui ait fait confiance. L'imbécile.

– S'il était furieux, ça n'avancerait à rien, tu sais.

– Bien sûr que si. Elle se ferait avorter et ça serait fini.

– Elle est catholique, Chloé.

– Des catholiques avortent tous les jours.

– Sa mère est morte.

– Je ne vois pas le rapport.

– Eh bien, comme elle n'a pas de mère, peut-être qu'elle veut être mère elle-même. »

Chloé se tait un moment, et réfléchit à cette hypothèse. Brendan prend le temps de se féliciter de ses dons d'observation, bien qu'il ne soit pas arrivé consciemment à cette conclusion avant de l'avoir formulée.

« C'est ça, ton analyse psychologique subtile de ses motivations ? » dit Chloé.

Brendan se lève du lit et s'éloigne d'elle. Quand elle est comme ça, elle devient toxique. Il est le seul à connaître cette facette de sa personnalité. « Peu importe ce que toi ou moi pensons, dit-il. Tu vas devoir en prendre ton parti. » Il sort dans le couloir, refermant soigneusement la porte derrière lui. Il va passer une heure dans son bureau, dans la paix relative du delta du Nil, au siège de Damiette, qui dure depuis un an.

Il y a longtemps, à peu près à l'époque de la cinquième croisade, comme il se plaît à le dire, Brendan avait un contrat pour son livre. Il n'était pas question d'argent ; il avait soumis un projet et trois chapitres à des presses universitaires de renom, qui avaient proposé de le publier. Cet accord avait provoqué l'euphorie à la maison – Chloé avait ouvert une bouteille de champagne –, voire de l'envie dans son département, où la publication était le mirage poursuivi par tous ses collègues errant dans le désert des réunions assommantes et des cours surchargés. Il y avait trois catégories de nomades : ceux qui avaient publié des articles, ceux qui avaient un contrat pour un ouvrage et ceux qui avaient publié des ouvrages. La promotion de Brendan à la seconde classe avait provoqué chez ceux de la première un regain d'intérêt à son égard. David Bodley, le chef de tribu, auteur de sept épais volumes sur la guerre de Sécession, était passé dans son bureau pour parler à bâtons rompus des différents éditeurs qu'il connaissait aux presses universitaires. Au printemps, le congé sabbatique de Brendan lui avait été miraculeusement accordé, et quand il avait proposé un cours consacré aux croisades, comme chaque année depuis sa nomination, Bodley l'avait appuyé, faisant valoir que cette initiative était bienvenue compte tenu des compétences du Pr Dale et de son livre à paraître sur le sujet.

« Tout est affaire de contacts », avait glissé Brendan à Chloé lorsqu'un chapitre sur le sac de Constantinople avait été accepté par un journal qui lui envoyait depuis des années des formulaires de refus. Galvanisé par le contrat et cette publication, Brendan avait bien négocié le virage délicat de sa titularisation, tout en sachant qu'il avait réussi la manœuvre de justesse. « Heureusement pour toi, les évaluations des étudiants comptent pour beaucoup, avait affirmé Bodley. Ça a fait la différence. »

Libéré de toute crainte de chômage, assuré de la bienveillance de ses collègues et d'un congé sabbatique bien mérité, plus rien ne l'empêche de concentrer toute son énergie sur son livre traitant de l'ascension au pouvoir d'un potentat normand du XIIIe siècle qui vivait en Sicile, d'où il gouvernait son vaste empire, consacrant ses loisirs à l'écriture d'un long traité sur la fauconnerie que les adeptes de cet art considèrent encore aujourd'hui comme l'ouvrage définitif sur le sujet.

Assis à son bureau, Brendan se projette résolument dans le passé, s'efforçant de distinguer à travers les siècles ce fou particulier. Il a l'embarras du choix. Frédéric est le roux qui chevauche, un faucon sur son bras solidement rembourré. Derrière lui, sa suite aux montures richement caparaçonnées se déploie sur une verte colline. À son signal, un courtisan éperonne son cheval et rejoint son seigneur, qui se penche pour parler tandis que le faucon étend ses ailes avec un cri perçant de protestation. « Qu'on aille me chercher le chroniqueur », jette l'empereur.

Le mot circule dans l'escorte qui trotte et qui tremble, chez tous ces courtisans serviles, chez les nobles seigneurs, les Sarrasins sanguinaires, les médecins juifs et arabes, les charretiers qui jurent sur leurs tombereaux surchargés de provisions diverses : linge, tapisseries, tas de poisson séché, tonneaux de vin et d'huile, montagnes de livres ; l'ordre arrive enfin jusqu'au guenilleux qui ferme la marche sur son âne fatigué : l'historien de la cour, avec son rouleau de parchemin et ses encriers bouchés à la cire. Qu'ils sont familiers, ces yeux myopes, ce front ridé. Brendan rit tout seul de s'être retrouvé une fois de plus à l'autre extrémité de la lorgnette du passé.

Le passé. Aussi menaçant que l'avenir, et à peu près aussi intelligible. Ses chroniqueurs empressés, qui gagnent leur vie à le trier, ne sont que des éboueurs, au mieux des recycleurs. Quelle folie ridicule que cette entreprise. Chaque incident est mijoté lentement et après coup, afin de répondre aux besoins du présent, débité au public, laborieusement garni et toujours, toujours avec une idée derrière la tête. Comme des restes. Voilà l'historien qui ouvre le réfrigérateur pour y trouver des denrées non identifiées conservées dans des récipients : les reliquats du poulet à la Kiev ? Ce machin-là, enveloppé dans du papier alu, est-ce un Napoléon moisi, à moitié mangé ?

Brendan considère d'un œil pensif la dernière phrase écrite l'avant-veille. À son arrivée à Jérusalem, Frédéric avait été excommunié par le pape. Le sultan Al-Kamil l'ignorait. Frédéric n'était pas venu convertir les infidèles, ni même les soumettre. Il voulait seulement conclure un marché. Sincère, il l'était ; mais intermédiaire honnête, non.

Intermédiaire honnête. C'est l'expression juste. Brendan prend son stylo et l'écrit dans la marge. Voilà. Une bonne soirée de travail. En éteignant la lumière, il remarque un bruit. D'abord, il se dit que quelque chose gratte à l'intérieur du mur. Puis peu à peu, il se rend compte que cela vient du premier étage, de la chambre d'amis ; puis il identifie le bruit : des rires étouffés. Pendant que sa mère pleure des larmes amères en s'endormant, Toby est là, au lit avec sa petite amie enceinte, et ils chuchotent entre deux fous rires, comme des enfants turbulents qui passent la nuit chez des copains.

Indésirable

Au début de notre mariage, mon mari était fier d'avoir épousé une citadine instruite. Mais dès le départ, mes beaux-parents s'étaient montrés méfiants. J'aimais lire de la poésie et des romans italiens, activité inutile à leurs yeux, et je ne portais jamais de bonnes grosses chaussures pour aller et venir. Si nous sortions dans l'un des misérables cafés de notre ville – deux en tout et pour tout – je mettais du rouge à lèvres : preuve que j'étais une traînée. Ma belle-mère passait son temps à faire la cuisine, le ménage et le raccommodage. Chaque semaine, elle lavait tout le linge dans une grande lessiveuse et utilisait un battoir, en vraie paysanne. Elle n'avait d'autre idée en tête que de faire plier tout son monde à sa volonté.

Avant d'aller vivre avec ses parents, nous nous entendions bien, mon mari et moi. Il travaillait dur toute la journée et rentrait fatigué. Je préparais un repas simple, nous mangions, buvions, faisions l'amour, dormions, et recommencions le jour d'après. Quand il était parti, je traînais, à lire des poèmes et à écrire à des amies d'école. À la coopérative fermière, j'ai rencontré une Anglaise mariée à l'un des administrateurs de la ville ; elle a accepté de me donner des leçons d'anglais. Mon mari m'a encouragée. Il rêvait d'aller en Amérique, où il avait un oncle, et de devenir riche.

Puis les enfants ont fait leur apparition, et notre vie a changé, mais malgré tout, je n'étais pas malheureuse. Je n'ai pas oublié cette période. Je ne regrettais pas d'avoir quitté ma famille pour épouser un fermier. Cela me plaisait d'avoir ma maison à moi, même si elle était petite, avec des murs lézardés. Lorsque les enfants ont été là, je me suis sentie fière de leur vigueur et de leur ardeur : quand ils se battaient par terre en criant, ils me faisaient penser à des chatons. Ma petite dernière était aussi intrépide que ses frères. Mon mari l'adorait, c'était sa préférée. Sitôt rentré, il la réclamait ; si elle était grognon ou malade, il la prenait dans ses bras jusqu'à ce *qu'elle s'endorme. Deux mois après sa naissance, mon beau-père a eu une attaque. Il est tombé dans son champ de blé et on l'a ramené chez lui sur un brancard, paralysé du cou jusqu'aux pieds. Nous avons été obligés d'abandonner notre ferme pour reprendre la sienne. Mon mari avait prévu de nous construire une maison, mais cela ne s'est jamais fait, et nous avons vécu entassés dans celle de ses parents, à sept dans quatre pièces. Bientôt, je n'ai plus eu qu'une idée en tête, m'en aller.*

Vous vouliez retourner à la ville ?

Je ne parvenais même pas à imaginer une autre vie. Je voulais seulement échapper à celle que je menais.

Construire une maison en haut d'une colline dénote une certaine arrogance, voire de l'agressivité, à l'égard de ses voisins, pense Chloé. Regardez-moi et attaquez-moi si vous l'osez. Or c'était une pratique courante dans l'Italie médiévale ; voilà pourquoi, d'un bout à l'autre du pays, il y a une montée raide pour gagner le *centro storico*. Une position élevée, des portes fermées à minuit, des parapets du haut desquels des gardes hautains examinaient la plaine environnante d'un œil hostile, tout cela présuppose un ennemi. Pourtant, malgré leurs murs d'enceinte, les villes perchées italiennes irradient lumière et chaleur. Des géraniums bordent les piazzas, des plantes grimpantes fleuries tombent en cascades des remparts et les habitants font pousser des tomates sur leurs terrasses où le linge sèche en une heure. Les brises capricieuses font voler une serviette sur une table dehors, envoient un paquet de cigarettes vide valser dans un caniveau. Si Patrick Brontë avait installé sa nombreuse famille à Orvieto ou à Montefalco, les poumons gorgés d'eau de ses enfants auraient pu sécher au soleil d'Ombrie et ils auraient vécu assez vieux pour planter des fleurs sur la tombe paternelle.

Il n'est aucune description des landes du Yorkshire où les enfants Brontë se sont étiolés qui ne comporte l'expression « battues par les vents ». Les arbres sont rabougris, la végétation – genêts et maigres bruyères – demeure au ras du sol. Dans les vallons, on ne manque pas de pierres et on trouve de l'eau en abondance. Des sentiers de randonnée longent de plaisants ruisseaux, mais les landes sont austères ; la pierre elle-même y est d'un gris terne.

Chloé se détourne de la photographie qui illumine son écran d'ordinateur. Elle vient de passer une heure à faire un tour virtuel de la petite ville de Haworth, notamment du minuscule presbytère et des deux maisons dont Emily a pu s'inspirer pour les Hauts de Hurlevent et la Grange.

La chronique de deux maisons, au fond. Telle que Lockwood la décrit, la maison des Hauts de Hurlevent n'a que peu de charme. Des murs épais, de petites fenêtres enfoncées dans les murs pour se protéger du vent incessant. La cour de devant est close, plantée de quelques sapins à une extrémité ; c'est là que Catherine Linton et Hareton Earnshaw font pousser des primevères tandis que Heathcliff arpente les lieux sans prendre garde à eux, côtoyant la mort et empli d'une allégresse démente par la présence constante de son ange noir, Cathy, morte depuis longtemps. L'intérieur de la maison est lugubre, éclairé par la cheminée, des chandelles, des lampes à huile ; un feu y brûle toute la journée et tard dans la nuit. Comme en enfer. On note quelques touches de raffinement, un buffet de chêne chargé de plats et de pichets, des boîtes à épicerie peintes, rangées sur le rebord de la cheminée. Les chaises sont peintes en vert, le sol dallé de pierres blanches, mais sur les plafonds bas se détachent de lourdes poutres apparentes.

Un intérieur de fermiers, brut et pratique ; les communs sont mitoyens de la maison.

À la différence de Hurlevent, Thrushcross Grange a des portes-fenêtres donnant sur une allée incurvée, des meubles Empire tapissés d'écarlate, un plafond blanc bordé d'or, un lustre et un tapis rouge. Il y a un piano. Ellen Dean, parlant de la maison, dit « le manoir ». Lorsque Catherine Earnshaw quitte sa maison pour devenir Mrs Edgar Linton, elle s'élève socialement mais, littéralement, elle doit à cette occasion descendre la colline. Comme sa maison, Catherine est hautaine mais brute. Et en un sens, basse de plafond.

Chloé dessine deux rectangles sur une page. Et si, bien que la maison soit située au sommet d'une colline, elle représentait systématiquement Hurlevent avec une ligne d'horizon basse ? Ainsi, le bâtiment serait écrasé par le ciel d'orage qu'il paraît engendrer, tandis qu'elle accentuerait par le dessin la hauteur de façade de la Grange, en la représentant vue d'en dessous, ce qui suggère qu'on doit monter pour y accéder et offre sans doute une vue plus large du ciel et du monde des hommes à la fois.

Le message est clair : le statut social l'emporte sur la géographie. Hurlevent doit lever des yeux respectueux vers la Grange tandis que la Grange lui jette un regard condescendant. Heathcliff, l'intrus, l'enfant trouvé, apporte le malheur aux deux maisons. C'est la première trouvaille visuelle de Chloé et ce hasard heureux lui procure une sensation familière de bien-être le long de la colonne vertébrale. Il y a là une justesse qui vient du texte, de l'arrangement visuel du monde imaginaire. Posant son carnet, elle s'approche du poêle pour remettre un bout de bois sur le feu. Le sol est à présent jonché de feuilles brunes et flétries ; elle ne se contente plus d'un pull, mais passe une veste matelassée lorsqu'elle traverse le champ chaque jour.

Derrière les arbres dénudés, elle voit le toit de la maison et une partie de la terrasse. Brendan n'est pas là ; il est allé à la bibliothèque pour chercher de nouveaux livres.

Et s'éloigner de sa femme. Il sautera le déjeuner qu'ils prennent ensemble d'habitude, et peut-être aussi le café de l'après-midi. Quand viendra le dîner, la dispute ne sera plus qu'une zone sensible, un bleu qu'il vaut mieux éviter de toucher.

Cela a commencé après un coup de téléphone de Toby leur annonçant que sa petite amie enceinte et lui avaient décidé de passer la fête de Thanksgiving chez son père à elle en Louisiane. À l'origine, le jeune couple devait arriver le mercredi soir, repartir le vendredi matin du petit aéroport local d'où ils pouvaient prendre un vol direct pour La Nouvelle-Orléans, et rentrer à New York le dimanche soir tard. Toby a expliqué que ce serait trop précipité. Ils n'avaient que quelques jours et Salomé voulait passer plus de temps avec son père, qui n'était pas encore au courant de son état. Heureusement pour Toby, c'est Brendan qui a pris l'appel. « Très bien, a-il répondu à son fils. Nous irons chez les Burdock. Ils nous invitent chaque année et nous n'y allons jamais.

– On a eu du mal à obtenir des billets. Tous les vols étaient complets. Nous avons pris ce que nous avons trouvé, et ce n'était pas bon marché.

– Tu as besoin d'argent ?

– Non, papa, merci. Mais excuse-nous auprès de maman. Elle ne va pas être contente.

– Elle a commandé une dinde, a reconnu Brendan. Mais elle peut annuler. À moins qu'on ne l'apporte aux Burdock. »

Assise à la table, Chloé lui avait lancé un regard venimeux par-dessus sa tasse de café.

« Non, c'est tout à fait compréhensible, avait conclu Brendan. Inutile de vous excuser. Appelle quand vous serez là-bas, pour dire que vous êtes bien arrivés. Oui. Oui. Salut, fiston. Embrasse Salomé.

— Ils ne viennent pas, a dit Chloé quand il a raccroché.

— Non. Ils partent de Newark mercredi soir et vont directement à La Nouvelle-Orléans. Ils ont eu du mal à avoir des billets.

— Ah bon.

— Et Salomé veut passer plus de temps avec son père.

— Elle lui a annoncé ?

— Non.

— Alors pourquoi ne va-t-elle pas là-bas toute seule pendant que Toby viendrait ici ?

— Je crois que les raisons sont évidentes.

— Ah oui ? »

Brendan s'est approché de la fenêtre pour regarder au dehors. « Mike a attrapé quelque chose. Ça doit être un campagnol.

— Nous n'irons pas chez les Burdock.

— Pourquoi pas ? Ils sont toujours toute une tablée. Nous serions les bienvenus.

— Alors ton idée, c'est que j'appelle Millie pour lui dire "Vous ne savez pas le dernière ? Notre fils a décidé de ne pas passer Thanksgiving avec nous parce qu'il a engrossé sa copine et qu'ils sont obligés d'aller en Louisiane pour annoncer la nouvelle à son père. Alors voilà, comme ce n'est pas la joie à la maison, on s'est dit qu'on viendrait dîner chez vous." »

Brendan a marmonné quelques mots, sans détacher le regard de la fenêtre.

« Qu'est-ce que tu dis ? »

Il s'est retourné vers elle. « J'ai dit : "Pourquoi aurait-il envie de venir ?"

– Qui ?

– Toby.

– Oh, je ne sais pas. Parce que nous sommes ses parents. Ce n'est pas une bonne raison ?

– Elle te suffit, à toi ? »

Chloé ne se rappelle pas ce qu'elle a répondu. C'était un sarcasme, en fait, une accusation. Toute sa vie d'épouse, elle s'était plainte des contraintes des fêtes. Lorsque ses parents avaient pris leur retraite dans une copropriété en Floride et que ceux de Brendan avaient déménagé en Arizona, l'organisation des voyages était devenue un casse-tête coûteux, mais incontournable. Comment annoncer : « Nous ne pouvons pas venir cette année » ? Impensable. Il fallait se traîner à l'autre bout du pays pour s'asseoir devant une table surchargée de nourriture et avoir une conversation qui restait systématiquement superficielle. Puis, en l'espace de cinq ans, leurs parents étaient tous morts : le premier brutalement, deux à la suite de maladies longues et pénibles, et le dernier au terme d'une démence sénile. Maintenant, Chloé et Brendan étaient libres de toute obligation. Par sa question, Brendan laissait entendre que Chloé cherchait à imposer à son fils le régime pénible qu'elle avait si mal supporté elle-même. Elle en a été meurtrie et a répliqué froidement. Qu'a-t-elle dit ? Elle ne sait plus, mais ses paroles ont choqué Brendan, qui lui a rétorqué : « Ça ne tourne pas rond chez toi », en s'éloignant d'elle et en la regardant avec un mélange glacial d'incompréhension et de dégoût.

C'est cette fille qui m'empêche de tourner rond, pense Chloé. Cette créature retorse, avec ses yeux froids et son corps torride. Bâtie comme une paysanne, avec un dos robuste, des hanches larges, elle est faite pour avoir des enfants et arracher des racines du sol. Dans dix ans, elle sera grosse. Et elle sera ici, à bercer des bébés, mes petits-enfants, qui galoperont dans la maison comme des vandales, se pendront aux rideaux et feront pipi sur les tapis. Ces pronostics pessimistes font ricaner Chloé. Elle dessine un rapide croquis d'une Salomé à l'air buté, les pieds bien écartés, poings sur les hanches et, en guise de chevelure, un nid de frelons qui volent jusqu'au bord de la page. C'est très ressemblant. Elle le montrera à Brendan, mais le moment est mal choisi. Plus tard, peut-être, quand ses impressions se seront vérifiées. Elle écrit soigneusement une légende en bas de la page : *Sauve qui peut, voilà la fille aux frelons !* Ça ferait un livre pour enfants amusant. Elle glisse la feuille dans une chemise parmi d'autres dessins analogues et considère ensuite le problème des deux maisons, Thrushcross Grange, où les Linton languissants passent l'après-midi à sacrifier avec grâce aux convenances en buvant du thé au lait accompagné de gâteaux, et les Hauts de Hurlevent, d'où la jeune Catherine Earnshaw sort en claquant la porte, un épervier sur le bras, pressée d'arriver à son rendez-vous avec son complice Heathcliff, le gitan cruel qui l'attend, elle et elle seule, sur la lande battue par les vents.

C'est leur premier voyage ensemble, et Toby constate avec soulagement que la façon de se déplacer de Salomé est radicalement différente de celle de ses parents. Ceux-ci préparent leurs voyages dans les moindres détails ; rien n'est laissé au hasard, et les chambres d'hôtel, les transferts, les billets de train et d'avion sont réservés des mois à l'avance. Salomé a acheté leurs billets une semaine avant le départ, indifférente à toutes les variables hormis le prix, si bien qu'ils partent très tôt et reviennent tard le soir. Elle a ricané quand la compagnie aérienne a demandé à ce qu'ils soient là deux heures à l'avance. Ils étaient dans la rue à cinq heures quinze, leurs bagages à la main, à chercher un taxi – largement assez tôt pour prendre un avion à six heures trente, avait-elle assuré. Et la suite lui avait donné raison. À l'aéroport, elle avait semblé plus soucieuse de boire un café que de monter dans l'avion. La procédure d'embarquement l'avait agacée – sa méthode, c'était de monter en dernier. Toby, qui appréhendait la rencontre à venir, s'était distrait de son inquiétude en observant sa compagne. Il savait qu'il avait voyagé beaucoup plus qu'elle, même si, lui, il n'avait pas fui un pays en guerre. Or ils s'apprêtaient à partir chez elle, lieu aussi exotique pour lui que Lilliput pour Gulliver. Il aurait aimé passer une soirée à La Nouvelle-Orléans, mais Salomé lui avait expliqué que ce n'était pas commode, car son père, qui venait les chercher, habitait Empire, et voudrait rentrer directement.

Aussi sa seule expérience de la Ville en Croissant est-elle la vue qu'il en a par le hublot alors que l'avion descend du plafond de nuages et s'approche d'une étendue d'eau si vaste qu'il la prend pour le golfe du Mexique.

« Non, c'est le lac, dit Salomé. Le golfe est à des heures d'ici.

– Je croyais La Nouvelle-Orléans située sur le golfe. Et j'imaginais qu'il y aurait une plage.

– Il n'y a pas grand-chose comme plages. Sauf une à Grand-Isle. Il faut aller en Floride pour en trouver. »

Toby regarde par le petit hublot ; ils survolent la terre. Des kilomètres et des kilomètres de petits carrés verts entourant des toits noirs se déploient au-dessous d'eux. « C'est très plat », déclare-t-il.

111

Ce qui fait rire Salomé. « Oui, c'est plat », acquiesce-t-elle.

À l'aéroport, une odeur de moisi et une bouffée d'air conditionné glacial assaillent les passagers qui défilent docilement à la queue leu leu dans le terminal moquetté. Salomé marche vite, son sac à dos jeté sur une épaule, tête baissée, comme si elle s'attendait à rencontrer de la résistance. « Tu es inquiète ? » demande Toby, qui reste à sa hauteur.

Elle lève les yeux. Il s'attend à un non catégorique, mais son expression s'adoucit et elle ralentit le pas. « Un peu, avoue-t-elle. Je ne sais pas pourquoi. » Ils arrivent au labyrinthe des contrôles de sécurité où les voyageurs perplexes ôtent leurs chaussures, se tâtent les hanches et les flancs en s'avançant vers le portique, puis le franchissent pour rejoindre le groupe compact des gens attendant la libération prochaine des passagers. En scrutant ce groupe, Toby repère d'emblée le père de Salomé. Un homme grand et solide, aux épaules larges, au cou épais. Il semble taillé à la hache dans un matériau plus durable que la chair. Le pli entre ses sourcils est maintenu en place par des rides profondes, taillées au burin ; ses cheveux blancs, drus et rêches, ressemblent à de la paille de fer couverte de mousse, et débordent sur son front. Il se dandine d'un pied sur l'autre, réfrénant son envie de se précipiter dans la foule pour en dégager sa fille. « Tata ! » dit Salomé, qui devance Toby. Elle ne court pas, mais sa démarche, soudain élastique, la propulse dans les bras de son père. Il se baisse pour l'y recevoir et la soulève. Il roule les yeux au ciel et sa mine renfrognée, granitique, cède la place à un sourire d'une surprenante douceur. C'est vrai qu'elle est sa seule fille ; mais Toby ne peut s'empêcher de noter le contraste entre cet accueil et les poignées de main réservées, les petits baisers sur la joue que lui-même échange avec ses parents lorsqu'ils se retrouvent en pareilles circonstances. Salomé se laisse glisser des bras de son père et atterrit en chancelant tandis que Toby se détache de la bousculade et la rejoint. Elle lui saisit la main et s'empresse de le présenter. « Tata, dit-elle, voici mon Toby. »

Mon Toby, pense-t-il en tendant une main aussitôt happée par la patte hirsute du Roi des coquillages.

« Toby, dit celui-ci, en accentuant le "To". Je suis Branko. »

La maison est un concentré de laideur : un pavillon en briques blanches, un cube avec de petites fenêtres haut perchées, un auvent rajouté d'un côté et une pelouse sans arbres, pelée. Un faux vitrail rectangulaire encastré dans une porte d'acier à la peinture bleue écaillée ajoute une touche de tristesse irrémédiable. L'intérieur, sombre, sent la patate bouillie. Toby suit Salomé dans un espace encombré de meubles mastoc et tapissé d'une moquette marron, puis arrive à la cuisine, où, comme on pouvait s'y attendre, il y a du lino et des placards en contreplaqué ordinaire. Une porte vitrée coulissante donnant sur un carré de béton réverbère dans la pièce le soleil brûlant, telle une lampe à arc. Sur une table couverte d'une nappe rouge, entourée de chaises robustes, est posée une coupe d'oranges. Branko sort trois bières du réfrigérateur et en passe deux à ses invités. Il lève sa canette pour trinquer avec eux, comme s'il portait un toast : « Bienvenue chez moi, Toby. »

Laissant les hommes assis à la table, Salomé va examiner les casseroles sur la cuisinière. « Mrs Yuratich vient toujours ? s'enquiert-elle.

113

– Des fois c'est sa fille, répond Branko. Elle n'est plus très solide.

– Elle doit avoir quatre-vingt-dix ans, dit Salomé. Tu veux un verre pour ta bière ? demande-t-elle à Toby.

– Non, la canette, c'est très bien. »

Elle prend une chaise entre eux. « Eh bien, dit-elle, nous voilà arrivés. Enfin.

– Le voyage a été fatigant, dit Branko.

– Mais je ne suis pas fatiguée.

– Moi non plus, renchérit Toby. Excellente, cette bière. »

Branko adresse à sa fille un sourire radieux. « Tu as bonne mine. »

Salomé lance à Toby un regard lourd de sens. « Je vais très bien, tata. Je suis en pleine forme. Et contente de te voir. » Son père pose les mains sur les siennes et dit quelque chose que Toby ne comprend pas. Si je n'étais pas ici, pense-t-il, ils ne parleraient pas anglais. Pour une raison que Branko Drago ignore encore, mais plus pour longtemps, Toby a conscience d'être un intrus, un fâcheux. Pourtant, malgré l'étrangeté de ce qui l'entoure, il se sent curieusement chez lui, pour l'instant. Le long trajet dans la camionnette de Branko sur l'autoroute plate et droite entre les pentes vertes de deux digues, dont l'une retient le Mississippi et l'autre le golfe du Mexique, avait une beauté somnolente et surréaliste qui l'a profondément ému. Ils ont traversé le fleuve sur un bac, expérience irréelle ; d'abord, la file de camions à l'arrêt, attendant le bac qui s'avançait vers eux sur un tourbillon d'eau, le bruit des chaînes et des grilles entrechoquées, les voix des marins qui faisaient monter les véhicules très lentement sur le pont, puis le départ sur le bateau qui semble flotter. « On peut sortir de la camionnette ? a demandé Toby.

114

– Bien sûr », a répondu Branko en ouvrant sa portière. Ils sont allés s'accouder au bastingage et Toby a baissé les yeux vers les remous d'eau brune et brassée, l'étendue verte du rivage approchant. Le vent rabattait en arrière les cheveux de Salomé et les embruns lui humectaient les joues. Elle lui a souri, posant une main sur la sienne sur la rambarde, et il a eu la sensation de traverser avec elle une rivière mythique, le Léthé ou le Styx, à destination d'un autre monde dont ils ne reviendraient peut-être jamais.

Quand le téléphone sonne dans la cuisine, Branko se lève pour répondre. Il se met à parler croate et, peu à peu, hausse la voix, tournant le dos à la pièce. Salomé se penche par-dessus la table pour effleurer de ses lèvres la joue de Toby, puis sa bouche.

« Tu veux qu'on aille se promener ? propose-t-elle.

– Volontiers. » Elle dit quelques mots à son père, qui se retourne, hoche la tête et leur fait au revoir de la main. Lorsqu'ils franchissent la porte vitrée, elle dit : « Il s'énerve trop. Je me fais du souci pour sa tension.

– De quoi parle-t-il ?

– Du bateau, toujours du bateau. » Elle lui fait traverser la cour jusqu'à un trottoir craquelé et bosselé. Ils passent devant deux autres pavillons, dont l'un s'est désolidarisé de son auvent, puis lui fait suivre un sentier herbu menant à la digue. Des nuages arrivent de ce côté-là ; l'air frais sent la pluie. Ils grimpent la pente raide et verdoyante pour en atteindre le sommet, aussi large qu'une route. En fait, des pneus ont laissé leurs empreintes brunes dans l'herbe. Toby s'attend à voir la mer, mais ce qui se déploie sous ses yeux, c'est une forêt qui s'élève au-dessus des hauts-fonds ondulants. Dans les herbes mouvantes des marais, contre la rive, un bateau à rames décrépit couvert de plantes grimpantes oscille doucement au gré de la marée. « C'est le golfe ? demande Toby.

– Il est là-bas, répond Salomé. Tu l'aperçois juste de là. » Elle le conduit vers un arbre dont les robustes racines horizontales saillantes forment un siège ombragé. Elle attire Toby à son côté et ils s'assoient, enlacés, regardant le marécage. « C'est ma cachette secrète, dit-elle.

– Je comprends pourquoi. C'est un lieu mystérieux.

– Oui, hein ? » Silencieux, ils écoutent le bruit de l'eau qui rumine dans les lagunes ; un oiseau crie, et un collègue lui répond, plus loin sur le rivage. « Quand nous sommes arrivés ici, dit Salomé, j'étais malheureuse. Ma mère me manquait terriblement ; à l'école, les autres nous rendaient la vie impossible et mon père avait bien du mal à nous nourrir. Il n'était pas né dans une famille de pêcheurs, il lui a fallu tout apprendre de ce nouveau métier. Je ne m'entendais pas avec mon frère, ce qui n'a pas changé, d'ailleurs. Je venais ici après l'école pour pleurer. Je sanglotais et j'appelais ma mère, je la suppliais de revenir, de m'emmener loin. Je pleurais si fort que je me disais qu'elle devait m'entendre.

« Un jour, à force de pleurer, je me suis endormie et quand je me suis réveillée, il faisait nuit. J'étais assise ici et j'ai vu une lumière – elle tend le doigt vers l'épave – là-bas en bas. Elle était assise dans le bateau, une lanterne à la main, et elle me regardait. Elle portait une robe que je connaissais : une robe en laine bleu foncé avec sa veste bleu clair ; elle a agité la main et m'a dit : « Ne pleure pas, *moja draga*, ne pleure pas.

– Tu avais quel âge ?

– Dix ans.

– C'était un rêve.

116

– Sans doute. Mais après ça, je me suis sentie mieux. Je me suis dit qu'elle savait où j'étais. Et j'adore cet endroit, parce que c'est là que je l'ai vue pour la dernière fois. »

Toby regarde le bateau et imagine l'enfant solitaire qui se réveille dans la nuit moite avec une vision de son bonheur perdu. Salomé s'appuie contre lui et pose son visage contre sa joue. Il l'attire, lui baise les yeux, les lèvres, lui caresse les seins, cherchant à chasser la mélancolie par le désir. Si c'est possible, cela se fera ici, à cet endroit. Elle se cramponne à son dos et se glisse sous lui, les yeux mouillés de larmes. Murmurant son nom, elle cherche à ouvrir à tâtons le bouton de son jean. Ici, personne ne peut les voir ; ils sont à l'abri de tous les regards, hormis celui de sa mère. Elle observe le bateau, puis ses yeux reviennent sur le visage de Toby, et elle ouvre les lèvres sous sa bouche. Il est parvenu à la source de son étrangeté.

Le dîner se compose de pommes de terres, de chou et de crevettes cuites à l'eau. Ils mettent les déchets sur un journal que Salomé a étalé sur la table. Branko pose des questions sur les cours de Salomé. Il écoute avec intérêt les détails des références de ses professeurs, quand il est interrompu par le rire de deux hommes qui traversent la cour en direction de la porte vitrée. « Mon frère », dit Salomé à Toby. Les arrivants poussent la porte, ce qui provoque un flot d'exclamations et de présentations. Salomé est obligée de se mettre sur la pointe des pieds pour embrasser son frère Andro, qui regarde Toby par-dessus l'épaule de sa sœur en fronçant les sourcils. Son ami Mat, moins impressionnant par la taille et la mine, attend son tour pour étreindre Salomé. « Voilà notre intellectuelle, dit-il, la tenant à bout de bras avant de la serrer contre lui à nouveau. « Qu'est-ce que tu fabriques dans le Nord ? On a besoin de toi ici, dit-il, faussement bourru.

– Non, rétorque Branko. Elle est trop bien pour toi, maintenant, mon pauvre Mat. »

Andro prend une bière dans le réfrigérateur et répond froidement : « Qu'elle croit !

– Enchanté, dit suavement Toby à Mat en lui tendant la main.

– Mat Barrois », répond celui-ci.

Andro distribue des bières et les deux nouveaux venus approchent des chaises de la table.

« Vous avez faim ? demande Branko. Servez-vous. »

Ils déclinent. Ils ont dîné dans un café. La conversation s'engage sur des histoires obscures de bateaux et de baux.

Toby observe Salomé, qui participe à la conversation avec aisance, voire une certaine autorité. Mat l'écoute. Il a mis sa chaise entre Salomé et son frère. Comme la table est petite, il est tout près d'elle. Sa main lui frôle le bras et ses yeux s'attardent sur son visage. Il lui lance même : « Tu vois, sans toi, ma petite, on est perdus », et l'entoure de ses bras, au grand déplaisir de Toby. Mais Salomé n'y trouve manifestement rien à redire. Elle tapote la main de Mat et avale une autre longue gorgée de bière. Devrait-elle boire autant ? Toby essaie en vain de croiser son regard : elle ne fait pas attention à lui et ne s'occupe plus que de ces grands rustauds qui rient trop fort. Andro lance de temps à autre un regard pénétrant sur Toby et prend soin de lui offrir une autre bière. Branko rit à la ronde de façon à inclure Toby, qui lui sourit en retour, bien qu'il ne comprenne pas la plaisanterie. Il s'efforce du mieux qu'il peut de ne pas entendre la voix d'une personne qui n'est pas à cette table, une voix familière qui le navre en lui disant : « Tu ne sais rien d'elle. Comment peux-tu même

118

être sûr... » Il refuse de l'entendre, la coupe comme une radio, mais reste morose. Il pourrait mettre un frein brutal à cette hilarité excessive en déclarant tout simplement : *Elle ne devrait pas boire autant dans son état.* Voilà qui suffirait. Pourquoi pas ?

Ils ont prévu d'annoncer la nouvelle à Branko après dîner. Sans doute Salomé attend-elle le départ des deux autres, mais elle ne paraît pas très impatiente de les voir partir. Tous, y compris Mat, semblent savoir que Salomé et Toby vivent ensemble, qu'il est avec elle et doit être inclus dans tous les projets. Mat évoque un bal dans un dancing juste à côté, avec un orchestre local ; Salomé est allée à l'école avec l'accordéoniste, René. Pourquoi n'emmènerait-elle pas son ami écouter les musiciens ? « Mat est cajun, annonce Salomé à Toby, qui s'en doutait. Il ne pense qu'à danser. »

Branko approuve. Lui, il ne danse pas, mais il aime la musique. « Tu es le chouchou des dames, et tu adores ça, plaisante Salomé.

– Oui, répond Branko. Je suis un bon parti. »

Andro part de son rire amer. Il ira, parce que là-bas, la bière est bon marché. Ils se lèvent, débarrassent la table, replient le journal sur les débris de crevettes, rangent les restes dans le réfrigérateur. Salomé veut prendre un châle dans son sac, et Toby la suit pour changer de chaussures. Ils traversent le salon obscur pour regagner l'entrée. « Je voudrais faire un arrêt pipi », dit Toby. Salomé lui prend la main et chuchote : « Tu as plu à papa, je le vois bien.

– Jusqu'à présent. Mais il peut changer d'avis quand on lui dira.

– Ça ira.

– Je croyais que tu voulais lui parler ce soir ?

119

– Non, pas ce soir. Rien ne presse. Attendons demain matin. » Elle allume la lumière dans l'entrée et indique la porte à gauche. « La salle de bains », dit-elle.

Toby est réveillé par les haut-le-cœur de Salomé, ce qui ne lui remet guère l'estomac en place. Il a la tête vide, la bouche pâteuse. En entendant le bruit de la chasse d'eau et du robinet ouvert, il ressent tout l'inconfort d'une vessie pleine. Salomé entre, le teint nettement verdâtre, et lui adresse un pâle sourire avant de se laisser tomber dans le lit. Le matelas se creuse, et elle glisse vers lui. « Ça va ? demande-t-il.

– Mon Dieu ! exhale-t-elle. Je crois, oui. »

Toby se lève en chancelant et s'accroupit devant sa valise, l'œil vitreux, hébété. Mais il sait où il se trouve. « Il n'y a personne, dit Salomé. Pas la peine de mettre un pantalon.

– Tant mieux », répond-il en se dirigeant vers la porte. Dans le hall, le sol en formica est frais et humide sous les pieds. Il passe devant la chambre de Branko ; la porte entrouverte laisse voir une commode et le bord d'un lit sans cadre dont les draps traînent par terre.

Après avoir soulagé sa vessie, il affronte son image avec indifférence. Il passe en revue une foule de visions qui surgissent du territoire étiqueté « soirée d'hier ». Une image en particulier revient, troublante, mais pourtant excitante : celle de son amante dans les bras d'un autre homme. Tout autour d'elle, des couples évoluent gracieusement, comme elle, au rythme insistant de la musique qui flotte sur la terrasse, se répand dans la clairière et au-delà, dans l'obscurité inquiétante de la forêt. La lune éclaire discrètement la scène, que des torches rendent fantomatique en déversant dans l'air une fumée citronnée. Le chanteur interrompt de temps en temps son débit en patois pour lancer un cri d'oiseau ; le violoniste imite un bruit qui pourrait être l'appel d'un chat sauvage, mais l'accordéoniste et le batteur, résolument civilisés, ne renient pas l'univers ancien et classique des valses et des quadrilles rustiques. Avec l'aisance d'une longue pratique, Mat bascule Salomé d'un côté à l'autre, la fait tourner à bout de bras et la ramène vers lui. Ils n'effleurent même pas les autres couples, malgré la foule qui se presse sur le parquet et la rapidité de la danse. Le parquet n'en est pas vraiment un : c'est de la terre durcie par le soleil, où subsistent des plaques d'herbe. À la grande surprise de Toby, les pieds qui la martèlent sont déchaussés. Danser pieds nus au clair de lune. C'est un vers d'une chanson, une image langoureuse du passé. La fille aux pieds nus ne paraît pas enceinte et, en la regardant, Toby entend à nouveau la voix importune lui glisser qu'il ne sait rien d'elle, qu'elle s'est jouée de lui et l'a piégé. Debout devant le lavabo, il met du dentifrice sur sa brosse et se rassure en se remémorant la nausée du matin. Salomé est bel et bien enceinte et il faut qu'il lui dise qu'elle boit trop. Ça n'est sûrement pas bon pour le bébé.

Toute la soirée, il est resté assis avec Branko, entouré de femmes comme un pacha dans son harem ; elles lui apportaient sans cesse à boire et à manger et il souriait, appuyant ses avant-bras puissants sur la table en bois, suivant des épaules et de la tête le rythme de la musique, l'œil sur sa fille. « Tu ne danses pas, a-t-il glissé à Toby.

– Non. Je lui marcherais sur les pieds. »

Branko a ri et fini sa bière. « Tu es un malin. Ça ne lui plairait pas. »

Pendant les pauses entre deux morceaux, Salomé revenait à la table, jetait les bras autour des épaules de son père et buvait de la bière dans son verre. « Tu veux essayer ? a-t-elle demandé à Toby. Je t'apprendrai.

– Non. Je te ferais honte et voilà tout.

– Il y a une éternité que je n'ai pas dansé comme ça. Cet endroit me manque. Génial, cet orchestre, non ?

– Oui, a dit Toby.

– Quelle soirée ! Je suis contente d'être à la maison. » S'approchant de Toby, Salomé l'a embrassé sur la joue, et a pris un morceau de biscuit salé dans l'assiette posée devant lui. « Tu t'amuses, chéri ? » Mais sans attendre sa réponse, elle est partie rejoindre Mat, qui l'attendait sur les marches. Le violoniste a joué une gamme ascendante pour rejoindre la gamme descendante de l'accordéon.

« C'est un bon garçon, Mat. Mais il n'a pas fait d'études, a dit Branko.

– Il danse bien », a commenté Toby. Une rousse au visage bouffi est apparue à côté de Branko pour poser deux verres de bière. « C'est lui le petit ami de Salomé dans le Nord ? Ça se passe bien, mon chou ? » a-t-elle lancé à Toby.

Qui, saisissant la bière, en a avalé le quart. « Oui », a-t-il répondu.

En réalité, comme Salomé dansait tout le temps, Toby a bu beaucoup plus qu'elle ; il l'admet. Il n'a qu'un souvenir très flou du retour en voiture. Peut-être a-t-il titubé, mais pas Salomé. Elle a sauté dans la camionnette en se moquant de Toby, qui est monté à sa suite, beaucoup moins gracieusement. En rentrant, elle a tenu à se laver les pieds, ce qui, assurément, n'était pas un comportement d'ivrogne ni de souillon. Toby se brosse les dents et s'asperge le visage d'eau froide, puis il retraverse l'entrée pour regagner la chambre.

Allongée, la tête sur les oreillers, Salomé lui sourit et dit :
« Tu as une petite gueule de bois ? »

Debout, il regarde ses seins, la courbe de sa taille à ses
hanches. Au-dessous, tout est recouvert par le drap. Doucement, il rabat le drap avec son pied. L'un des avantages
de la grossesse, c'est qu'ils n'ont plus besoin de redouter
qu'elle tombe enceinte. « Qu'est-ce qui te fait croire ça ? »
répond-il avec une mine faussement solennelle en s'effon-
drant sur elle. Son cerveau envoie une onde de choc derrière ses orbites tandis qu'il prend position. Elle rit et lui
entoure le corps de ses jambes. Il n'est pas le seul à ne plus
avoir de précautions à prendre, pense-t-il, mais les lèvres
de Salomé s'ouvrent sous les siennes et il se sert de sa
langue pour enfouir dans sa bouche à elle cette idée dan-
gereuse.

Un bruit de coups de feu réveille Chloé. Fuyez, volailles,
fuyez, pense-t-elle. Brendan ronfle paisiblement à côté
d'elle. Elle se penche au-dessus de lui pour regarder
l'heure : cinq heures trente. Elle est bien réveillée, féroce-
ment même. Sa tête vibre de rage, et de honte à éprouver
cette rage. Elle pense à son fils – dans le Sud, il est une
heure plus tôt – endormi dans la maison de ces gens-là. Elle
s'imagine une maison sur pilotis, des vérandas grillagées,
dehors, un bateau amarré à quai, et des marécages alentour.
Des hérons, peut-être. « Ils vont manger du canard », a dit
Brendan lorsqu'il a reposé le téléphone. « C'est le frère de
Salomé qui l'a tué ; ils vont dîner chez une tante.

– Ça a l'air sympathique », a répondu Chloé d'un ton
acide. Elle n'a pas parlé à Toby. S'il avait demandé qu'on
la lui passe, elle serait venue au téléphone, mais il ne l'a
pas fait. Depuis leur conversation sur le banc, elle ne lui a

parlé que poliment et de loin. Il lui avait fait un baiser d'adieu froid : ses lèvres avaient à peine effleuré sa joue, il avait eu un mouvement de recul, et elle avait laissé passer l'incident sans commentaire. Bien sûr, il lui en voulait ; elle l'avait blessé, et à présent, elle était punie. À cause de ce qu'elle avait dit.

Une volée de coups de feu. Tout près de la maison. Brendan ouvre les yeux. « On devrait peut-être l'inviter à dîner, dit-il.

— Comme au premier Thanksgiving : les colons invitent les sauvages.

— Tu n'as pas honte ! » glousse-t-il.

Eh bien non, même si elle a conscience qu'elle le devrait. Elle s'assoit et cherche ses chaussons à tâtons.

« Tu te lèves ?

— Ma foi. Je n'arrive pas à dormir. »

Dans la cuisine, elle met la bouilloire à chauffer et regarde la brume matinale au-dehors. Quelque chose tombe d'un des arbres près de l'étang, quelque chose de lourd, de massif, qui jacasse, puis autre chose, et encore. Incroyable. Il pleut des dindes. Dès qu'elles ont touché terre, elles remontent la colline à la course, leur tête monte et descend et elles gonflent leurs grandes ailes inutiles en échangeant des gloussements. Une nouvelle journée au royaume des dindes, dont aucune n'a été mangée par un coyote pendant la nuit. Elles ne tardent pas à former un troupeau et elles commencent à entrer dans la forêt.

La bouilloire siffle, Chloé se détourne en pensant au braconnier, ce Libanais. Sans doute pas un tireur d'élite, mais il pourrait tuer une dinde pour son dîner : il y en a en suffisance. Elle imagine son retour triomphal dans sa cabane avec l'un de ces énormes volatiles sur l'épaule, à la joie générale de sa famille, tandis que le plus jeune, le préféré, Khalil, le petit infirme s'écrie : « Qu'Allah nous bénisse tous ! » Plus tard, réunis autour de la table, les enfants écarquillent les yeux devant le festin et la mère explique gentiment que ce jour-là, les Américains célèbrent la générosité de leur terre. D'ailleurs, voyez ce grand oiseau américain que leur père a rapporté, preuve que leur nouveau pays est béni.

Chloé ouvre le réfrigérateur et prend le lait derrière la dinde rôtie. Thanksgiving en tête à tête, est-ce trop déprimant à envisager ? Une remarque de Brendan au tout début de leur mariage lui revient : *Je ne t'imaginais pas si bourgeoise.* Pourquoi ? Parce qu'elle est artiste ?

Il avait raison, elle est bourgeoise. Les rituels, les meubles, les bouquets, le confort comptent pour elle, et elle déteste le risque. « Averse au risque », c'est ainsi qu'on nomme cela dans les cercles des investisseurs. Elle aime la beauté ; sur ce terrain, elle se défend. S'ils étaient plus nombreux à réagir comme elle, serait-ce une si mauvaise chose ?

Le thé est infusé ; elle sort sur la terrasse et l'avale à petites gorgées pour lutter contre le froid. Il ne fait ni jour ni nuit. Impossible de dire si le ciel sera couvert ou clair. La voiture est blottie comme un animal endormi, le nez dans un tas de feuilles mortes que le vent a arrachées au hêtre, nu à présent. On entend le bruissement des branches agitées par le vent. De la route en contrebas vient le bruit d'une voiture qui s'approche puis passe son chemin. Le cœur de Chloé bat vite : cela lui arrive souvent depuis peu et elle se sent fragile, mortelle, craintive. Un autre coup de feu, distant cette fois-ci. Il s'éloigne. Elle regarde vers l'étang, vers le banc.

« Tu ne la connais pas du tout, avait-elle déclaré. Comment peux-tu être sûr que l'enfant est de toi ? »

À moins qu'elle n'ait dit : « Qu'est-ce qui te donne la certitude qu'il est de toi ? » Une phrase de ce genre. Une phrase qu'elle n'aurait pas dû prononcer. Il était resté silencieux sur ce banc, le dos rond, l'écoutant d'un air morose, le front littéralement plissé.

« Je te croyais plus malin. » Oui, elle lui avait dit ça aussi. Et elle avait ajouté une mise en garde contre l'avenir. À propos des étrangers à la culture totalement différente. À propos des catholiques. « A-t-elle seulement la nationalité américaine ? Est-ce qu'elle t'a piégé ainsi pour rester dans ce pays ?

– Tu as fini ? » avait-il enfin demandé.

À ce stade, elle pleurait. « Mon chéri, avait-elle protesté, tout ce que je veux, c'est ton bonheur. »

Il l'avait regardée d'un œil froid et distant ; pas hostile, presque curieux. Elle savait qu'avec son visage barbouillé, ses cheveux en bataille, elle n'était pas à son avantage. « Je ne pense pas », avait-il dit.

Mais il n'était pas parti. Ça signifiait bien quelque chose. Il était resté avec elle jusqu'à ce qu'elle arrête de pleurer, jusqu'à ce qu'elle dise : « Rentrons. » Et il l'avait escortée sur la pelouse et jusqu'à la véranda, où les deux autres avaient à peine levé le nez de leurs journaux. Il s'était approché de Salomé et s'était penché par-dessus son épaule pour voir ce qu'elle lisait.

« De quoi parle Friedman ? avait-il demandé.

– De l'Irak. C'est un idiot. Il devrait lire son propre livre. »

Les tensions avaient monté dans toute la région, et notre sale petite ville était comme un poisson nageant dans de l'eau empoisonnée. La haine se concentrait en nous, et nous tuait.

Les hommes se réunissaient dans un club immonde où ils soulevaient des haltères et pissaient par les fenêtres. L'un d'eux a pissé sur une orthodoxe qui rentrait de l'église – mon mari m'a dit que c'était un accident, mais j'en doute – et ses fils sont venus au club pour venger son honneur. Une grosse bagarre a éclaté : ils se sont tapé dessus avec les haltères et l'un d'eux avait un couteau, si bien qu'ils ont eu des blessés des deux côtés. L'un des fils de cette femme s'est retrouvé avec des côtes cassées ; un des membres du club, avec une commotion cérébrale. Ceci a marqué le début des hostilités. C'était voisin contre voisin, même si personne ne pouvait rien faire car la police affichait une neutralité de façade. Les calomnies allaient bon train, et tout le monde disait qu'ils n'avaient pas le droit d'habiter notre ville, qu'on devrait les obliger à partir, sans exception et tout de suite. Les affiches « Unité et fraternité » étaient toujours accrochées aux murs des écoles et des bureaux municipaux. C'était ridicule. Au marché, les deux camps s'ignoraient. Les jeunes gens se regroupaient dans la rue par bandes, comme des loups, se lançaient des regards mauvais et des remarques désobligeantes.

Un jour, pendant que ma belle-mère battait le linge, je suis sortie toute seule en ville pour voir si je trouvais autre chose que des choux à acheter, et c'est là que je l'ai revu. Il était debout derrière une voiture des quatre-saisons chargée de carottes. Je me suis approchée comme si je m'intéressais à ses carottes. Elles avaient triste mine, mais j'en ai pris une botte et lui ai demandé le prix. « Trop cher, ai-je dit en la reposant sur l'étal.

– Vous avez raison, madame, elles sont bien trop molles et trop sales pour satisfaire une femme comme vous. » La remarque était grivoise, mais elle m'a fait rire et nous avons échangé un regard de connivence. Je me suis dit qu'il y avait longtemps que je n'avais pas ri comme ça, ni qu'un regard ne m'avait

fait un tel effet. Cela m'a donné du culot, et j'ai déclaré : « Je vous ai déjà vu quelque part. »

Il a hoché la tête. « Le jour où je suis arrivé dans cette ville. Je ne l'oublierai jamais. Du coup, je me suis mis à imaginer que peut-être, la vie ici serait moins épouvantable que je ne le craignais.

— Et elle est comment ?

— Pire. Jusqu'à ce que je trouve ces carottes magnifiques. Maintenant, je me dis que ce n'est pas si terrible. »

Nous avions la même idée en tête : où, mais où donc trouver un endroit pour échanger notre premier baiser dans ce fichu bled ? Comment, avec les voisins qui s'espionnaient entre eux, pouvoir entretenir une liaison secrète ?

Vous vous disiez que vous alliez coucher avec l'ennemi ?

Non, quelle idée ! Ce genre de chose ne m'aurait jamais traversé l'esprit.

Du point de vue de Toby, l'occasion de mettre Branko Drago au courant de la grossesse de sa fille s'est présentée plus d'une fois, puis est passée. Peut-être Salomé redoute-t-elle plus les réactions de son père qu'elle ne veut bien le dire. « Tu vas attendre qu'on reparte pour l'aéroport ? » lui demande-t-il le vendredi après-midi. Ils s'en vont le samedi. Salomé prépare une marmite de poisson tandis que Toby boit une bière et observe le monde depuis son ordinateur, sur la table de la cuisine.

« Je veux lui dire quand nous serons tous les trois, dit-elle. Je veux éviter qu'Andro soit là.

— Parce qu'il ne sera pas content ?

— Tu l'as vu », dit-elle. Il comprend son point de vue. Andro est ce que le père de Toby appellerait un asocial et sa mère « un cas ». Son tempérament est un engin explosif

128

toujours prêt à détoner, et il carbure à l'alcool. Avec les autres hommes, son comportement oscille entre la servilité, la flatterie et l'arrogance ; envers les femmes, il n'a que du mépris. Au bal, il s'en est pris à un type deux fois plus grand que lui, qui a reculé quand il a montré les dents et s'est mis à gronder comme un chien. Au repas de Thanksgiving, qui s'est prolongé tard dans la soirée, une nuit noire illuminée par une suite ininterrompue de bouteilles de slivovitz et de multiples reprises d'une chanson intitulée « Marijana », il a entrepris de draguer une gamine aux yeux de biche qui ne devait même pas avoir quinze ans.

« Tu crois qu'il me ferait du mal ? demande Toby.

– Pas si mon père le lui interdit.

– Je ne comprends pas. Il sait qu'on habite ensemble.

– Oui, mais si je suis enceinte, c'est différent. Ne me demande pas pourquoi. Regarde ta mère. Elle savait qu'on vivait ensemble, et elle a fait une crise.

– Ma mère n'a pas essayé de te faire du mal.

– Elle voudrait que je me fasse avorter. Tu ne crois pas que ça me ferait du mal ? »

Toby ne veut pas parler de sa mère. « Pourquoi ton frère est-il si hostile à ton égard ? Il a toujours été comme ça ?

– Non », dit Salomé. Elle est en train d'ôter les têtes d'une montagne de crevettes. « Quand j'étais petite, il me protégeait. La guerre l'a changé. En fait, quand ma mère et mon frère sont morts, on a tous changé. Il a fallu fuir avec juste ce qu'on avait sur le dos. »

Toby éteint l'ordinateur. « C'est pour ça que vous n'avez pas de photos, laisse-t-il tomber.

– Des photos de quoi ?

– De rien en particulier. Toutes les photos qui sont ici ont été prises après votre arrivée.

– C'est vrai », dit Salomé.

Toby avale sa bière. Il a entendu parler du frère mort, mais ne voulant pas réveiller chez Salomé d'émotions pénibles, il ne lui a jamais posé de questions à son sujet. « Comment sont-ils morts ? se hasarde-t-il à demander.

– Qui ?

– Ta mère et ton frère ? »

Salomé lui jette un regard scrutateur avant de se retourner vers l'évier pour se laver les mains. En les essuyant, elle regarde Toby, pensive. « Je ne sais que ce qu'on m'a raconté. J'ai des bribes de souvenirs. Je n'avais que neuf ans. Mon grand-père était mort un mois plus tôt ; il avait été malade longtemps. On n'arrêtait pas de parler guerre. Il y avait des Serbes dans notre ville et tout le monde les haïssait. Andro avait quinze ans. Il voulait aller se battre. Et puis, la guerre a bel et bien éclaté. On l'a vu à la télévision. Ma mère a refusé de regarder : elle a dit que c'était idiot. Un jour, il y a eu des soldats dans la rue. Ils ont rassemblé des gens et les ont abattus dans un champ. Cette nuit-là, personne n'a eu le droit de sortir. Josip, mon frère, avait douze ans. Il jouait du violon, et il était très doué. Il ne comprenait pas pourquoi il ne pouvait pas aller chez son professeur, et en a été très contrarié. Pendant la nuit, il est sorti en cachette, et n'est jamais revenu.

« Il y a eu une violente dispute entre mes parents. Ça a duré des heures. Andro s'en est mêlé : il s'en prenait à ma mère en lui criant dessus. J'ai été obligée de rester dans la chambre de ma grand-mère. Ils avaient beau hurler, je ne comprenais pas ce qu'ils disaient. Ou peut-être que j'ai entendu, mais je ne m'en souviens pas. Le matin, ma mère n'était plus là. Tata pleurait. Il a dit qu'il fallait qu'on parte tout de suite ; une voiture venait nous chercher. Quand j'ai demandé où était ma mère, il m'a dit que nous allions dans une nouvelle maison et qu'elle nous y rejoindrait. Ma grand-mère a refusé de venir. Beaucoup plus tard, tata a appris qu'elle était morte et qu'on avait brûlé la maison.

– Quelle histoire horrible », dit Toby. Il pense à sa propre enfance, passée à attraper des grenouilles et à grimper aux arbres.

« Cette nuit-là, ma grand-mère a dit quelque chose que je n'ai jamais oublié.

– Quoi donc ?

– Elle a dit à mon père : "Voilà ce qui arrive quand on épouse une pute de la ville." »

Toby secoue la tête : il a perdu pied.

« Ma mère et elle ne s'étaient jamais entendues. Ma mère adorait danser, écouter de la musique et lire. Pour ma grand-mère, tout ça n'était qu'une perte de temps.

– Tu as su ce qui lui était arrivé ?

– Une fois ici, tata me l'a dit. Elle est sortie pour chercher Josip et s'est fait prendre dans une rafle. Ils l'ont tuée. Ils ont tué Josip aussi, pour la simple raison qu'il était dehors après le couvre-feu.

– Quel cauchemar ! »

Salomé hausse les épaules, un geste d'impuissance plus que d'indifférence. « C'était la guerre, dit-elle. Personne n'en parle ici, mais beaucoup de familles ont des histoires semblables. Ceux qui étaient là avant, comme mon oncle, nous ont aidés. C'est pour ça que nous sommes venus ici. Comme réfugiés. » Elle se retourne vers le plan de travail et se met en devoir d'éplucher des oignons.

Toby la regarde, le cerveau occupé à imaginer ces scènes effrayantes : les soldats dans la rue, le petit garçon sortant par la fenêtre dans la nuit, son violon sous le bras, des faisceaux lumineux, des coups de feu, la fillette qui frissonne dans son lit, la grand-mère qui regarde la porte d'un œil rageur, des voix fortes, furieuses, le père en pleurs, la famille serrée dans la brume du petit matin, attendant devant la porte une voiture conduite par qui ? Un ami ? Un inconnu ?

« Qui vous a emmenés ? demande-t-il.

— Je ne sais pas. Je ne l'avais jamais vu avant. Tata semblait le connaître, mais ils ne se sont pas dit grand-chose. Nous avons franchi une série de postes de contrôle – le laissez-passer du conducteur avait l'air efficace – jusqu'en Slovénie.

— Et puis vous êtes venus ici directement ?

— Nous sommes restés quelques semaines dans un camp. Mon père passait ses journées à essayer de joindre mon oncle et à négocier avec les autorités. Ses cheveux ont blanchi. Puis nous avons pris un avion pour La Nouvelle-Orléans. Mon oncle nous attendait à l'aéroport. Il nous avait loué cette maison. Nous avons eu de la chance. » Elle prend le torchon. « Ces oignons me font pleurer », dit-elle.

— Pas tellement de chance, si tu veux mon avis, lance Toby.

— Non, admet-elle en se tamponnant les yeux avec le torchon. Ce sont les Américains qui ont de la chance. »

Au dîner, Branko est fatigué et Andro maussade. Ils ont eu un problème avec le bateau. « Qu'est-ce que vous fabriquez toute la journée ici ? demande Andro à Toby, qui regarde Salomé.

— On parle, répond-elle. Et on lit. Tu devrais essayer.

— Ils sont en vacances, intervient Branko. Ils étudient tout le temps.

— Ta vie, c'est tout le temps des vacances, lance Andro à Salomé.

132

– Andro, essaie d'être poli. Tu nous fais honte devant Toby. »

Andro s'essuie le visage avec sa serviette et repousse sa chaise. « Je me casse, dit-il.

– Ta sœur a préparé ce repas pour nous. Tu pourrais au moins la remercier. »

Andro lance un regard glacial qui glisse de Toby à Salomé, et marmonne quelques mots en croate. Il y a un bref échange entre eux trois, apparemment dépourvu d'hostilité. Salomé hoche la tête à l'intention de son père en parlant. Arrivé à la porte, Andro se tourne vers Toby en disant : « Bonsoir.

– Bonsoir », répond docilement Toby, avec l'impression d'être un gamin. Il a appris quelques mots de croate, mais « Bonsoir » ne figure pas parmi eux. Il connaît *Hvala lijepo*, qui veut dire « merci », mais il ne pense pas que c'est ce qu'Andro a dit à Salomé. « Où va-t-il ? lui demande-t-il.

– Il sort avec Matthew. »

Ils mangent en silence et arrosent leur dîner de bière. Toby se dit qu'un verre de vin blanc serait le bienvenu, puis, entendant la voix de sa mère dans sa tête, il repousse cette idée. Avec le poisson, la bière va mieux. « C'est délicieux, dit-il à Salomé. Très bien assaisonné. Qu'est-ce qui donne cette couleur rouge ?

– Le paprika.

– Oui, ma chérie, c'est très bon », dit Branko, qui sauce son bol avec une croûte de pain. Toby et Salomé échangent un regard complice : le moment est venu.

« Tata, commence Salomé, Toby et moi, on a quelque chose à te dire. »

Branko, qui regardait son assiette, lève sur eux un regard ouvert, en attente. On dirait un gros chien, pense Toby, affectueux, pas très intelligent mais plein de bonne volonté. Il a quelque chose d'innocent, de vulnérable, ce qui est étrange compte tenu de tout ce qu'il a vécu : la guerre, la mort de sa mère, de sa femme, de son fils, la fuite vers un nouveau monde, de justesse. Comme l'avait prédit Salomé, il a accepté Toby sans réserve. On dirait qu'il a toujours été là, qu'il fait partie intégrante de sa fille. À l'évidence, Salomé est la seule femme de sa vie : il s'en remet à elle, sollicite son avis, lui confie la gestion de ses finances, mais sans se montrer possessif. Il a accepté qu'elle parte à l'université, qu'elle vive avec un étranger et qu'elle amène ce dernier chez elle. Toby admire sa libéralité, à l'opposé de la sollicitude circonspecte de ses parents à lui. Il en arrive à la conclusion que cela explique la qualité qu'il apprécie le plus chez Salomé, cette foi en elle-même qui la rend indifférente à la critique.

Mais il n'y a aucun doute : il ne ferait pas bon provoquer la colère de Branko Drago. Quand Salomé commence à parler, Toby s'aperçoit qu'il a la bouche sèche. Il saisit sa bière et l'approche de ses lèvres. « Eh bien voilà, dit Salomé. Je vais avoir un bébé. Toby et moi, on en est très heureux. » Toby repose son verre et regarde Branko. Il est difficile de dire comment il prend la nouvelle. Il cligne des yeux, le coin de sa bouche frémit légèrement, mais il ne bronche pas. Toby craint un instant qu'il n'ait pas compris et que Salomé doive répéter les mots choisis avec soin. Branko prend sa serviette, s'essuie la bouche d'un geste brusque, posant sur Toby un regard qui ne trahit rien de plus inquisiteur que de l'intérêt. Toby se compose un visage qui, il l'espère, exprime un bonheur de circonstance. Branko fixe sur sa fille, qui a sagement posé sur ses genoux ses mains croisées, un regard plus pénétrant.

« Tu as parlé au prêtre ? demande-t-il.

– Je vais le faire. Je l'appellerai demain matin. Je voulais te le dire à toi d'abord.

– Ah.

– On se mariera pendant les vacances de Noël. »

Première nouvelle, se dit Toby. Il avait pensé qu'ils se présenteraient devant un magistrat, soit en ville, soit à côté de chez ses parents, qu'ils signeraient les papiers, échangeraient leur consentement, et puis voilà. Un dîner au restaurant, un week-end au cap Cod dans une auberge avec une grande cheminée. Le seul changement auquel il songeait, c'était que désormais il parlerait de Salomé en disant « ma femme », ce qui lui plaît et qu'il a hâte de faire. Soudain, il imagine ses parents ici, dans cette cuisine miteuse, en train de trinquer avec une bière à la santé de la mariée pendant que Branko et Andro seraient là, à l'arrière-plan, et que Mrs Yuratich mijoterait une soupe aux haricots sur la cuisinière. Il regarde Salomé, qui s'est tue et observe son père, attendant sa réaction. Tous trois attendent.

« Ah », répète Branko. Il repousse sa chaise de la table, se lève lourdement pour aller dans le salon. Ils l'entendent ouvrir tiroirs et placards. Il reparaît, tenant d'une main une bouteille, et de l'autre, par le pied, trois verres hauts et fins.

Salomé sourit à son père. « Le vin d'orange de l'oncle Jure, dit-elle.

– Ce qu'il en reste, dit Branko. Je l'avais gardé pour quand on aurait quelque chose à fêter. » Il pose la bouteille et les verres avec une délicatesse surprenante.

« Mon oncle Jure est mort il y a trois ans, explique Salomé à Toby. Il avait une orangeraie à Venice et chaque année, il faisait ce vin. Un mois avant sa mort, la Floride a subi un ouragan qui a détruit son orangeraie.

135

– Il a fait ce vin avant de venir ici, ajoute Branko. Cet ouragan l'a tué. Il ne voulait plus vivre sans ses orangers.

– Ma tante nous a distribué les bouteilles. C'est la dernière. »

Branko ôte le bouchon et verse le liquide coloré dans les verres. « C'est un vin croate traditionnel. Il te plaira, Toby, je crois.

– J'en suis sûr », dit Toby, prenant un verre. Salomé et Branko lèvent les leurs. « À mon petit-fils ou ma petite-fille, dit Branko. À son père, Toby, et à sa mère, ma Salomé. » Ils trinquent et boivent le vin épais et sucré. « Ça ressemble à du sherry, commente Toby.

– Comment vous l'appellerez ? demande Branko. Il sera américain. Vous allez lui donner un nom américain ?

– Peut-être, dit Salomé. Si c'est un garçon. Si c'est une fille, je l'appellerai comme maman. »

Toby sirote le vin en écoutant cela. Encore du nouveau. Il a l'impression d'être entraîné par une vague puissante, qui peut soit l'engloutir, soit le jeter sur le rivage – il n'est pas indispensable. Salomé et son père se sourient par-dessus le rebord de leur verre, comme des nouveaux mariés à un banquet. Lorsque le verre de Toby est vide, Branko s'empresse de le lui remplir. « Toby, dit-il, qu'on est heureux. Je vais être *djed* !

– Grand-père, traduit Salomé.

– *Djed* », répète Toby, mal à l'aise.

Heathcliff est foncé de peau, mais à quel point ? Chloé ferme le roman, qu'elle pose sur une petite table. Ellen Dean le décrit comme un bohémien, ce qui peut vouloir dire qu'il vient d'Europe de l'Est, de Roumanie peut-être. Mais Mr Linton dit qu'il est si brun qu'il pourrait être

« un Indien des Indes ou d'Amérique ». Si c'est un Indien – Chloé a vérifié – il pourrait venir du sous-continent, qui est vaste et peuplé de gens à la peau plus ou moins sombre. Les Britanniques désignent les Indiens comme des « Noirs » ou même des « nègres », à la différence des Américains, qui réservent ces mots à ceux qui ont des ascendants africains, et qui ajoutent toujours au mot « Indien » une précision sur l'origine. Avec une mouche rouge ou une plume, a dit quelqu'un récemment – qui donc ? Chloé a jugé la remarque amusante, et même utile. Elle a employé cette distinction récemment en parlant avec une amie juive qui a réagi vivement en lançant : « Quelle idée ! C'est offensant. » Finalement, Chloé a trouvé qu'elle avait raison, sans savoir au juste pourquoi c'était offensant. Comment les Indiens, eux, distingueraient-ils les Anglais des Américains ? Avec un fusil ou un parapluie ? Cela amuse Chloé. Heathcliff est-il un « Noir », un « nègre » ? Ou un Américain emplumé ?

La première fois qu'il apparaît à Hurlevent, il n'est qu'un petit paquet dans le manteau de Mr Earnshaw. Le patriarche rentre de Liverpool, très tard, fourbu de son voyage. Ses enfants réclament les cadeaux qu'il leur a promis. Hindley a demandé un violon, Catherine un fouet, ce qui correspond bien à son caractère. En guise de cadeau, ils reçoivent un garçon, un gamin des rues crasseux qui baragouine une langue étrange et incompréhensible. L'épouse de Earnshaw qualifie le nouveau venu de « graine de bohémien » et affirme que son mari est devenu fou. Earnshaw explique qu'il a vu l'enfant – peut-être âgé de trois ou quatre ans et, d'après Ellen, « assez grand pour marcher et parler » – en train d'errer dans les rues noires de Liverpool, et que, ne trouvant personne qui le connaisse, il a décidé de le ramener avec lui. Il prie sa femme « de le prendre comme un présent de Dieu, bien qu'il soit presque aussi noir que s'il venait du diable[1] ».

Paroles prophétiques.

Chloé a mal à la tête à force de lire en s'efforçant de voir au-dessous de la surface du texte, jusqu'au point où tout peut se rendre par des traits. Elle saisit son appareil photo et sort sur la terrasse. Lorsqu'elle a visité Haworth sur son ordinateur, elle a remarqué le grand nombre de genévriers, souvent chétifs et tordus à cause du vent. Elle veut prendre des photos du genévrier fendu en deux par la foudre il y a quelques années dans le champ derrière son atelier. Dans le sentier, les feuilles sèches crissent sous ses pas, elle règle son appareil chemin faisant. Il fait si froid et si humide que malgré son pull, elle est transie ; elle hésite à retourner chercher sa veste, mais elle est presque arrivée, cela ne prendra pas longtemps. Dans le champ qui s'ouvre devant elle, brun à présent, les herbes hautes sont aplaties. Le genévrier domine la scène. Un tiers est brisé, replié comme une pelure, le feuillage grisâtre comme écrasé dans la terre. Dans la lumière oblique, il projette une ombre, un V allongé et renversé. V comme vaincu, pense-t-elle ; comme victime. Elle veut qu'il domine la photo, aussi s'accroupit-elle dans l'herbe pour lever l'objectif vers l'arbre : l'angle est bon, mais il manque l'ombre. Elle prend néanmoins la photo. Elle s'étend à plat ventre pour obtenir une vue en longueur : intéressante, mais pas assez menaçante. Elle décide de prendre quelques clichés de l'autre côté, de façon que le membre brisé semble jaillir du tronc bien droit pour retomber sur elle. C'est bon : on dirait une cascade végé-

---

1. Les citations sont prises dans la traduction de Pierre Leyris, *Hurlevent des Monts*, Flammarion, 1984.

tale et le buisson épineux à droite donne par comparaison une idée de sa haute taille. Elle lève les yeux vers les branchages irréguliers. Le genévrier est un arbre si misérable, si dépourvu de charme, si fragile. Dans ce champ, il s'est semé tout seul. Des genévriers nains se regroupent frileusement çà et là et abandonnent quand ils perdent la bataille pour la lumière en bordure du bosquet d'arbres.

Chloé commence à être émue par cet arbre, par son âge et son indifférence profonde aux éléments hostiles qu'il a affrontés depuis peut-être cent ans, d'après elle. Hauteur, environ douze, voire quinze mètres, c'est difficile à évaluer. Forme, globalement conique, mais triangulaire à présent, à cause du tronc fendu ; écorce rougeâtre, qui pèle ; feuilles – si tant est qu'on puisse utiliser ce mot – ressemblant plus à des frondes bleu-vert plates bordées de minuscules points bruns. Elle s'en approche, prend une photo de la cime, s'accroupit pour obtenir un cliché où l'on aperçoit la forêt à l'intérieur de l'angle formé par la branche cassée. Un gros plan, puis elle recule, s'assied jambes écartées ; elle sent l'humidité traverser son pantalon. Tant pis, c'est une excellente photo. Elle la prend, en fait une autre, se penche sur un coude pour cadrer de façon à ajouter une partie des broussailles bordant le champ. Elle n'utilisera pas ce cliché, mais le contraste lui plaît, toutes ces teintes de gris, de brun et d'ocre. Il y a dans ce lointain une texture très intéressante.

Au moment où elle entend le déclic de l'obturateur, elle repère dans le coin du viseur un homme. Debout près d'un vieux caroubier, il a un bras levé appuyé au tronc ; de l'autre main, il tient son fusil, canon baissé. Sans réfléchir, Chloé modifie sa mise au point de façon à centrer la photo sur lui, et appuie sur le bouton avec la sensation satisfaisante d'avoir pressé la gâchette et réussi un beau coup.

L'instant d'après, l'homme a reculé dans l'ombre de la forêt. Elle entend le bruissement des broussailles qu'il traverse en s'éloignant.

Elle a pris une photographie du braconnier.

En retournant à l'atelier, elle éprouve un sentiment de triomphe. C'était déjà quelque chose de l'avoir vu, d'être revenue raconter son aventure et décrire l'homme à Brendan, qui a peut-être encore un léger doute sur la réalité de l'entrevue, tandis qu'une photographie apporte une preuve tangible, irréfutable. Personne ne pourra lui dire qu'il n'est pas là ; quelqu'un sera peut-être à même de l'identifier et de faire cesser cette intrusion dans leur vie. Ils peuvent lui faire peur avec une photographie. À présent, elle va pouvoir bien voir son visage, resté obstinément flou dans sa mémoire. Elle se rappelle le photographe – David Hemmings, non ? – qui fait par accident une photo d'un meurtre dans ce vieux film, *Blow Up*. Il finit par avoir Vanessa Redgrave à sa porte, en quête du négatif. Les temps ont changé. Chloé ne sera pas obligée de se livrer à la corvée de la chambre noire, avec les bacs de liquide de développement toxiques, les clichés accrochés avec des pinces à linge. Il lui suffira d'appuyer sur le bouton zoom et hop ! Il sera là, au vu de tout le monde, chez elle, fusil à la main, en train de l'épier.

« Je l'ai vu dans le viseur, dira-t-elle à Brendan. Debout près du gros caroubier, à m'observer. »

Et Brendan demandera : « Ça a duré longtemps ? »

En arrivant à l'atelier, elle fait les cent pas sur la terrasse, et regarde vers les arbres avec un mélange de défi et d'inquiétude. Je vais te forcer à arrêter, pense-t-elle. Je vais me débarrasser de toi.

Dans la salle des professeurs du département, Brendan fait glisser en vrac le contenu de sa boîte aux lettres dans sa serviette. La majeure partie – catalogues de livres, annonces de l'université, publicités pour des signatures de livres locales – finira dans sa poubelle, mais il n'y a pas moyen d'en endiguer le flot. David Bodley, qui arrive du couloir, le salue avec sa jovialité bien rodée : « Le professeur Dale est parmi nous ! Comment se fait-il que tu ne sois pas à la pêche ?

– Comment vas-tu, David ? répond Brendan.

– Écrasé de boulot, des étudiants qui font la queue dans le couloir et qui ont tous besoin d'un 18 sur 20, sans quoi ils n'obtiendront pas leur diplôme. Tu te souviens de tout ça, monsieur le professeur ? Ou ça se perd dans la nuit des temps ? »

Amy Treadwell le hèle en passant : « Salut, Brendan. Tu ne te foules pas trop ?

– Amy ! Comment vas-tu ? » répond Brendan. Et à l'adresse de David, il ajoute : « Ça ne fait pas si longtemps.

– Parle pour toi ! Tu étais parti à la pêche, réplique David que son humour vaseux fait glousser. Alors, comment va le livre ? Presque fini, non ?

– Il avance lentement, dit Brendan. Lentement, mais sûrement.

– Tant mieux », s'exclame David. Ils sortent ensemble dans le couloir. David tourne pour entrer dans son bureau, devant lequel l'attend une étudiante, une jeune femme bien faite avec un jean qui lui tient à peine aux hanches, des cheveux en hérisson et un clou d'argent sous la lèvre inférieure. À l'évidence, une passionnée d'histoire. « Venez par ici, Ms Pettijohn, ordonne David en la faisant entrer. Il faut qu'on parle sérieusement de la bataille de Gettysburg. »

Brendan entre dans son propre bureau et referme la porte derrière lui. L'enseignement ne lui manque pas, mais cette pièce, si. Un plafond haut, des murs tapissés de livres, un plancher en bois dur et une longue fenêtre donnant sur la pelouse carrée de la cour intérieure, ombragée d'arbres, d'un vert velouté et soigneusement entretenue. Le collège est généreusement doté, et tout, des planchers jusqu'aux fenêtres en passant par les meubles et les boutons de porte, respire l'argent. Il ouvre sa serviette et sort la liasse de courrier. Le radiateur cogne et gémit. Comme la faculté peut se le permettre, son bureau est surchauffé. Brendan entrouvre la fenêtre et regarde un groupe d'étudiants qui circule sans but précis dans l'allée. À l'arrière-plan s'élève la tour néogothique de la bibliothèque, encadrée de vieux sycomores. L'air frais qui entre s'enroule autour de sa taille et monte vers son menton. Pendant quelques instants, il n'est conscient que du charme de cette vue, de sa beauté.

À son bureau, il trie le courrier. Un plan d'assurance alternatif proposé par le syndicat des professeurs ; deux catalogues de livres, dont l'un est consacré exclusivement aux études sur la guerre civile ; une brochure vantant les qualités d'une série de conférences enregistrées par des spécialistes de renom dans différents domaines, dont la montée de l'Islam, ce qu'il ne manque pas de remarquer. Ils détestent nos libertés. Il met ce premier paquet dans sa corbeille à papiers. Ensuite il examine le programme des réunions de département, celui d'une série de lectures, puis une brochure en trois couleurs, coûteuse et professionnelle, d'une certaine société d'historiens, la Rowalt Historical Society, qui annonce un colloque à Chicago, tarif spécial à l'hôtel Allegro pour les participants. Une coupure de journal, pliée, sans message pour l'accompagner – pourquoi se trouve-t-elle dans son courrier ? Un titre en petits

142

caractères : *Un Professeur décroche une récompense*. Suit l'annonce que le professeur Michael Newborn a obtenu le prix Cardogan, trente mille dollars, pour sa biographie révolutionnaire sur Frédéric II, empereur au XIIIᵉ siècle, intitulée *L'Empereur impie*.

Quelques lignes sur le professeur Newborn, l'université où il a fait ses études, le poste qu'il occupe, les livres qu'il a déjà publiés. L'article se termine par une brève citation d'une de ses remarques sur l'importance de l'histoire comme discipline lors de la cérémonie de remise du prix. Brendan lit jusqu'au bout, puis revient au début. Il prend conscience du silence de son bureau. Le seul bruit est celui du réveil égrenant les secondes qu'il lui faut pour relire l'article. Une porte se ferme dans le couloir ; dehors, une fille crie : « Becky ! Attends-moi ! » Brendan plie l'article et le pose sur son bureau. Il ne se sent pas mal, mais quelque chose se contracte dans son estomac, dans sa poitrine, il a l'impression de se nouer. Il a la tête prise dans un étau, et emplie de questions. Qui a mis cela dans sa boîte ? Un ami ? Alors pourquoi n'avoir pas joint de message ? Mais que dire, qu'on soit ami ou ennemi ? *J'ai pensé que ça pourrait t'intéresser. Pas de chance. Michael Newborn est un charlatan.* Si ce n'est pas un ami, alors qui ? Quelqu'un qui déteste Brendan ? Quelqu'un qui l'observe en ce moment même pour voir si la nouvelle l'a un peu abattu ? Et puis se pose la question de savoir ce qu'il éprouve réellement. Comment cette information l'affecte-t-elle ? Il est à des années de la publication et il le sait, alors quelle différence cela fait-il que le livre de Newborn ait obtenu un prix ? Cela ne peut-il provoquer un regain d'intérêt pour le *Stupor Mundi* ?

Michael Newborn a un style verbeux et pontifiant, tout en sous-entendus et en prétention. Il est toujours prêt à étaler son savoir – considérable, on ne peut le nier – et à dénigrer ses critiques. D'après la thèse qu'il soutient dans son livre, Frédéric était en fait un hérétique, il méprisait l'Église dont il était le représentant, voulait du mal au pape et souhaitait l'échec de ses entreprises. Preuve à l'appui de cette hypothèse : sa fascination pour l'Islam. Sur les guerres de religion en particulier et l'histoire humaine en général, Newborn avance également une théorie selon laquelle la guerre n'est possible que lorsque l'ennemi est déshumanisé, quand « il » est réduit à « ça ». D'où l'habituel recours aux métaphores animales ; nos ennemis sont des chiens, des cochons, des serpents, des pourceaux. Le refrain des guerriers, c'est « je vais le tuer comme un animal ». Cette théorie du « ça » chagrine Brendan, car l'observation lui paraît simpliste et évidente. Que se passe-t-il avant que l'ennemi devienne « ça » ? C'est ce qui intéresse Brendan. Il arrive au « je » quelque chose qui ne relève pas de notre vision de nos ennemis, mais de notre vision de nous-mêmes. Brendan se souvient vaguement d'avoir exposé cette contre-théorie à quelqu'un lors d'une réunion universitaire. Était-ce à David ? À Amy Treadwell, peut-être ?

Newborn a failli perdre son poste il y a quelques années pour harcèlement à l'encontre d'une étudiante, une fille exceptionnellement courageuse, car sa réputation de prédateur auprès du corps étudiant était depuis longtemps un secret de polichinelle. Un raseur et un obsédé, mais un battant.

Le téléphone sonne. Brendan décroche très vite, toujours contrarié par la coupure de presse, qui illustre bien le déclin de la valeur accordée à la courtoisie élémentaire dans sa profession. « Ici le professeur Dale, dit-il.

– J'ai une photo de lui.

– Qui ça ? demande Brendan, qui rectifie mentalement "De qui".

– Du braconnier. Pendant que je prenais des photos du genévrier foudroyé, il était debout à l'arrière dans le bois, en train de me regarder. J'ai fait un agrandissement sur l'ordinateur. Il est devant moi en ce moment. On voit clairement son visage. »

Brendan glisse la coupure dans le tiroir de son bureau. L'intérêt obsessionnel de Chloé pour le braconnier glisse vers un territoire encore inexploré, et jusqu'à présent, il n'a pas réussi à l'en détourner. Le fait de vivre près de la forêt ne signifie pas que nous devions aller l'explorer, pense-t-il. Il n'en connaît pas moins la réponse de Chloé, qui n'est pas dépourvue de pertinence historique, légale, voire morale : *mais c'est notre forêt.*

« À quoi ressemble-t-il ? dit Brendan.

– Je persiste à croire qu'il peut être libanais. »

Salomé et Toby sont dans la cuisine en train de boire du café quand Andro apparaît à la porte-fenêtre, le visage rouge, visiblement perturbé. « Ça va barder, tata lui a dit, souffle Salomé en se levant pour l'accueillir.

– Qu'est-ce que ça peut lui faire ? » demande Toby, rendant à Andro son regard noir. Lorsqu'il fait irruption dans la pièce, la porte ferraille sur son mince châssis. Andro empoigne Salomé par le bras si brutalement que sa tête part en arrière, ce qui lui arrache un cri. Il hurle des paroles que Toby ne comprend pas. Salomé lui répond en se débattant pour se dégager, mais il resserre son étreinte, l'attire vers lui et la gifle. Toby renverse sa tasse de café et sa chaise en se précipitant vers le jeune homme en furie, qui l'envoie au sol d'un coup de poing bien ajusté en pleine poitrine. Salomé crie : « Toby, ne t'approche pas de lui », tandis qu'Andro vocifère en croate. Toby se relève en titubant et un nouveau coup de poing le cueille alors, l'expédiant la tête la première contre le pied de la table. Il sent la peau se déchirer sur sa pommette près de l'œil. « Ne t'approche pas de lui », crie à nouveau Salomé. Andro décoche à Toby un coup de pied, ponctuant ses flots de croate rugueux d'une phrase qu'il comprend : « Je vais te tuer.

— Tu es malade ou quoi ? » crie Toby, roulant sur lui-même pour éviter une botte dont une zone hyperconsciente de son cerveau enregistre l'odeur de poisson. « Mais enfin, lâche-la, elle est enceinte ! » Il se dirige de l'autre côté de la table avec l'intention de se percher dessus pour attaquer son agresseur d'en haut. Pendant qu'il se redresse, Andro lâche Salomé et fonce vers la porte sans cesser de vitupérer contre elle, mais d'une voix qui se brise à présent. Elle le suit en pleurant et en protestant. Dans l'embrasure de la porte, elle s'arrête pour regarder son frère traverser la cour au pas de course et disparaî-tre. Ses épaules tremblent, un râle animal sort du fond de sa gorge. Toby s'approche d'elle et l'entoure de ses bras.

« Ça va ? Il ne t'a pas fait mal ? » demande-t-il. Se cram-ponnant à lui, elle enfouit son visage contre son pull. « Je ne comprends pas, dit-elle.

— Il est dingue, déclare Toby.

— Il est dingue, acquiesce-t-elle.

— Qu'est-ce qu'il te disait ? »

Elle ne répond pas. Il lui caresse le dos et pose sa joue sanglante contre sa tête. Lui non plus ne comprend pas, en fait, il est si choqué, si confus qu'il ne sait pas très bien ce qui s'est réellement passé, mais il est soulagé de constater qu'il n'a pas eu peur un seul instant. Sans rien voir d'autre que la nécessité de protéger Salomé contre son frère, il n'a éprouvé qu'une détermination sauvage. Maintenant, la colère monte en lui, avec l'indignation. « Il faudrait le faire enfermer, dit-il. On devrait en parler à ton père. Il est dangereux.

– Non, dit Salomé. C'est fini maintenant. Il ne m'a pas fait vraiment mal.

– Mais enfin, qu'est-ce qui lui a pris ? » Salomé se penche en arrière dans les bras de Toby et lève les yeux vers son visage. « Tu saignes », dit-elle.

Toby touche sa joue et regarde la tache rouge au bout de ses doigts. « J'ai heurté le pied de la table. »

Salomé le conduit vers la salle de bains. « Je vais nettoyer ça, dit-elle. Tu auras un vilain bleu. Qu'est-ce que tu vas raconter à tes parents ?

– Que ton frère est cinglé. Qu'est-ce qu'il disait ? » Il s'assied sur le rebord de la baignoire pendant que Salomé fait couler de l'eau sur un linge dans le lavabo.

« Je n'ai pas compris.

– Tu veux dire qu'il ne parlait pas croate ?

– Si, j'ai compris les mots. Mais pas ce dont il parlait. » Elle pose le linge chaud sur la joue de Toby.

« Aïe. Et que disait-il ?

– Pardon !

– Alors, que disait-il ?

– Ça concernait maman.

– Ta mère ? Et de quoi était-il question ? »

Ôtant le linge, elle fait mine d'examiner la coupure, mais ses yeux s'emplissent de larmes et un sanglot lui échappe. « C'était trop horrible, dit-elle. Je ne peux pas le répéter. »

Indésirable

Nous nous retrouvions dans les bois, près du champ de pommes de terre de mon beau-père. Il y avait un vieux hangar dont il se servait pour ranger le matériel de la ferme et les outils rouillés et émoussés dont il n'avait plus l'usage. Quand mon mari a repris, il a échangé deux vieux tracteurs contre un neuf, avec une charrue adaptée, qui lui aurait permis désormais de labourer tout l'univers sans descendre de son tracteur. Je ne me souviens plus comment je m'y suis prise pour y donner rendez-vous à Milan – c'était son nom – mais j'y suis arrivée. J'ai dit à ma belle-mère que j'allais cueillir les dernières baies de sureau, une initiative qu'elle approuvait car les arbustes bordaient la parcelle boisée du voisin, et elle voulait récolter les baies avant lui. Aussi, en chemin, en ai-je ramassé un seau le plus vite que je pouvais. Quand je suis arrivée au hangar, il était là, appuyé contre la gouttière, une couverture sous le bras. Mon cœur battit en la voyant : elle témoignait de sa sollicitude à mon égard. Je n'aurais pas à me baisser au-dessus d'une immonde épandeuse à purin pour me faire éperonner par-derrière comme un animal de ferme. Je lui ai montré la cachette de la clé du cadenas, derrière une pierre cassée au-dessus du rebord de la fenêtre. Il l'a prise et a ouvert la porte. Nous n'avons échangé que quelques mots, mais il souriait et moi aussi. Lorsque nous nous sommes trouvés à l'intérieur, je me suis mise à trembler. « Tu as froid ? » a-t-il demandé. J'ai répondu : « Non, je ne crois pas. » « Alors, tu as peur » a-t-il dit, et j'ai répondu : « Non, je n'ai pas peur. » Il m'a prise dans ses bras et m'a embrassée.

Je n'avais pas peur, mais j'aurais dû, après ce baiser. Qui sait pourquoi ces choses-là arrivent ? Quand j'essaie de me rappeler tout ça, je me dis seulement que je n'étais pas moi-même. Tout se passait comme si rien n'avait jamais compté plus que ces moments d'amour à la sauvette dans le hangar qui sentait le moisi et, comme beaucoup de jeunes sottes, je croyais qu'ils allaient changer ma vie. En effet, au bout du compte, ils l'ont changée, mais pas comme je l'imaginais. Milan était tout aussi ardent et voulait me voir le plus souvent possible. Nous ne pensions qu'à ça : comment échapper à nos familles et nous retrouver dans le hangar. Ce n'était pas facile. Nous n'avions jamais beaucoup de temps. Nous ne parlions guère, sauf pour prévoir le rendez-vous suivant. Bien entendu, je m'épanouissais avec ce régime d'amour à haute dose ; tout le monde me complimentait sur ma bonne mine, et j'étais plus gentille avec mon balourd de mari. Sa mère m'observait de ses yeux froids. Elle avait passé quarante ans à exercer sa tyrannie domestique, elle n'allait pas renoncer. Mon rire, ma façon de taquiner mon mari et mes enfants, mon solide appétit et le plaisir que je prenais à boire du vin et de la vodka, elle les ressentait comme autant d'affronts.

En dehors de la maison, les choses s'aggravaient. Au marché, les gens disaient qu'il allait y avoir la guerre, mais pas dans notre ville ; elle aurait lieu plus près de la frontière. Et ils avaient raison. C'est là qu'elle a commencé. J'ai retrouvé Milan le lendemain de la fusillade de Borovo Selo[1]. La télévision ne parlait que de ça. Jamais nous ne faisions allusion au conflit, mais je ne sais pourquoi, je lui ai demandé d'où venait sa famille, et il m'a répondu de Knin. Quand il m'a dit ça, j'ai eu un pressentiment ; je me suis mise à tousser sans pouvoir m'arrêter. Il a fallu qu'il me tape très fort dans le dos.

Où est Knin ?

Dans la Krajina. Tout le monde savait que les brutes paramilitaires de Knin allaient dans toutes les petites villes armer

---

1. Le 2 mai 1991, 12 policiers croates y sont tombés dans une embuscade tendue par des extrémistes serbes venus de l'autre côté de la frontière. Borovo Selo est située à côté de Vukovar, dans la province croate de Slavonie, à l'est du pays, près de la frontière serbe.

les Serbes afin qu'ils soient prêts à la guerre. Cela durait depuis des mois. À Borovo Selo, ils étaient armés jusqu'aux dents.

Et Milan était l'un d'eux ?

Oui. Il en était. Mais à l'époque, je ne le savais pas.

Levés de bonne heure, ils sont dans la cuisine, parlant bas pour ne pas réveiller les jeunes, qui dorment peut-être encore à l'étage. « Alors, qu'est-ce qui s'est passé là-bas au juste, à ton avis ? demande Chloé à son mari, devant lequel elle pose une assiette de pain grillé.

– Merci, dit Brendan. Qu'est-ce que tu veux dire ?

– Tu as vu sa figure ? Tu crois que c'est arrivé comment ?

– J'en conclus que tu ne crois pas à cette histoire de terrasse.

– Tu y crois, toi ? »

D'après cette histoire que Toby a racontée deux fois, d'abord à la gare, où Brendan était allé les attendre, et ensuite dans la cuisine quand il a salué sa mère, il avait trébuché en dansant – sur de la musique cajun, un bal avec un orchestre formidable, ses parents auraient adoré – et s'était éraflé la joue contre le rebord d'une terrasse en bois. C'était moins grave qu'il n'y paraissait, avait-il expliqué. Tandis que Chloé écoutait cette explication très simple, Brendan avait observé les émotions qui se succédaient sur son visage : détresse, incrédulité, inquiétude. Puis elle s'était réfugiée dans son habituel cynisme résigné, ce « qu'est-ce qu'on pouvait espérer d'autre » qui fonde sa stratégie de l'attente minimale. Elle n'avait pas cru son fils.

« On dirait qu'il a reçu un coup de batte de base-ball, avance-t-elle.

– Il n'a jamais su mentir, acquiesce Brendan.

– C'est elle qui est derrière tout ça. »

Brendan n'en doute pas, mais s'abstient de tout commentaire.

« Et qu'est-ce qu'elle a ? »

On ne peut le nier non plus : Salomé paraît nerveuse et n'est pas elle-même. Au dîner, elle n'a presque rien mangé et a rembarré Toby qui lui demandait si elle se sentait mal, puis elle est partie se coucher à neuf heures en invoquant la fatigue. « Le voyage était long, dit Brendan. Elle est enceinte. Elle doit être épuisée.

– Non, ce n'est pas ça. Elle n'est pas comme d'habitude. Il s'est passé quelque chose. Peut-être que le père est sorti de ses gonds et a frappé Toby.

– Il m'a dit qu'il avait très bien pris la chose. Qu'il a hâte d'être djed.

– Djed ?

– Grand-père.

– Quand a-t-il dit ça ?

– Le père ?

– Non, Toby.

– Dans la voiture.

– Avec moi, il est tellement distant, se lamente Chloé. Je me sens complètement coupée de lui.

– Ça lui passera.

– Tu penses que c'est de ma faute. »

Brendan mastique son toast, contemple sa femme. Sa mère l'avait surnommée la grande blonde, Die Walküre, ce qui était très injuste, car Chloé n'avait rien de particulièrement germanique, hormis son épaisse crinière blonde. Jeune, elle en faisait une longue natte chaque soir pour que ses cheveux ne s'emmêlent pas pendant son sommeil. Maintenant, elle les a courts, coupés au carré, avec une frange pour masquer son front qui se dégarnit. Elle sirote

151

son café, les yeux fixés sur Brendan par-dessus le bord de sa tasse, l'implorant silencieusement de l'absoudre, de la plaindre parce qu'elle est innocente et l'a toujours été. Il avale sa bouchée de pain qu'il sent un instant se coincer dans sa gorge avant de plonger dans son œsophage jusque dans l'intérieur sombre où les sucs digestifs la font tourner, la réduisent et, au terme d'un mystérieux processus, la transforment en énergie et en excréments. Il sait ce qu'il est censé dire à sa femme. Le script est tout prêt. Chloé pose sa tasse, attendant la suite, confiante. Quelque chose dans le pli un peu pincé de ses lèvres quand elle avale irrite Brendan et coupe toute velléité d'indulgence chez lui. « Tu as voulu le forcer à choisir, dit-il. Il a choisi.

– J'ai essayé de le faire réfléchir, rétorque-t-elle.

– Ce n'est pas une raison pour passer ta rage sur moi. »

Le téléphone sonne. Chloé s'empare de l'appareil et aboie un « Allô » irrité. Elle adresse une grimace à Brendan, les coins de la bouche baissés, les sourcils arqués, mimant la surprise. « Oh oui, bonjour, dit-elle, la mère de Toby à l'appareil. » Elle parle d'un ton mesuré, amical. « Oui, bien sûr, elle est là. Je crois qu'elle est réveillée. Elle est en haut, je vais l'appeler. »

« C'est Branko », dit-elle en posant le téléphone sur la table. Elle sort pour monter l'escalier, laissant Brendan en tête à tête avec le téléphone contenant le Roi des coquillages. Doit-il le prendre et prononcer quelques paroles cordiales ? Ils ont des intérêts en commun, somme toute. Il entend Chloé échanger des informations avec Toby. Salomé est réveillée ; elle prendra l'appel en haut. Chloé redescend lourdement et traverse la salle à manger. Au moment où elle s'encadre dans la porte, ils sont agressés en stéréo par une voix furieuse qui vient du téléphone et de la jeune femme au premier. « Raccroche », souffle Chloé.

Avec précaution, Brendan repose le combiné sur son socle. Salomé continue à lâcher un flot de paroles frisant l'hystérie, et elle ne s'interrompt que pour repartir de plus belle. Brendan et Chloé restent assis sans bouger, regardant le plafond, aussi craintifs que des lapins dans un terrier. « Mais que se passe-t-il, grands dieux ? demande Chloé.

– J'aimerais bien le savoir. » Toby apparaît à la porte, traînant les pieds, enveloppé dans son peignoir de bain, les pieds nus et les cheveux mouillés.

« Mon chéri, dis-nous ce qui s'est vraiment passé là-bas », implore Chloé.

Il ajuste le cordon de son peignoir pendant qu'au-dessus, les cris cèdent la place à des pleurs. « Je ne sais pas vraiment, avoue-t-il. Son frère a pété un câble quand il a appris qu'elle était enceinte. Il l'a attaquée. C'est comme ça que j'ai récolté cette coupure.

– Il t'a frappé ? demande Brendan.

– Il m'a envoyé un coup de poing, je suis tombé et j'ai heurté le pied de la table.

– Seigneur ! dit Chloé.

– C'est un cinglé, conclut Toby, catégorique. Il l'engueulait en croate, et je n'ai aucune idée de ce qu'il disait.

– Et elle ne t'a pas mis au courant ?

– Elle ne veut pas. Mais après ça, elle a piqué une crise et là, elle est en train de se disputer avec son père. Ils ont crié pendant tout le trajet jusqu'à l'aéroport.

– Il est contre votre mariage ? » demande Chloé.

Toby lance à sa mère un regard furieux. Au-dessus, les larmes se sont calmées, le volume est normal et le ton plus détendu.

« Tu serais bien contente, hein ? » dit Toby.

Les femmes se sont repliées dans leurs chambres ; les hommes sont devant le tas de bois ; ils ramassent des brindilles, choisissent les bûches à fendre et les empilent près du billot. Autour d'eux, tout est brun, mort, sous un ciel blanc. « À quoi ressemble le père ? demande Brendan, une question d'homme à homme.

– Un grand gaillard. Gentil, en fait. Nous ne l'avons pas tellement vu parce qu'il est toujours en mer sur son bateau.

– Tu y es monté ?

– Non. J'aurais bien voulu, mais Salomé m'a dit que j'encombrerais. En fait, je n'y ai pas été invité.

– Qu'est-ce que tu veux, c'est son gagne-pain.

– Très dur, comme travail. Tout le monde est très pauvre là-bas. »

Là-bas. « À quoi ça ressemble ? Il y a des palmiers ?

– Non. Ni palmiers ni plages. C'est marécageux, très plat, vert, de l'eau partout, beaucoup de hérons. Un paysage irréel, on a l'impression d'être à l'étranger. Il y a beaucoup de Croates, qui sont là depuis longtemps. Certains sont venus à cause de la guerre, comme Branko, parce qu'ils avaient ici des parents prêts à les aider.

– Je crois que ça suffit », dit Brendan en s'installant devant le billot. Il examine sa hache, compagne de bien des hivers. « Ta mère veut que j'en achète une neuve, mais je n'en vois jamais qui me plaise plus que celle-ci.

– Maman n'est jamais contente.

– Je me fais du souci pour elle », dit Brendan. Il élève la hache et l'abat avec une force contrôlée, fendant la bûche en deux bien proprement. Toby prend la candidate suivante sur la pile et la lui tend. Brendan la pose debout sur le billot. « Elle est obnubilée par le braconnier.

– Il est toujours dans les parages ?

– Elle l'a photographié. Par accident. Puis elle a imprimé la photo et l'a portée à la police.

– Il sait qu'elle a pris une photo ?

– C'est possible. Il l'a vue. Elle photographiait le vieux genévrier et elle l'a surpris à l'arrière-plan. Il était dans les bois et l'observait.

– Franchement, ça n'est pas rassurant, papa.

– Non, je suis d'accord. Mais qu'est-ce qu'on peut faire ? La police a dit qu'on pouvait l'arrêter et lui donner une amende pour violation de propriété, mais ça risque de le mettre en rage. On a raconté à Chloé l'histoire d'un type de Croton qui a poursuivi un braconnier et l'a fait arrêter quelques jours seulement. Sitôt qu'il a été en liberté, la grange du propriétaire a brûlé pendant la nuit.

– Le braconnier a mis le feu à la grange ?

– On ne peut pas le prouver. Mais c'est ce que pense la police.

– Moche.

– Oui. À mon avis, mieux vaut laisser ce type chasser. Ça fait trois ans que ça dure et la saison de la chasse n'est pas si longue. Il réduit un peu la faune ; et il ne laisse pas traîner de cadavres. Visiblement, il a besoin de ce gibier. Pas nous. Mais ta mère me prend pour un dingue. Elle veut faire un gros plan de la photo, la clouer partout sur les arbres avec une légende disant : "L'interdiction de chasser, c'est pour vous." »

Toby se met à rire.

« Elle va droit à l'affrontement. Elle veut mettre sa photo dans le journal, et je ne peux rien lui dire. » Brendan pose la bûche de telle façon qu'elle penche en arrière. « Peut-être pourrais-tu lui parler », dit-il.

Sa suggestion tombe dans un silence glacial. Il lève la hache et l'abat vigoureusement, mais a mal visé : la lame entre de façon oblique et reste coincée à mi-hauteur. Il est obligé de la dégager à grand-peine. « Je ne parle pas beaucoup à maman, dit Toby. Tu n'as pas remarqué ? »

Brendant repose la hache contre le billot. « Bien sûr que si. Et elle aussi. Ça la rend malade. Et permets-moi de te dire qu'elle se fait déjà assez de souci pour ta situation sans que tu en rajoutes encore.

— Mais je ne comprends pas pourquoi elle s'inquiète. Ce n'est pas comme si Salomé était une droguée, ou une ratée névrosée qui a laissé tombé ses études. On ne va pas braquer une banque, il faut arrêter ! On va avoir un bébé. C'est une femme intelligente, mystérieuse et je suis amoureux d'elle.

— Les femmes sont rarement aussi mystérieuses qu'elles le paraissent », dit Brendan.

La remarque fait tiquer Toby. « Si tu le dis, papa. Moi, ça ne me dérange pas. Je veux connaître Salomé. Je veux tout savoir d'elle. C'est ma mission. »

Brendan sourit. L'ardeur de son fils est toute à son honneur.

Il a vu trop de jeunes paralysés par un manque de confiance en eux. « C'est ta mission », répète-t-il.

Voilà où en sont les choses. Brendan est dans son bureau, sa famille au premier étage. Chacun sous la couette, chacun de mauvaise humeur. Son fils qui, grâce à l'affection et aux efforts vigilants de ses parents, n'avait pas un seul souci jusqu'à un passé récent, porte maintenant la responsabilité d'un enfant à naître et a dû défendre sa compagne avec ses poings, expérience qui ne s'est jamais présentée pour Brendan et le consterne. Pourtant, Toby n'est pas effrayé, mais son jugement est sans appel : « C'est un cinglé. » Point, barre. Brendan, qui a toujours été fier de la compétence de son fils et de son calme, est forcé de reconnaître que Toby le surprend : il révèle un autre aspect, passionné, audacieux, désireux de bouleverser le statu quo. Il n'est pas difficile de comprendre l'attrait qu'exerce Salomé sur ce genre de personnalité : elle est tellement sûre de sa séduction sexuelle qu'elle en est effrayante ; elle a un corps voluptueux, avec ses fesses galbées, ses seins fermes, son dos droit, ses yeux sombres, pénétrants et sa chevelure luxuriante : une superbe plante.

Et puis il y a Chloé, autrefois sa compagne ironique, aujourd'hui inquiète et rebelle, cherchant la bagarre. Y a-t-il eu une époque où elle a été pour lui ce qu'est Salomé pour Toby, une femme mystérieuse et attirante ? Sans doute. Mais maintenant quand il pense à elle, en train de pleurer, en pyjama, révoltée parce qu'elle trouve injuste que son fils soit attiré par une femme dont elle se méfie et qui la menace au cœur même de sa maternité, là où elle est fragile et vulnérable, il ne lui trouve rien de mystérieux ni certainement rien d'attirant. Tout chez elle se voit comme le nez au milieu de la figure, tout est clair comme de l'eau de roche. Elle est prête à s'en prendre à tout le monde, au braconnier, un homme dont elle ne sait rien, et à cette fille contre qui elle n'est pas de taille à lutter, Brendan le pressent. Elle a le sentiment d'être envahie et attaquée sur son territoire. Elle veut jeter les intrus dehors, retourner à l'état antérieur, mais comme elle doit s'en douter, elle n'a plus le choix et elle est paniquée. Ils ont un braconnier et une future belle-fille enceinte. Les étrangers sont dans la place à présent, et revendiquent leurs droits.

Et rien, ni la patience, ni la gentillesse, ni l'ouverture d'esprit ni la bonne volonté, aucune des ressources dans lesquelles puise Brendan d'habitude, rien de ce qu'il peut dire ou faire ne dissipera l'atmosphère de méfiance et d'hostilité qui régnera demain quand ils se retrouveront autour de la table du petit déjeuner.

Salomé se plaint de toutes les démarches administratives, mais Toby est surpris par la facilité de l'entreprise et le peu de questions posées. Ils ont du mal à trouver le bon bâtiment, puis, après avoir longtemps fait la queue dans le froid, ils arrivent devant un panneau précisant que le bureau n'accepte que les mandats. « Où allons-nous trouver un mandat », se lamente Salomé. Mais le gardien répond : « De l'autre côté de la rue. Au stand d'accueil pour la cérémonie. » Ils quittent donc la file d'attente, s'engagent dans la traversée du large boulevard bondé et, après une longue attente au drugstore, reviennent dans la file initiale.

« C'est beau, ici », dit Toby dont le regard dépasse les imposants bâtiments du tribunal, la bande verte de la pelouse et les arbres qui flanquent la mairie, pour contempler la base monumentale du pont de Brooklyn, qui soulève gracieusement dans le ciel bleu, froid et sans nuages, un flot multicolore de voitures. « Très fédéral.

– Très froid », dit Salomé. La queue avance lentement. À la porte, le gardien examine seulement leur permis de conduire puis leur fait signe d'entrer. « Licences de mariage », dit Salomé au planton debout près de la rangée d'ascenseurs entourés d'un linceul de bronze. « Troisième étage », dit-il en leur souriant comme s'il se réjouissait qu'ils aient décidé de venir.

En haut, ils se trouvent dans un couloir banal où s'alignent des bureaux, dont l'un délivre les licences. Encore une queue, courte cette fois-ci. Le préposé s'ennuie, mais il n'est

158

pas expéditif, et le formulaire demande les informations minimales : adresses, dates de naissance. On note le numéro de leurs permis de conduire, le mandat passe par-dessus le comptoir, le papier est tamponné à plusieurs reprises et c'est terminé. Ils ont une licence leur permettant de revenir dans vingt-quatre heures ; moyennant un autre mandat de vingt-cinq dollars, ils auront droit à une cérémonie dans la « Chapelle des mariages » de l'autre côté du couloir. Salomé plie la licence et la range dans son sac. Elle est tendue, les formalités la rendent nerveuse, mais Toby trouve l'expérience agréable, il la perçoit comme une sorte de validation. Il est adulte, l'État le confirme, l'accepte et s'incline devant ce fait. L'endroit a un air assez festif. La plupart des couples sont jeunes, de diverses origines ethniques, et peu sûrs d'eux-mêmes, mais tout prêts à se tenir la main et à sauter la tête la première dans le melting-pot. En retournant dans l'ascenseur, il prend le bras de Salomé. « C'était facile », dit-il. Elle s'appuie contre lui avec un soupir.

« Le mariage, qui est un état honorable. » Ces mots font-ils partie des formules rituelles de la cérémonie ? Toby n'a pas eu d'éducation religieuse, mais il a entendu la phrase quelque part, peut-être au mariage d'un parent. Ils traversent le hall imposant et sortent par une porte latérale pour se retrouver sur le trottoir froid. Salomé relève la capuche de son manteau et enfile ses mitaines roses ridicules. Ma femme, mon enfant. Un état honorable. Toby lui passe le bras autour des épaules, et se surprend lui-même en pensant : *et seulement vingt-quatre heures pour y échapper.*

Le temps imparti s'est écoulé et ils se retrouvent dans la file sur le trottoir, cette fois-ci avec Bruce Macalister, qui se mouche dans un mouchoir dégoûtant, et qui a retroussé le col de son manteau en lainage gris trop léger pour le protéger du vent glacial. Le marxiste doit être leur témoin, rôle qu'il a accepté d'assez mauvaise grâce, tracassé à l'idée de compromettre sa conscience. Après avoir consulté celle-ci avec le plus grand sérieux, il a fini par consentir sans enthousiasme. Faute de permis de conduire, qu'il n'a pas, il a apporté son passeport, avec un tampon du Venezuela où il a passé quelques semaines à fomenter la révolution. Il s'imagine que ce tampon lui vaudra d'être renvoyé, sinon arrêté. Mais le gardien se borne à regarder sa photo et lui rend le document sans commentaire. « Tu te prends trop au sérieux, Bruce », lui lance Salomé pour le taquiner quand ils passent l'entrée. Toby, qui les suit, tripote dans sa poche la boîte contenant les alliances. Salomé lui adresse un de ses sourires très complices, aussi enveloppant que ses étreintes, et il lui sourit en retour, cette fois-ci avec tout son cœur.

La veille, après avoir fait l'amour avec une tendresse rare, Salomé a posé sa tête contre le bras de Toby et parlé avec franchise pour la première fois depuis leur visite chez son père. Elle se rendait compte qu'elle se montrait froide et revêche depuis, et elle a demandé pardon à Toby en le remerciant de sa patience.

« C'est à cause de ce qu'a dit ton frère ? avait demandé Toby.

– Oui, d'une certaine façon. Et mon père aussi. Je ne peux pas encore t'en parler. J'aimerais bien, mais je pense que le moment n'est pas venu.

– Mais il s'agit de ta mère ?

– Oui.

– De la façon dont elle est morte ? »

Elle n'avait pas répondu. Toby lui avait caressé les cheveux. « En fait, c'est plutôt à propos de la façon dont elle a vécu, avait-elle dit.

– C'était il y a longtemps », dit Toby en se demandant combien de temps ? Dix ans ? Pas si longtemps que ça.

« Parfois, j'ai du mal à me rappeler son visage. »

Un fracas dans l'appartement du dessus les avait fait tressaillir. Puis ils avaient entendu un bruit sourd, comme si l'on traînait quelque chose de lourd – un canapé ? un corps ? – sur le sol. « Qui sait ce qu'ils fabriquent là-haut ? » avait demandé Toby.

Salomé s'était mise à rire ; leurs voisins, deux hommes, un vieux, un jeune, un gros, un maigre, étaient une source permanente de plaisanteries. Salomé les avait surnommés « Les Contrastes ». Elle avait appuyé les lèvres contre le bras de Toby, sorti sa langue et l'avait léché comme un chat. « Je t'aime, Toby. »

Toby lui avait caressé l'épaule, laissant libre cours à toutes sortes de pensées qui lui traversaient l'esprit. C'était l'un de ses plaisirs, cette habitude de nourrir des notions contradictoires dans son for intérieur. Il poussait ses idées jusqu'à l'extravagance : s'il était en colère, il s'amusait à imaginer le meurtre parfait. Il ressassait et pesait les opinions de ses parents, qui étaient manifestement logées dans les pores de son cerveau comme des points noirs prêts à sortir en vilains boutons s'il ne les pressait pas régulièrement. La remarque de son père sur les femmes – qui étaient rarement aussi mystérieuses qu'elles le paraissaient – surgit pour être aussitôt écartée. Les femmes étaient tout aussi mystérieuses qu'elles le paraissaient, ni plus, ni moins.

Assurément, il n'y avait rien de mystérieux dans la hâte qu'avait Salomé de se marier. Elle était enceinte et personne n'était content, hormis son pauvre père un peu simplet, incapable de l'aider. Tout le monde pensait, même son père, qu'elle avait piégé Toby, et peut-être était-ce vrai, mais seulement parce qu'il n'avait pas d'objection à se laisser piéger. Il se souvenait d'un renard empaillé pris au piège qu'il avait vu lors d'un diaporama dans un musée : le piège tout en charnières d'acier, en dents acérées, le pauvre renard étalé sur le flanc, une patte cruellement tordue au-dessous de la hanche, les yeux de verre exorbités. Mais Toby ne se sentait rien de commun avec lui. Au contraire, il se sentait libre. Il n'y avait rien d'anormal à la panique accompagnant en sourdine tout ce qu'ils faisaient ensemble à présent ; les véritables menaces à leur bonheur venaient de l'extérieur. Il sentait la pulsation d'une érection en pensant à tous ces gens, ses parents, le père de Salomé, sa grosse brute de frère, Mat Barrois, Bruce Macalister, qui avait retenu son souffle et lâché « Merde ! » en entendant Toby lui annoncer que Salomé était enceinte. Oui, merde, pensa Toby, merde à tous. Il se pressa contre les cuisses de Salomé, qui, réagissant aussitôt, s'ouvrirent, encore glissantes de la fois précédente. Il ne dit rien, et elle non plus, les mots s'effaçant devant une urgence plus grande. En plongeant dans sa future épouse, il entendait des phrases qui dérivaient au loin – *peu importe*, *désormais*, et *pour toujours*.

Salomé dégrafe son manteau lorsque les portes de l'ascenseur s'ouvrent et qu'ils y entrent l'un derrière l'autre. Elle sort de son sac le châle en dentelle de sa mère et le drape sur ses cheveux, tirant les bords sur ses joues. « On y va », dit-elle. Macalister les surprend en sortant un appareil photo jetable de la poche de son manteau. « J'ai apporté ça pour que vous ayez des photos », dit-il à Salomé.

Elle lève la main et lui effleure la joue, geste que Toby trouve beaucoup trop intime. « Comme c'est gentil d'y avoir pensé, Bruce, dit-elle. Tu as eu une très bonne idée. » Toby intervient aussi : « Super, Macalister. »

Dans le café, le jour où Toby lui avait parlé, Macalister avait dit : « Merde. Qu'est-ce que vous allez faire ? Elle va avorter ?

– Non. On se marie.

– Tu vas épouser Salomé ? » Le marxiste avait regardé Toby comme s'il venait de lui annoncer son projet de faire sauter la Bourse. « Tu es sûr que c'est une bonne idée ?

– Comment ça je suis sûr ? Pourquoi n'en serais-je pas sûr ?

– Mais enfin, tu ne la connais pas vraiment.

– Oh non, Macalister, je crois entendre mes parents !

– Je suis surpris. C'est très soudain, voilà tout. Ne fais pas attention.

– Tu en as trop dit ! Tu sais quelque chose que je devrais savoir ?

– Mais non, je t'assure. Rien contre Salomé. Elle est belle, elle est intelligente, je suis simplement jaloux, c'est évident. Tous mes vœux à tous les deux. Et au bébé.

– Oh, avait répondu Toby avec un petit sourire narquois. Au bébé aussi !

– Tu seras un bon père.

– Mais en suis-je LE père ? C'est ça que tu penses ?

– Pas du tout.

– Salomé m'a dit un jour que tu étais amoureux d'elle. » Macalister avait rougi : « Je ne croyais pas qu'elle s'en doutait.

– Mais c'est vrai.

– Toby, je n'ai aucune chance avec elle. Regarde-moi. Je suis marxiste, je n'ai pas d'argent, je n'en aurai jamais : c'est contre mes principes de m'enrichir.

– Alors tu crois que ce qui l'intéresse chez moi c'est l'argent ?

– Ne me fais pas dire ce que je n'ai pas dit. Ça signifie seulement qu'elle ne me met même pas au rang des possibles.

– Elle a donc raison : tu es amoureux d'elle.

– Je suis ton ami, Toby. Tu sais que je suis un homme à principes, je crois. Je ne suis pas aveuglément mes pulsions. Je pèse mes actions.

– Alors, si je devais l'abandonner, tu te sentirais moralement obligé de prendre la place.

– Est-ce que tu t'imagines que j'attends que tu échoues ? Tu ne vas pas abandonner Salomé, Toby. Qu'est-ce que tu racontes ?

– C'est juste que je ne te fais pas confiance, Macalister.

– Ça me navre », avait répondu le marxiste.

La porte de l'ascenseur s'ouvre sur un groupe de jeunes Asiatiques bien habillés qui rient et bavardent en se lançant de l'un à l'autre un bouquet de roses de Malte. La mariée essaie de rattraper son bouquet ; le marié rajuste son nœud papillon. Macalister plonge dans le groupe, qui s'ouvre devant lui. « Félicitations », dit-il, ce qui lui vaut un chœur de « Mercis ». Quand ils arrivent dans le couloir, Salomé prend le bras de Toby et la mariée échange avec elle un coup d'œil sincère en susurrant : « Bonne chance. »

« Regardez par là », leur enjoint Macalister. Se précipitant au-devant d'eux, il a cadré avec son appareil les deux groupes de mariés. Ils se tournent, la mine réjouie, momentanément figés dans cet instantané, les déjà mariés et les mariés imminents, rassemblés devant la porte de l'ascenseur ouverte. Un déclic de l'appareil. « On ne revient plus en arrière », dit Toby.

La fête chez les nouveaux mariés s'était terminée tard dans la nuit, mais Toby, qui avait cours tôt le matin, s'était levé à sept heures, la bouche sèche, les tempes battantes. Il avait titubé vers la douche, ce qui avait déclenché un incendie dans sa tête. Lorsqu'il en était sorti, il avait trouvé à sa grande surprise Salomé debout, qui préparait du café et beurrait des toasts dans la cuisine. Il avait passé ses bras mouillés autour de ses épaules en tissu éponge et l'avait attirée contre lui : « Tu n'es pas obligée de te lever, retourne te coucher.

– J'étais réveillée. »

Il s'était assis à table, se frottant le visage. « J'ai un de ces mal de tête…

– Ça ne m'étonne pas. » Un verre d'eau et deux aspirines étaient apparus devant lui, suivis d'une tasse de café noir. « Alors, c'est ça, la vie d'un couple marié », avait-il dit.

Cela, calcule-t-il, se passait treize heures plus tôt. Le mal de tête avait adhéré à ses sinus toute la journée. Au cours, il avait pris des notes précises parce qu'il savait qu'il ne retiendrait rien. Il ne s'attendait pas à voir Salomé avant quatorze heures, heure à laquelle elle prenait son service au bureau du troisième cycle où, dans le cadre des emplois étudiants, elle traitait des dossiers et les classait. Il avait déjeuné comme d'habitude à leur table attitrée au café des étudiants. À son arrivée, la conversation était passée de la politique au mariage. Il avait compris qu'aux yeux de ses condisciples, il avait commis une action audacieuse qu'ils n'envisageaient pas d'imiter eux-mêmes dans un avenir

165

proche. « Je t'admire », avait déclaré Susan Davies en tapotant sa manche de manteau, et il avait décelé dans ses yeux un sentiment qui n'était pas de l'admiration. Pitié ou envie ? « Ce n'est pas difficile, avait-il répondu. C'est à la portée de n'importe qui.

– De n'importe qui, peut-être, avait dit Brent, mais ça demande tellement…

– De maturité, avait terminé Susan. Tu l'as dit à tes parents ?

– Ils savaient qu'on allait se marier, mais ils ignoraient la date. »

Il n'y eut pas d'autres commentaires. Macalister avait fait son apparition, les paupières lourdes, les joues rouges, pour informer le groupe qu'il neigeait.

En allant à son dernier cours, Toby s'était arrêté au bureau du troisième cycle dans l'espoir de voir sa femme, mais elle n'était pas là. Il assista à une longue conférence sur l'effondrement du communisme russe, au cours de laquelle fut projeté un film sur la visite de Reagan et de Gorbatchev à Reykjavik. Le premier était emmitouflé et paraissait avoir froid, tandis que le second, le manteau ouvert, semblait jovial, mais contrarié. Le professeur de Toby détestait Reagan et ne faisait aucun effort pour le cacher. De son point de vue, Gorbatchev avait une grande perspicacité, tandis que Reagan était un homme aux vues courtes, à l'intelligence médiocre et aux textes écrits à l'avance. Comme beaucoup de visionnaires, Gorbatchev était plus populaire à l'étranger que dans son propre pays, tandis que les Américains adoraient Reagan et voyaient en lui une peluche réconfortante. Comme une paire de pantoufles, il tenait chaud à ses concitoyens, les empêchant de penser à l'intensité réelle de cette guerre froide.

Les communistes, avait pensé Toby en traversant Washington Square, les pieds dans la neige fondue qui s'accumulait peu à peu. Il avait mis des baskets au lieu de ses bottes, et sentait le froid humide s'infiltrer dans ses chaussettes. Salomé méprisait les communistes en général, mais elle trouvait la passion de Macalister pour le marxisme amusante en un sens, charmante, même. Comme tout le monde, d'ailleurs. Il était difficile de trouver antipathique son ardeur à poursuivre ce qui était après tout une forme d'idéalisme. Macalister était resté tard à la soirée de mariage, ainsi que Brent, qui devait son infatigable goût de la fête à son éducation du Sud. Lorsqu'ils s'étaient retrouvés à quatre, Macalister avait sorti de sa serviette son cadeau de mariage : une bouteille de vodka russe au poivre. « La seule bonne chose que les Russes sachent faire », s'était exclamée Salomé en sortant les verres à orangeade et la glace. Ainsi, après des heures à boire du vin ordinaire et de la bière, ils s'étaient soûlés à la vodka.

Ou, plus exactement, les hommes s'étaient soûlés. Salomé n'en avait bu qu'un dé à coudre, à cause du bébé. Toby avait descendu un verre après l'autre, salué par des toasts de plus en plus bruyants et extravagants. Dès que Macalister avait passé la porte, Toby, que les vapeurs de sa propre haleine faisaient tituber, s'était écroulé en travers du lit pour dégringoler dans le sommeil comme du haut d'une falaise. Pendant la nuit, il s'était réveillé et avait trouvé Salomé à côté de lui, un bras passé autour de sa taille, et senti son souffle doux sur son épaule. Il s'était réveillé à nouveau plus tard ; elle était debout et il l'avait aperçue par la porte, travaillant à l'ordinateur. Mais quand le réveil avait sonné, elle était à nouveau dans le lit. Il se le rappelait en montant l'escalier de l'appartement. S'était-elle réellement levée ou l'avait-il rêvé ?

À l'intérieur de l'appartement, tout était en ordre : les assiettes sur l'égouttoir, la table recouverte d'une nappe propre. Il restait à Toby une heure avant qu'elle rentre et il n'avait envie que d'une chose, dormir. Elle le trouverait au lit, le rejoindrait, ils pourraient faire l'amour et sortir pour aller chercher un plat chez l'Indien. Tandis qu'il glissait dans le sommeil, il remarqua une chaise tirée près de l'armoire, ce qui lui parut bizarre.

Dans son rêve, il passait un examen ; il était en retard et n'avait rien préparé. L'examinatrice portait des bottes à hauts talons. Le rêve était banal, la signification évidente, et il se réveilla dégoûté de lui-même. Il faisait sombre dans la pièce. Le réveil indiquait huit heures quinze. L'appartement était tellement silencieux qu'il semblait écouter. Toby s'assit et appela Salomé. À nouveau, son regard fut attiré par la chaise à côté de l'armoire, et suivit les barreaux de la chaise jusqu'en haut. C'était sur l'armoire qu'ils rangeaient leurs valises et il vit tout de suite que celle de Salomé n'était plus là.

Allons, allons, il devait y avoir une explication à son absence, s'était-il dit pour se rassurer. Elle s'était arrêtée à la bibliothèque après son travail ; elle avait descendu la valise parce qu'elle y avait laissé quelque chose et elle avait oublié de la remettre en place. Il avait fait un tour rapide de l'appartement, sans rien trouver d'inhabituel. Il avait essayé d'appeler Kim Weh, la collègue de Salomé au bureau du troisième cycle, et sur une impulsion, Macalister. Mais sans obtenir de réponse. Aux deux, il avait laissé le même message. « C'est Toby, rappelez-moi quand vous pourrez. » Perplexe, absent, inquiet, il était allé dans la salle de bains pour se laver les dents et s'était arrêté net devant le porte-brosses en porcelaine fixé au lavabo : la brosse à dents de Salomé n'était plus là.

« Merde ! » s'était-il écrié, abandonnant tout souci d'hygiène. Dans la chambre, il avait fouillé la commode : la moitié de ses sous-vêtements manquaient. Il avait filé dans la cuisine. L'ordinateur de Salomé était sur la table à couture poussée contre la fenêtre. Il découvrit enfin un post-it collé dessus. « Toby chéri, disait l'écriture appliquée, lis tes mails. »

« Oh, bordel ! » s'était-il exclamé en retournant dans la chambre, titubant. Il avait branché son ordinateur pour en recharger la batterie après une journée dans sa serviette. L'ouvrant d'un coup de pouce, il avait fait les insupportables manipulations : se connecter au net, au serveur, à sa boîte, ce qui prit une éternité. Et voilà, un message de SDRAGO dans le courrier entrant. *Chéri, pardonne-moi. Il faut que je fasse ce voyage. Je ne peux te dire où je vais ni pourquoi, et mieux vaut que tu n'en saches rien. Je vais revenir. Je t'aime, mon chéri, ne t'inquiète pas pour moi et n'essaie pas de me suivre. Je vais me déplacer pendant quelque temps. Dès que je pourrai, je t'appellerai. Je t'aime, j'aime notre bébé. Ta femme, Salomé.*

Toby relut plusieurs fois le message, mais sans rien y comprendre. « Qu'est-ce que ça veut dire ? » souffla-t-il en se prenant la tête.

Elle s'était bien levée pendant la nuit, cela au moins était clair. Elle s'était assise à l'ordinateur pour acheter des billets, s'organiser. Elle lui avait dit au revoir sans lui laisser entrevoir un seul instant qu'elle avait l'intention d'aller ailleurs qu'à son travail, puis elle avait fait sa valise et lui avait laissé ce message idiot.

Si elle avait acheté des billets d'avion, raisonna-t-il, la confirmation se trouverait dans son courrier à elle. Il retourna à l'ordinateur de Salomé, suivit l'inévitable procédure en jurant : démarrer, oui, bienvenue, merci beaucoup, connexion à internet, au serveur, à la messagerie en tapant son mot de passe, à son courrier entrant, regarder tourner sans but la petite roue yin-yang, jusqu'à ce que trois messages surgissent sur l'écran : deux, visiblement des spam et le troisième, une annonce du bureau des sciences politiques concernant la période des examens. Il essaya la boîte du courrier expédié : effacée ; messages sauvegardés : effacés aussi. Bien sûr, elle s'était doutée qu'il irait voir. Elle n'était pas idiote.

Mais lui, si. Et elle le savait, elle avait compté dessus treize heures plus tôt lorsqu'elle lui avait donné l'aspirine et qu'il lui avait dit, révélant son insondable naïveté : « Alors, c'est ça, la vie d'un couple marié. »

Depuis combien de temps ne l'ont-ils pas fait ? Trop longtemps, des semaines, certainement. Si longtemps qu'il a commencé à en rêver, et avec d'autres partenaires aussi. Lorsqu'il se réveille après un de ces rêves-là, il constate que son érection tend les plis des draps entre eux. Il se rapproche du dos de Chloé et glisse une main sur son sein, s'attendant à l'habituelle réaction, à savoir une indifférence totale, mais elle le surprend en attirant sa jambe par-dessus sa hanche et en se retournant vers lui pour enfouir son visage dans ses épaules et son cou. À partir de là, ils retrouvent l'approche familière, plusieurs approches familières, ce qui n'empêche ni l'ardeur ni l'excitation. Il doit faire un effort pour différer son plaisir alors qu'elle le stimule. Enfin, leurs corps arrivent à un accord – oui, vas-y, donne tout ce que tu as. Elle gémit et il se dresse sur ses coudes, s'enfonce en elle pour s'y perdre, le cœur cognant, le sang battant jusqu'au bout des doigts, la gorge serrée. Il laisse échapper un râle de plaisir, qu'il lui semble entendre de très loin. Au moment précis de l'explosion bienfaisante, alors qu'ils se cramponnent l'un à l'autre avec des cris de jouissance, des coups de fusil résonnent dans l'air froid du matin non loin de leur fenêtre. Il rit, s'écroule sur elle, qui rit aussi. « Oh, non ! » dit-elle. « Incroyable ! » dit-il. Se détachant d'elle, il roule sur le dos. Elle se pelotonne contre lui en souriant et pose la joue sur sa poitrine. « Ton cœur bat vite, constate-t-elle.

– Je me demande l'effet que ça ferait de recevoir une balle juste au moment de l'orgasme.

– Tu veux essayer ?

– Non, merci. J'ai trouvé qu'on était déjà passés assez près.

– C'était drôle, dit-elle.

– Oui », convient-il. Il lui caresse le dos et ils glissent doucement dans le sommeil, contents l'un de l'autre, tous leurs griefs en suspens. En se calant une dernière fois sur l'oreiller, Brendan pense *Dieu soit loué d'avoir créé le sexe.*

Lorsque le café est prêt, Chloé n'est plus amusée par le tir de précision du braconnier. « J'ai parlé à Joan hier. Elle me dit que je ne devrais plus rester seule à l'atelier.

– Et tu es d'accord ? » répond Brendan, circonspect : le sujet est potentiellement dangereux.

« Je n'ai pas peur qu'il me tue, si c'est à ça que tu fais allusion.

– Et elle, qu'est-ce qu'elle craint ?

– Le viol, je crois.

– Seigneur.

– Elle m'a proposé de me prêter Fluffy. »

Brendan pouffe de rire. De fines gouttelettes de café constellent le dessus de la table.

« C'est ridicule, hein. Mais elle a réussi à m'inquiéter.

– Ça fait trois ans qu'il est dans les parages.

– C'est vrai. Mais je croyais qu'il ne circulait qu'à l'aube. Je ne l'avais jamais vu. Maintenant, j'ai sa tête sur mon ordinateur, les voisins s'inquiètent pour moi et la police dit que si je me le mets à dos, je risque d'aggraver la situation. Et puis, il y a l'histoire de la tête de lapin, et la blessure de Mike.

– Le véto ne pense pas que Mike ait reçu un coup de feu, chérie.

– Il est comme Saddam Hussein, ce type. On sait qu'il est quelque part par là, et qu'il a des armes, mais on ne sait pas ce qu'il veut faire. Il constitue une menace pour toute la communauté. »

L'analogie est irrésistible, et Brendan renchérit : « Il déteste nos libertés.

– C'est vrai. Je sais que c'est vrai. Et il tue nos lapins. »

Brendan hoche la tête au-dessus de sa tasse de café. L'accusation est incontestable. « Alors, dit-il, tu crois qu'on devrait l'éliminer ? »

Chloé ne répond pas. Elle regarde la cour. « Il neige, dit-elle.

– Ah oui ? » Brendan la rejoint à la fenêtre, sa tasse à la main. La neige tombe lentement du ciel plat et blanc. De gros flocons s'amoncellent déjà sur les larges branches horizontales du sapin bleu de l'allée. Brendan entoure sa femme de ses bras. La pureté de la neige, son silence sont magiques. L'enchantement s'accroît encore sous leurs yeux : les broussailles à l'orée du bois s'ouvrent et un cerf s'avance avec circonspection à découvert. Des andouillers aussi majestueux qu'une couronne. Vision merveilleuse. « On croirait un rêve, dit Brendan.

– Si on peignait cette scène, elle serait sentimentale », renchérit Chloé.

Pour la seconde fois en quelques heures, Brendan et Chloé sont totalement en paix l'un avec l'autre.

Le lendemain matin, Toby laisse un second message sur le répondeur de Macalister, envoie un e-mail – *Où es-tu ?* – et appelle la librairie où le marxiste travaille à temps partiel. « Il ne viendra pas aujourd'hui, lui dit l'employé d'un ton las. Il est allé chez lui pour une urgence familiale.

– Quel genre d'urgence ?

– Je ne sais pas. Je ne lui ai pas parlé.

– Où est-ce, chez lui ?

– Comment voulez-vous que je le sache ?

– Bien, dit Toby. Merci. » Il raccroche. Macalister est originaire d'un petit bourg de Long Island, dont il a oublié le nom. Il est avec elle. Ils ont prémédité tout ça. Mais pourquoi ? Où sont-ils ?

Le téléphone sonne ; il se précipite.

« Allô, Toby. Branko à l'appareil. »

Toby met de la courtoisie dans sa voix. « Bonjour, Branko. Comment ça va ?

– Pas très bien. Il faut que je parle à Salomé le plus tôt possible.

– Elle n'est pas là.

– Elle rentre bientôt ? »

Doit-il dire la vérité ou gagner du temps ? « Je crois qu'elle ne rentrera pas avant ce soir », hasarde-t-il. Il y a une pause pendant laquelle, de part et d'autre d'un fil qui s'étend sur des milliers de kilomètres, ils réfléchissent ensemble à cette réponse qui n'en est pas une.

« Tu crois qu'elle ne rentrera peut-être pas ce soir ? demande Branko.

– Enfin, ça risque d'être très tard. Si elle va en bibliothèque. »

Encore un silence. « C'est terrible, dit Branko à mi-voix.

– Vous allez bien ?

– Tu veux savoir si je suis malade ? Non. Mais je suis très contrarié.

– C'est le bateau qui a un problème ?

– Il y a toujours des problèmes avec le bateau, mais il flotte encore. Toby, peut-être que je ne devrais pas te parler de ça, mais pour moi tu fais partie de la famille maintenant, alors je vais te le dire quand même. J'ai honte de l'avouer : Salomé m'a volé de l'argent. »

Toby se laisse tomber sur la chaise près du téléphone. « Oh, non ! dit-il.

– Si. Quand j'ai découvert qu'il manquait deux mille dollars sur mon compte en banque, moi aussi, j'ai dit "Oh, non !" Pourquoi elle a bien pu faire ça ? Je ne lui ai jamais rien refusé !

– Elle est partie, Branko, lâche Toby. On s'est mariés hier et ce matin, pendant que j'étais en cours, elle a fait sa valise et elle est partie.

– Où ?

– Je n'en sais rien. Je me demande si elle n'est pas partie avec mon ami, ou s'il ne l'a pas aidée. Lui aussi, il est parti.

– Tu appelles ça un ami ?

– Il est amoureux de Salomé.

– Toby, je ne sais plus où j'en suis. Mais tu dis que vous vous êtes mariés ? J'ai bien entendu ?

– Oui. Hier. À la mairie de New York. Mon ami était témoin. »

Le ton de Branko change. « Alors, Salomé et toi êtes mariés. Félicitations.

– Merci.

– Elle a dû te laisser un message ?

– Oui. Un e-mail sur l'ordinateur. Elle a dit qu'elle devait partir en voyage, et qu'il ne fallait pas que je la suive parce qu'elle allait se déplacer, mais qu'elle me donnerait bientôt des nouvelles.

– Ah.

– Vous savez où elle est allée ?

– Je n'en suis pas sûr.

– Mais vous avez une idée.

– Si c'est ça, c'est grave.

– C'est grave.

– Je crois qu'elle est partie en Croatie.

– En Croatie !

– Elle a été très bouleversée par ce qu'a dit son frère.

– Oui, je sais. Mais qu'est-ce qu'il a dit ?

– Une horreur, Toby. La mère de Salomé a été tuée pendant la guerre.

– Je le sais. Elle est allée chercher le frère qui jouait du violon.

– Quoi ?

– Le frère de Salomé, qui voulait aller chez son professeur de violon. »

Encore un silence. Le frère existait-il ? Le violon existait-il ?

« Oui. Elle a été tuée. Mais Andro a dit à Salomé qu'elle n'était peut-être pas morte. Il n'a aucune raison de raconter ça ; mais il cherche à la blesser, parce qu'il est jaloux d'elle. Salomé est brillante, elle va à l'université. Andro a toujours été nul à l'école.

– Je ne comprends pas, dit Toby avec sincérité.

– C'est normal. Tu n'as pas l'expérience de la guerre. Mais mes enfants, si.

– Y a-t-il une chance que sa mère soit encore en vie ?

175

– On m'a dit qu'elle avait été tuée. On a dû partir très vite. On n'a pas eu le temps de chercher son corps. Beaucoup de gens ont été tués. Il fallait que je mette mes enfants en lieu sûr. »

Une bouffée d'affection pour cet homme qui s'exprime étonnamment bien et le traite en égal prend Toby par surprise. Il se rend compte que Branko a besoin de réconfort, mais personne ne lui en donne. C'est lui qui a été le pilier de la famille, celui qui, à force de volonté, a mis ses enfants à l'abri du danger. Il se souvient de la remarque de Salomé, disant que les cheveux de son père avaient blanchi pendant qu'ils étaient dans un camp de réfugiés. « Branko, dit-il, ne vous inquiétez pas. Salomé n'est pas idiote et la guerre est finie.

– Il faut la retrouver.

– Où pensez-vous qu'elle soit allée en premier ?

– Pas dans notre ville. Elle n'existe plus. Il n'y a plus rien là-bas. Ils ont tué même les vaches et les chiens. Les champs sont minés.

– Alors elle n'ira pas là-bas.

– Pourquoi ne m'a-t-elle rien dit ? Pourquoi m'a-t-elle volé de l'argent ?

– Cette somme ne va pas vous faire défaut ?

– Mais non. C'était un compte épargne. L'argent ne compte pas. Je le lui aurais donné si elle me l'avait demandé.

– Comment a-t-elle pu y avoir accès ?

– C'est elle qui gère les comptes. Elle s'est fait un chèque à son ordre. »

Juste après leur retour, Salomé avait dit qu'elle devait passer à la banque faire une démarche pour son père. Toby n'y avait pas prêté attention. Toutes les deux ou trois semaines, elle se rendait à une agence de la Fleet Bank à

Brooklyn. « On ne peut rien faire, conclut Toby, sinon attendre qu'elle donne des nouvelles.

– J'ai un mauvais pressentiment, Toby. Ça ne vaut rien de remuer le passé. Je suis furieux contre Andro. »

Toby soupire. Il aimerait dire qu'Andro devrait être enfermé, mais sa bonne éducation lui interdit pareille franchise. Branko souffre déjà bien assez. « Je vous appelle dès que j'aurai des nouvelles, promet-il.

– Laisse-moi un message. Si je ne suis pas là, je te rappelle.

– Oui, promis.

– Toby, après ce que tu m'as dit, je pense que ça va s'arranger avec Salomé. Vous êtes mariés. Elle ne tardera pas à te rejoindre.

– Je le sais, Branko. Je n'en doute pas une seconde.

– Au revoir, Toby. On se rappelle bientôt.

– Au revoir, Branko. » La communication est coupée. Toby raccroche, puis reprend la ligne pour voir s'il a des messages, mais non.

Et si Andro avait raison ? Si la mère de Salomé était toujours en vie ? Toby s'approche de la fenêtre pour regarder l'arbre, leur arbre, maintenant dénudé, frissonnant dans le vent froid. Et si Salomé découvrait que son père le savait et l'avait toujours su ?

Toby passe les jours suivants dans une attente éperdue. Il ne quitte l'appartement que pour aller aux cours et évite délibérément ses amis. Il doit étudier pour ses examens, se dit-il en ouvrant encore une boîte de thon, et il essaie. Mais il revoit ses notes sans les comprendre, il lit et relit le même passage de texte, l'oreille tendue vers le signal de l'ordinateur. Quand un e-mail est annoncé, il se précipite vers l'écran. Mais c'est presque toujours un spam. Enfin, Macalister se manifeste : il est à Long Island, où son père a été opéré d'urgence. Ils ont eu très peur, mais maintenant, il est sorti de réanimation et se rétablit. Amitiés à vous deux.

Toby ne sait trop s'il doit croire ou non cette histoire. Il s'imagine Salomé, debout derrière le marxiste. « Mets "Amitiés à vous deux", dit-elle, et Macalister rit.

– Excellent », répond-il.

Chaque soir, tard, et à l'évidence après quelques bières, Branko appelle. « Mon fils a des ennuis avec ses amis ici, et maintenant, Salomé est partie en volant de l'argent. Toby, j'ai dû être un mauvais père, mais je ne sais pas quelles erreurs j'ai commises. » Toby accepte le rôle de consolateur, mais le cœur n'y est pas. « Je suis sûr que j'aurai bientôt de ses nouvelles, répète-t-il. Je suis sûr qu'elle va bien. Je vous appelle dès que je sais quelque chose. »

Il a l'esprit confus ; des humeurs l'assaillent comme des guérilleros. Il oscille entre la colère : la conduite de Salomé est intolérable, impardonnable –, la peur : et s'il lui arrive quelque chose, s'il ne la revoit jamais ? –, la jalousie : elle l'a sûrement mené en bateau et se moque de lui dans les bras de Macalister ou d'un autre, un qu'il ne connaît même pas –, l'espoir : voilà, un e-mail arrive, c'est un message d'elle. Il s'achète une bouteille de whisky bon marché et l'attaque. Cela accroît les émotions déchaînées qui finissent par se réduire à une seule : une complaisance larmoyante. Il prend la photo du mariage sur la bibliothèque, s'installe sur le canapé et la pose sur ses genoux pendant qu'il boit. Ils sont là, souriants et sereins au milieu des Asiatiques bruyants. L'ascenseur s'ouvre derrière eux comme une caverne sombre. Toby note que le regard de

Salomé croise celui de la mariée asiatique et qu'elles échangent un coup d'oeil de connivence très féminine. C'est bien de s'être dégotté un mari, pensent-elles toutes deux et elles se saluent en cet instant de triomphe.

Absurde ! Regarde-la, elle est adorable, une main confiante passée sous son bras, le corps penché vers lui, même si ses yeux mènent leur vie.

Ses yeux menteurs. Des larmes apparaissent sur le verre, Toby se lève et va chercher un torchon pour les essuyer. Pendant qu'il y est, il se reverse un peu de whisky.

Lorsque l'appel arrive enfin, il est trois heures du matin. La sonnerie secoue son sommeil comme la porte d'une cage, et il fonce vers la reprise de conscience, tirant le téléphone à lui sur le lit et tâtonnant pour trouver les boutons. C'est l'obscurité totale dans la pièce, mais il entend sa voix.

« Toby chéri, dit-elle. C'est moi. Je sais que c'est le milieu de la nuit, mais je vais prendre le train.

– Où es-tu ? » demande-t-il. Sa voix est calme, sans trace de colère, de peur ni de jalousie ; on dirait que Salomé a vingt minutes de retard pour venir déjeuner. *Coincée dans les embouteillages ? Ma pauvre chérie.*

« À Zagreb, dit-elle. Je pars à Ljubljana.

– Tu vas bien ? » Il allume la lumière, qui l'aveugle, puis l'éteint.

« Oui, oui, tout va bien. Je voulais t'appeler plus tôt, mais c'est plus compliqué qu'on ne croit. J'ai pris une carte de téléphone pour t'appeler de la gare. Si on est coupés, je ne pourrai pas te rappeler. Le train part dans quelques minutes.

– J'étais mort d'inquiétude.

– Je suis désolée, chéri. Pardonne-moi.

– Tu ne pouvais même pas m'envoyer un e-mail ?

179

– Non.

– Qu'est-ce que tu fais ?

– Toby, je t'en prie, aie confiance en moi. Je crois que ma mère est vivante et j'essaie de la retrouver. Je sais qu'elle n'a pas été tuée quand ils ont brûlé notre ville.

– Comment le sais-tu ?

– La Croix-Rouge a retrouvé sa trace jusqu'en Slovénie. Après, ils l'ont perdue.

– Eh bien !

– Je ne sais vraiment plus où j'en suis. Il faut que j'essaie de la retrouver. Tu comprends, dis, chéri ?

– Ta mère est vivante ? » Il n'avait pas sérieusement envisagé cette éventualité, mais il se rend compte maintenant qu'elle existait depuis toujours. « Je le dirai à ton père. Il appelle tous les soirs. Il devient fou. »

Il y a un silence ; ont-ils été coupés ? « Ne lui parle de rien », répond-elle froidement.

– Il se fait un sang d'encre à ton sujet.

– Laisse-le s'inquiéter. Laisse-le se demander pourquoi il n'a pas cherché ma mère depuis dix ans, pourquoi il nous a fait croire qu'elle était morte. Sais-tu combien de gens cherchent des membres de leur famille qui étaient morts, soi-disant ? Eh bien je vais te l'apprendre. Beaucoup.

– Il a dit qu'il avait dû quitter le pays très vite. Tu l'as confirmé toi-même. Et on lui a annoncé qu'elle avait été tuée.

– On. Qui "on" ? Je serais curieuse de le savoir.

– J'ai pensé qu'il s'agissait de la police.

– Peu importe ce que je découvre, je ne lui pardonnerai jamais. » La ligne cliquette, crachote.

« Tu es là ? demande Toby.

– Ça veut dire que nous allons bientôt être coupés. Mon amour, tu vas comment ?

« – Pas trop bien, répond-il honnêtement.

– Tu me manques, tu sais.

– Pourquoi ne m'as-tu pas dit que tu partais ?

– Je croyais que tu essaierais de m'en empêcher. Et je ne voulais pas que tu saches que j'avais pris de l'argent à mon père.

– Ce n'est pas ça qui le contrarie. Il se fait du souci pour toi, c'est tout.

– Toby, ne prends pas son parti !

– Tu aurais dû me prévenir.

– Je t'aime, chéri. Tu me crois, hein ?

– Si je te rejoignais ? Je devrais aller où ? À Ljubljana ? C'est en Slovénie, c'est ça ?

– Non, pas là-bas. Je ne vais sans doute pas y rester longtemps. Je t'appelle demain, je te le promets. Ou je t'enverrai un e-mail pour que tu puisses me rejoindre. Tu viendras ?

– Évidemment, je viendrai. Dis-moi simplement où aller.

– Mais tes examens ? »

Le cliquetis recommence, très fort cette fois. Suit un bourdonnement, et la communication est coupée.

« Merde ! » dit Toby. Il écoute, appuie sur quelques boutons, mais rien ne se passe. Enfin, il obtient la tonalité. « Merde ! » répète-t-il dans l'obscurité de leur chambre. « Qu'est-ce que je vais dire à Branko ? »

Tout ce que nous apprenons sur Catherine Earnshaw, nous le tenons de Ellen Dean, l'intendante des Hauts de Hurlevent, et Ellen Dean en veut à Catherine. Non sans raison.

Catherine souffle le chaud et le froid sur tous, même sur ceux qui l'aiment, même sur Heathcliff, et elle est sans pitié envers ses inférieurs. Ses méthodes sont celles d'une enfant : au début, elle cajole et caresse, puis viennent les caprices, où elle donne des coups de pied, mord et se cogne la tête contre le sol. Son médecin est convaincu que mieux vaut ne pas la contrarier.

Après le mariage de Catherine avec Edgar Linton, lorsqu'elle quitte l'atmosphère sinistre des Hauts de Hurlevent pour le confort lumineux de la Grange, Ellen s'attend au pire, mais à son « agréable surprise », tout se passe bien pendant un temps. Catherine est « presque trop éprise » de son mari et témoigne de l'affection à sa belle-sœur Isabella. C'est elle qui domine, comme le fait remarquer Ellen, « il n'y avait pas de concessions mutuelles ; l'une restait sans fléchir et les autres cédaient. Comment peut-on être d'humeur méchante et agressive quand on ne rencontre ni opposition ni indifférence ? ». Cette félicité de la lune de miel se termine avec le retour de Heathcliff, qui a pour conséquence le long épisode de la maladie de Catherine, sa folie et sa mort, provoquées, d'après Ellen, par son entêtement et son mauvais caractère. Catherine s'enferme dans sa chambre, refuse toute nourriture et se rend malade ; et quand elle est fiévreuse, elle ouvre la fenêtre pour attraper la mort dans l'air glacial. Ellen Dean tente de lutter contre elle, mais constate que « la force de son délire surpassait de beaucoup la mienne ». Et naturellement, la malchance veut que pendant cette bagarre, Edgar Linton décide enfin de rendre une visite à sa femme.

Chloé se rappelle un règlement de comptes dramatique de ce genre, suivi de conséquences beaucoup moins tumultueuses cependant ; signé par sa propre mère, Deirdre. Après avoir vécu vingt ans dans une maison, elle avait dû déménager. L'ancienne, celle où Chloé avait grandi, était une fausse maison coloniale des années cinquante, une construction médiocre, avec des cloisons en placoplâtre si minces qu'un chuchotis dans la cuisine s'entendait dans la chambre du fond. Les bardeaux se gauchissaient, la terrasse penchait vers l'avant, le toit fuyait. Après avoir détesté l'endroit pendant des années, le père de Chloé avait trouvé une autre maison plus grande, plus lumineuse, de meilleure qualité, avec un jardin au lieu d'une cour, une cuisine moderne, pratique et spacieuse, deux fois plus de surface de rangement ; elle était située dans une rue bordée d'arbres à moins de quinze kilomètres de l'ancienne, que la mère de Chloé évoquait maintenant comme « notre foyer », un lieu auquel elle tenait plus qu'à la vie et qu'il était hors de question d'abandonner.

Dans un moment de faiblesse, Deirdre avait admis que la nouvelle maison était une bonne affaire – tellement avantageuse, s'était-elle dit peut-être, qu'elle n'aboutirait pas. Mais une fois le marché conclu, lorsqu'il fallut envisager le déménagement, elle perdit pied complètement. Se rendit-elle compte qu'elle avait empli son minable pavillon de banlieue d'une cargaison de saloperies qu'elle allait toutes devoir emballer et transporter ? Toujours est-il qu'elle refusa de sortir de son lit. Elle ne pouvait plus respirer. Elle refusait de se laver. Un après-midi d'été, le père de Chloé appela sa fille et lui dit : « Il va falloir que tu viennes pour parler à ta mère. C'est une affaire de femmes. Moi, je ne peux rien lui dire. »

Chloé arriva en voiture, au comble de l'exaspération, et trouva sa mère dans l'obscurité, enroulée dans ses couvertures, face au mur. « Maman, dit-elle d'un ton à casser la glace, tu fais quoi exactement ? Tu devrais avoir honte : Papa t'a acheté une maison plus grande et mieux conçue que celle-ci, et tu n'es même pas capable de te montrer reconnaissante ? Tu n'es pas plus malade que moi. Lève-toi et va prendre une douche. »

Deirdre obéit. Mais elle resta instable et fragile, et ce furent Brendan et Chloé qui s'acquittèrent des tâches lourdes, telles que soulever les meubles, nettoyer et déblayer. Un mois plus tard, Deirdre invitait les amis de leur ancien quartier pour qu'ils soient témoins de son ascension. « Deux fois plus de surface de rangement, disait-elle, en ouvrant les placards à linge et à vaisselle méticuleusement rangés. « Le jardin a été conçu par un paysagiste. » Parce qu'elle avait été prise d'une folie si spectaculaire, le plaisir qu'elle manifestait dans sa nouvelle maison passa pour le signe de son rétablissement, et personne ne lui fit jamais la moindre réflexion à ce sujet.

Il y a une leçon à tirer de cela, se dit Chloé en plaçant un index dans la marge du roman. Catherine Earnshaw se battant avec sa camériste devant la fenêtre ouverte, voilà un incident qu'il serait intéressant d'illustrer. Cela lui rappelle un portrait vu quelques années auparavant à Madrid, celui de la comtesse de Machinchose, une femme très élancée vue de dos, une jupe large tournoyant autour de ses mollets et une éruption de cheveux noirs bouclés qui lui coulent dans le dos, à l'évidence en train d'agresser une petite dame âgée qui brandit une croix pour se défendre. On savait la comtesse malicieuse, expliquait la plaque au mur, et l'artiste l'avait saisie au vol en train de « taquiner sa camériste ».

Le peintre était Goya, qui avait passé la première partie de sa carrière à cacher son aversion de la lumière, son horreur de la chair et sa méfiance à l'égard de la nature humaine. Ou de la nature divine, d'ailleurs. Chloé s'est forcée à examiner de près son tableau de Saturne dévorant

son fils, une image des plus troublantes : le torse sangui-
nolent, les jambes inertes de l'enfant, les lèvres écartelées
du dieu, ses yeux exorbités par la détermination et l'horreur. Goya avait pris le temps de réfléchir : comment s'y
prendre pour manger un enfant ? Et la réponse était : la
tête la première.

Et pourquoi mange-t-on un enfant ?

Pour l'empêcher de vous remplacer.

Chloé regarde vers le sentier, de l'autre côté des arbres
chargés de neige. Mike, vautré sur la terrasse, lève la tête,
mais ne bouge pas. L'instant d'après surgit Brendan, tête
baissée, mains enfoncées dans les poches de sa veste en
mouton retourné, écrasant la neige sous ses après-ski. Il
arrive aux marches, tapote sa veste et son pantalon pour en
faire tomber la neige. Il est rare qu'il vienne à l'improviste,
il doit avoir un message important. Elle se lève pour l'inviter dans son domaine, consciente de l'ambiance chaleureuse que donnent le poêle, la théière et les morceaux de
toasts à la cannelle sur la table à côté de sa chaise. « Qu'est-
ce qui se passe ? demande-t-elle lorsqu'il entre et se penche
pour défaire la fermeture éclair de ses chaussures.

– Rien de grave, dit-il. Enfin, j'espère. Mais j'ai préféré
te prévenir. Toby a appelé pour dire qu'il venait ce soir. »

Chloé tire la chaise des invités, un fauteuil en osier ban-
cal garni d'oreillers, qui avait fait son temps dans la
véranda. « Ce soir ? Mais on est mercredi. Tu veux du thé ?

– Volontiers. » Il se laisse tomber dans le fauteuil et promène autour de lui un regard satisfait. « Il fait bon, ici.

– Il a expliqué pourquoi ?

– Il a dit qu'il voulait nous parler de quelque chose. »

Chloé ôte le couvre-théière et verse le liquide. « Il ne
doit plus être très chaud.

– Ça ira, dit Brendan après l'avoir goûté.

– Il vient seul ?

– Je crois. Il a dit "je viens". Il arrive au train de vingt heures trente. »

Chloé prend le tisonnier pour ouvrir les portes du poêle. « Ils ont rompu, dit-elle.

– Ça me semble peu probable.

– Ah oui ? Alors pourquoi viendrait-il à la maison seul au milieu de la semaine ? » Elle tisonne les braises, qui projettent une gerbe d'étincelles.

« Je n'en sais rien.

– Ils ont rompu et il est en plein drame. Il aura faim.

– Il avait l'air très sérieux.

– Il faudra faire semblant de ne pas être soulagés, dit-elle.

– Il faudra que toi, tu fasses semblant. Si c'est ça qu'il y a derrière cette visite. Ce dont je doute.

– Tu ne seras pas soulagé, toi ?

– Non. Pas du tout. Je crois que je serai déçu. »

Les yeux de Chloé se ferment à demi. « Tu es fou ou quoi ?

– Mais enfin, en quoi cela améliorerait-il la situation ? Salomé est toujours enceinte. Il est toujours le père de l'enfant. Tu l'as dit toi-même, elle est dans notre vie pour de bon.

– Peut-être n'est-il pas le père. C'est peut-être ça qu'il a découvert.

– Comment aurait-il pu le découvrir ?

– Combien de temps l'a-t-il connue avant qu'elle tombe enceinte ? Deux mois ? Elle peut fort bien avoir été déjà enceinte alors et avoir misé sur sa naïveté.

– Ton imagination te perdra.

– Et toi, tu es un innocent, je le sais. Je ne devrais pas souiller ta pureté.

– C'est tellement gros ! Et je ne pense pas que Toby soit aussi stupide que tu le crois.

– Heureusement qu'ils ne sont pas mariés », conclut Chloé en fermant le poêle d'un grand coup de tisonnier.

Toby n'est pas rasé, il a les yeux creux, des cernes bleuâtres et, dans le regard, une intensité de fanatique qui déroute sa mère, comme toujours malhabile à dissimuler ses sentiments. En tout cas, elle avait raison, Toby est affamé. Il vient à bout du poulet rôti sans mollir, plonge son couteau dans la chair pour détacher des os les derniers morceaux et fait descendre ses grosses bouchées en avalant de grandes gorgées de bière ; il en est à sa troisième. Chloé l'observe, les doigts serrés autour du pied de son verre à vin. Brendan laisse son attention osciller de l'un à l'autre. C'est aussi pitoyable que fascinant, et il se rend compte qu'il éprouve un intérêt malsain pour ce qui va suivre.

« Tu as mangé, ces temps-ci ? Tu m'as l'air maigre.

– Je suis mort de faim, dit Toby, qui tend la main vers le plat de pommes de terre.

– Prends des épinards », propose Chloé, qui chipote, inquiète et malheureuse. Toby ne leur a pas donné les raisons de sa visite. Jusqu'à présent, tout se passe comme s'il était simplement venu chez ses parents pour prendre un repas, comme il le faisait parfois lorsqu'il était étudiant en première année et qu'il vivait en résidence universitaire, longtemps avant qu'il ait changé, avant Salomé.

« Quand passes-tu ton dernier examen ? » demande Brendan. Ils ont lieu juste avant la fin du trimestre.

« J'en ai un demain, répond-il. Je dois rendre un devoir vendredi, et c'est fini. » Où et avec qui Toby a-t-il l'intention de passer le mois de vacances ? La question reste en suspens au-dessus de la table. Brendan s'abstient de l'aborder et à sa grande surprise, Chloé l'évite. « Tant mieux, dit-elle. Tu veux de la tarte ? »

Toby s'essuie la bouche avec sa serviette, l'œil fixé sur les os bien nettoyés dans son assiette. « Avec plaisir, dit-il. Et du café. Si tu en as fait. » Quand sa mère est à la cuisine, il finit sa bière. « Alors, papa, où en est ton livre ? demande-t-il.

– Bien. Il avance lentement.

– Tu t'y tiens, et je t'admire », dit Toby en souriant.

Le compliment touche Brendan avec une force inattendue. Ainsi son fils a remarqué sa persévérance, qui lui vaut son admiration. Quand il est assis à son bureau à chercher le stylo adéquat, remplir des fiches en bristol de notes inutiles, arranger les faits, réécrire obstinément certaines phrases pour présenter lesdits faits de façon agréable à lire, tout cela pour aller assidûment nulle part, il accomplit, de l'avis de son fils, une œuvre utile. Il voudrait dire : « Je fais ça parce que je ne sais pas quoi faire d'autre », mais non, il s'abstiendra. Il n'a pas l'habitude de décourager les jeunes. Chloé apparaît avec un plateau et Toby se lève aussitôt pour l'aider. Ils s'affairent autour de la table, distribuent les assiettes de tarte aux pommes, versent le café, passent le pot à lait et le plateau de fromage. « Ce sont les dernières pommes de pays, dit Chloé. Elles sont si bon marché que j'en ai acheté vingt-cinq kilos. » Ils s'installent à leurs places, entament la tarte à croûte épaisse, encore toute chaude et parfumée et, momentanément, on dirait que tout est comme avant, que Toby est revenu au terme d'une brève aventure pour reprendre sa vie de fils prometteur et obéissant.

« Il s'est passé beaucoup de choses pendant ces dernières semaines », dit-il.

Ses parents le regardent avec attention, et continuent à mastiquer sans bruit.

« D'abord, Salomé et moi sommes mariés. Nous avons décidé de ne pas attendre.

La fourchette de Chloé claque dans son assiette. Toby a sorti de sa poche une alliance qu'il enfile. Elle se couvre le visage des mains et appuie ses coudes sur la table. « Oh non, gémit-elle. Oh non. »

Brendan avale, sans quitter son fils des yeux. « Autre chose ?

– Oui. Il faut que j'aille à Trieste dès que possible. »

Milan était drôle et très sarcastique, ce qui était surprenant : en général, ils n'apprécient guère l'ironie. Comme beaucoup d'hommes, il voulait avoir une vie secrète. Cela lui donnait l'impression d'être un autre, quelqu'un qu'il aurait préféré être, à l'évidence. C'est pour cette raison, je crois, que je comptais pour lui.

Vous voulez dire qu'il n'était pas amoureux de vous ?

Ma foi, nous n'étions pas Roméo et Juliette. Nous n'étions plus des enfants. Mais plus la situation se dégradait dans notre ville, plus notre famille maudissait celle de l'autre dans nos cuisines, plus ce qui se passait dans le hangar aux outils était excitant. Nous avons commencé à prendre des risques. Tout le monde en prenait. Certains volaient leurs voisins, quelques-uns essayaient de les tuer. Milan et moi couchions ensemble, nous étions inoffensifs. C'était notre façon de nous dire que nous n'étions pas comme les autres.

Qui se repaissaient de haine. Chaque soir, assis devant leur télévision, ils se montaient la tête jusqu'à la frénésie. Après Borovo Selo, la rhétorique était devenue toxique. Impossible de savoir ce qui s'était véritablement passé là-bas. Les Serbes affirmaient avoir été attaqués par la police croate. Les Croates disaient qu'ils s'étaient portés au secours des leurs et s'étaient fait piéger dans une embuscade. Ça se passait loin de chez nous, près de la frontière avec la Serbie, mais pas si loin que ça quand même, et c'était l'incident que tout le monde attendait pour voir ce que ferait le gouvernement, si les Croates se battraient, si Belgrade enverrait les forces fédérales pour défendre les rebelles de la Krajina et si les paramilitaires serbes écouteraient qui que ce soit.

Notre ville cherchait la bagarre. Les fanatiques du club de sport avaient traîné au gymnase un adolescent qui avait déclaré que tous les Croates étaient des Oustachis, et l'avaient tabassé, le laissant à moitié mort. Pendant la nuit, quelqu'un avait mis le feu à la chaudière à gaz de sa famille et leur maison avait brûlé. Le lendemain, ils avaient rassemblé tout ce qui leur restait et quitté la ville. Certains des enfants qui sortaient de l'école avaient suivi leur camionnette en lui jetant des pierres.

Milan était furieux. Il m'attendait avec la couverture et n'a rien dit avant que nous ayons fini de faire l'amour, mais il s'est montré brutal, et je savais pourquoi. Il s'est retiré tout de suite, s'est relevé et a allumé une cigarette pendant que je rassemblais mes vêtements.

« Ton fils en faisait partie, a-t-il dit.

– Partie de quoi ?

– Des garçons du gymnase. »

Je n'étais pas au courant, mais je l'ai cru. Mon aîné avait quatorze ans et la plupart du temps, il était dans un état de rage alimentée par la testostérone. Au-dessus de son lit, il avait épinglé la photographie, trouvée dans un magazine, d'une famille croate assassinée en Slavonie, une photo que la télévision diffusait tous les soirs. Selon sa dernière théorie, les Serbes n'étaient pas de vrais Slaves. Je lui avais lancé : « Va jusqu'au

190

bout de ton raisonnement pendant que tu y es, et dis que ce ne sont pas des humains. »

« *Qu'est-ce que je peux y faire ? ai-je demandé à Milan. Il ne m'écoute pas.*

— Et ton mari ?

— Tu habites ici. Tu sais ce que c'est d'être fermier. Son père est paralysé, sa mère est une sorcière et il a trois enfants à nourrir. Il se lève à l'aube et travaille jusqu'à la nuit.

— Et sa femme baise avec un Serbe.

— Ah, ça, il l'ignore. »

Il a souri, mais sans chaleur. Je me suis levée et j'ai épousseté mes vêtements. Il m'a demandé : « Et toi, qu'est-ce que tu te racontes comme histoire ?

— Ne t'inquiète pas. Je ne me raconte pas de mensonges, à la différence des habitants de cette ville. »

Il s'est baissé pour ramasser la couverture. « Les rôles pourraient s'inverser, tu sais, dit-il. Ton mari n'est pas un méchant homme, mais son père est un oustacha. Tu devrais dire à ton fils de faire attention.

— C'est une menace ? »

Il n'a pas répondu et nous nous sommes regardés froidement. Au-dehors de notre petite cachette, c'était l'été : l'herbe était élastique sous les pas ; les arbres, éblouissants, d'un vert frais, répandaient leurs fleurs à leur pied et, tandis que nous nous jaugions en silence, face à face, un oiseau a égrené un long trille frémissant. « Qu'est-ce qu'ils disent, chez toi, a-t-il demandé à mi-voix. Qu'il va y avoir la guerre ?

— Ma belle-mère dit que oui. Mon mari que non. »

Milan a hoché la tête. Il m'a prise dans ses bras et a posé ses lèvres sur mes cheveux. Brusquement, je me suis sentie triste ; les larmes m'ont piqué les yeux et je me suis cramponnée à lui. « Espérons que ce soit ton mari qui ait raison », dit-il.

Je pensai aux paroles de Milan pendant tout le trajet du retour. Elles m'avaient donné à réfléchir. Ce soir-là devant la table au dîner, repas que j'avais préparé avec soin, comme si c'était le dernier, j'ai regardé ma famille et vu combien tout le monde était malheureux. Une grande partie de leur souffrance était due à la cruauté de ma belle-mère. Elle était assise au bout de la table, où elle avait remplacé son mari – qui bavait dans son fauteuil roulant, poussé dans un coin –, et elle sauçait son bol de soupe avec un morceau de pain pour ne rien laisser. Elle avait un visage en lame de couteau, des yeux durs, vitreux, des dents jaunes toutes de travers, sa lèvre inférieure pendait, découvrant la ligne violacée des gencives. En mangeant, elle grognait. Elle inspirait une véritable terreur à mon plus jeune fils. Assis en face d'elle, il lui jetait de temps à autre des regards inquiets. C'était un garçon au cœur tendre. Il aimait lire, ce qu'elle avait en horreur, et il lui arrivait de jeter son livre dans le feu si elle le prenait à lire, si bien qu'il devait faire attention en permanence. Assis à côté d'elle, mon mari mangeait avec application, en solide paysan. De temps à autre, il s'interrompait pour parler à l'un des enfants ou faire une caresse à notre petite fille, toujours assise à côté de lui. Ces deux-là s'adoraient, ils étaient comme un îlot de paix dans cette cuisine maudite. Il lui avait rapporté un petit chaton écaille de tortue, qu'il avait trouvé dans la grange à moitié crevé, et lui avait montré comment le soigner pour le ramener à la vie. Pendant une semaine, elle s'était levée la nuit toutes les heures pour lui donner du pain trempé dans du lait de chèvre, puis, plus tard, une soupe claire. Maintenant, il filait dans la maison comme un minuscule éclair. Elle était fière d'elle. Son père et elle parlaient sans arrêt du chaton ; jamais il ne s'énervait contre sa fille. Je savais qu'il se faisait du souci pour tout. L'argent manquait, les combats en Slavonie, qui occupaient toutes les nouvelles à la télévision, l'horrifiaient, la moisson s'annonçait médiocre, et comme tous les fermiers, il avait eu une très mauvaise année. Son père était un fardeau, sa mère une croix, et puis il y avait moi. Il savait que la vie que nous menions n'était pas celle que je souhaitais, qu'il m'avait déçue, ce qui le rendait triste et réservé. Il se montrait poli avec moi, comme avec une étrangère.

Mon fils aîné, qui mangeait à la hâte, était de la dynamite ambulante. Quand il n'était pas à l'école, il travaillait aux côtés de son père, mais il trouvait encore le temps d'aller se joindre à la meute de ces bons à riens du club de sport, à mijoter de mauvais coups. Je l'avais vu en compagnie de certains d'entre eux au marché, à fumer des cigarettes, à rire trop fort et à lorgner les passantes. C'était lui le plus jeune de la bande, et il affichait une servilité insinuante qui me révulsait. À la maison, il plastronnait, parlait fort. Il avait commencé à tenir tête à sa grand-mère, ce dont je n'essayais pas de le dissuader. Il me regardait comme un obstacle potentiel à ses projets ; guère plus. Parfois, si je buvais un peu trop, il me lançait des regards noirs et me disait que j'étais dégoûtante. Une fois, il a pris mon verre, en a jeté le contenu dans l'évier avant de sortir de la cuisine en claquant la porte. Il avait toujours les dents serrées, les yeux fuyants. Au mieux, ses pensées étaient impures. Quant au pire, je ne voulais pas y penser.

Voilà ma famille. Je les plaignais tous autant qu'ils étaient, sauf la vieille. Ils méritaient une meilleure mère et une meilleure épouse. Mais j'avais beau le souhaiter, je savais que ça ne me rendrait pas meilleure pour autant.

Cette nuit-là, mon beau-père est mort pendant son sommeil. La vieille est venue dans notre chambre avant l'aube et a annoncé : « Lève-toi. Ton père est mort. » Plus tard ce même jour, les cadavres de quatre Serbes charriés par la rivière se sont échoués en amont, coincés dans la courbe qu'elle *décrit au sortir de la ville. Chacun avait une balle dans la tête et les mains liées derrière le dos avec de la corde à linge.*

Que leur était-il arrivé ?

Personne ne le savait ; personne ne voulait le savoir. La police les a repêchés et les a ensevelis dans une grande tranchée derrière la gare. Mon mari m'a raconté ça au lit ce soir-là. Il me l'a chuchoté. À ce moment-là, dans notre malheureuse ville, chaque maison était emplie de chuchotements.

DEUXIÈME PARTIE

Il faut quelques minutes pour que les photos soient char-gées. En attendant, Chloé se tourne vers la table et examine le bloc de résine niché sur le coussin de cuir. La gravure est presque finie. Le cadre de la fenêtre et le ciel, un tourbillon de volutes qui occupe les deux tiers de la planche, sont ter-minés. Le sapin tordu, le cimetière et les silhouettes de deux hommes, l'un qui creuse et l'autre qui observe, drapé dans une cape, se distinguent vaguement sous le toner. Chloé est satisfaite de la texture du ciel, où les plus observateurs discerneront la silhouette du faucon d'Emily Brontë planant au gré du vent.

Depuis des semaines, Chloé travaille tard le soir, inspi-rée par cette idée, qui n'a certes rien de révolutionnaire, que les fenêtres constituent un motif récurrent dans *Les Hauts de Hurlevent*. Elle a fini trois gravures : la célèbre scène où Lockwood, l'infortuné locataire de Heathcliff, rêve que Cathy enfant vient gratter à sa fenêtre pour le supplier de la laisser entrer se mettre à l'abri du froid, celle où Cathy se bat avec sa bonne qui veut fermer la fenêtre de sa chambre, et la découverte par Ellen de Heathcliff gisant sur son lit, trempé par la pluie qui entre par la fenêtre ouverte, les yeux ouverts, souriant, mort. S'il n'est pas question de fenêtre dans la scène où Heathcliff fait exhumer sa bien-aimée au clair de lune dans le cimetière – c'est après coup qu'il confesse son forfait à Ellen, qui en est horrifiée comme il se doit –, Chloé a une raison pour avoir choisi son cadrage. Les autres fenêtres apparaissent toutes à l'intérieur des gravures et les personnages sont devant elles. Tandis que cette dernière scène est la seule où le cadre de la fenêtre est reculé jusqu'à l'extrême bord de la gravure. Ce qui soulève deux questions : Qui voit ? Qui est mort ?

Le signal de l'ordinateur l'appelle vers l'écran.

Chérie, Tout va bien. T'appellerons dimanche après-midi. Dommage que tu ne sois pas là. Baisers. Brendan.

Tel est le message, qu'il a peut-être composé pendant que Toby regardait par-dessus son épaule. Quand Chloé clique sur l'onglet « pièce jointe » en bas de l'écran, ils apparaissent, encadrés par la façade de l'époque des Habsbourg bordant l'impressionnante Piazza Unità à Trieste. Derrière eux, une mer noire, un ciel qui n'est plus qu'une masse de nuages sombres menaçants et au sol, des dalles luisantes de pluie. Il semble faire froid. Brendan porte la doudoune doublée de duvet qu'il appelle « l'ours », à capuche bordée de fausse fourrure. Toby, recroquevillé dans sa vieille parka, a un nouveau couvre-chef, une chapka à la russe, avec des rabats sur les oreilles. Salomé porte un foulard noué autour de la tête, comme une babouchka, et son gros manteau de lainage. Ils arborent tous de grands sourires commerciaux. Les bras de Toby entourent les épaules de Salomé ; Brendan a la main posée sur le bras de son fils.

Qui voit ? Qui est mort ?

Pas la mère, en l'occurrence, aussi incroyable que cela puisse paraître. La femme que sa famille avait crue morte depuis dix ans était bien vivante et habitait Trieste. Pendant tout ce temps, elle n'avait pas cherché à localiser sa famille, et le Roi des coquillages avait manifestement été trop occupé à écumer les mers pour vérifier les faits et découvrir que sa femme bien-aimée n'avait pas été, comme il le croyait, tuée pendant la guerre. Il avait fallu quinze jours à sa fille pour la retrouver.

Non seulement elle est en vie, mais elle doit avoir un ordinateur, ou accès à un ordinateur. L'appareil photo est celui de Brendan. C'était son cadeau de Noël. Il avait hésité à l'emporter – en Italie, il fallait compter avec les voleurs, qui ne résistaient pas à l'attrait des appareils photo coûteux. Mais Chloé avait insisté : grâce à l'appareil, il pourrait lui envoyer des photos sur-le-champ.

Et les voilà. Elle clique sur la suivante : un café à l'architecture viennoise, mais le bar au long comptoir de marbre, derrière lequel se déploie une rangée de machines à expresso, proclame qu'on est en Italie. Le trio souriant s'appuie contre le bar, devant trois petites tasses. Toby a le nez contre l'oreille de Salomé ; Brendan et elle rient.

Pourquoi toute cette allégresse ? Brendan devrait pleurer. Les billets ont coûté une fortune et il est encore en demi-solde pour le semestre qui vient. Sa mission n'est pas de faire du tourisme, mais de ramener à la raison son fils, qui a pris l'initiative insensée d'arrêter ses études pour un an et d'aller vivre en Italie afin d'« aider » l'ancienne morte. Photo suivante, même café. Le trio est assis à une table devant des assiettées d'énormes gâteaux à la crème. Ils lèvent joyeusement leur verre de prosecco pour porter un toast. L'appareil est excellent. Chloé distingue les bulles dans le vin.

L'un après l'autre, ils étaient partis. D'abord Salomé, qui avait disparu en plein jour, laissant Toby dans le noir pendant une semaine, sans raison. Pourquoi ne lui avait-elle donc pas dit où elle allait, pourquoi ces cachotteries, pourquoi ce cinéma ? Elle était partie d'abord à Zagreb, où elle s'était adressée à la Croix-Rouge, puis à Ljubljana en Slovénie, puis à Trieste, où, très vite, sa mère perdue et elle avaient été réunies. *Je l'ai retrouvée, viens tout de suite*, avait-elle écrit à son mari qui se languissait d'elle. Il était allé chez ses parents manger comme un ogre et avait emprunté la carte de crédit de son père avant de s'exécuter.

Chloé n'en avait pas cru ses oreilles : « Tu lui as donné ta carte de crédit ? » Mais Brendan avait haussé les épaules : « Elle est plafonnée. Et je n'avais pas vraiment le choix. C'est sa femme. »

Ensuite, il y avait eu des coups de téléphone, des appels coûteux en PCV à partir de cabines téléphoniques. Pourquoi ? La mère n'avait donc pas le téléphone ? « Si, avait répondu Toby. Mais c'est très cher, et elle n'a pas beaucoup d'argent. » Qu'elle soit pauvre, ce n'est pas étonnant, mais Toby annonce à sa mère que c'est aussi « une femme remarquable ». « Une femme étonnante. Je n'ai jamais rencontré quelqu'un comme elle... »

À la question répétée : « Quand comptes-tu rentrer ? » Toby avait répondu : « Bientôt. » Bientôt était devenu plus tard, Noël avait été marqué par un coup de téléphone, puis était arrivée une « nouvelle importante », à savoir que les jeunes époux voulaient demander à l'université un congé exceptionnel en cours d'études, et rester un peu plus longtemps avec la « femme remarquable ».

« Mais enfin, elle a bien un nom, avait protesté Chloé.

– Jelena, avait dit Toby. Ça veut dire Hélène.

– Vraiment, avait-elle rétorqué, acide. Tu m'en diras tant.

– Calme-toi, maman. »

Mais ce n'était pas elle qui était inquiète, c'était lui. Sinon, pourquoi lui aurait-il parlé comme si elle était brusquement devenue idiote ? « Eh bien, je te passe ton père », avait-elle annoncé froidement, tendant le téléphone à Brendan qui avait fait son numéro de père compréhensif et intéressé, mais en pure perte.

Chloé referme les photos et les range dans un dossier où elle conserve ses images. On lui demande de nommer le nouveau fichier. Elle pourrait choisir la rubrique *famille* et le mettre en vrac avec les autres. Mais quelque chose la chiffonne dans ce procédé. C'est sa famille mais sans elle, photographiée non par elle mais par quelqu'un d'autre. Cet œil qui voit, c'est celui de qui ? De la mère ? D'un inconnu, un passant ? Elle tape TRIESTE dans l'espace imparti et clique. Mais comme elle n'a pas une confiance absolue dans l'ordinateur, s'y étant mise sur le tard et très laborieusement, elle éprouve le besoin de vérifier si les photos sont bien dans le dossier désiré. La manœuvre fait surgir un écran couvert d'icônes – trop, elle devrait se débarrasser d'une partie d'entre elles. Sa main s'attarde sur la souris, et elle déplace le curseur sans but précis, ce qui lui rappelle la planchette ouija de son enfance et les longues après-midi avec sa cousine Marianne, passée maître en l'art d'obtenir des messages terrifiants des morts. Le curseur s'arrête sur le fichier nommé *Braconnier*. Elle clique dessus. Une hésitation. La mémoire cherche. Brusquement, son visage fait irruption à l'écran.

Zigor, c'est son nom. Basque et non libanais.

Brendan n'était pas d'accord pour qu'elle fasse circuler la photo au cocktail, mais elle avait insisté. « Joan trouve que c'est une bonne idée. Quelqu'un connaît peut-être même son nom. » Et de fait, quelqu'un le connaissait. Mais pas en entier.

« C'est Zigor, avait dit l'entrepreneur en se penchant sur la photo. Son nom de famille est imprononçable. Pas de voyelles et tout un tas de X. Un nom basque. Il est basque et travaille pour Jack Hardy, à Croton. Il était plombier à Bilbao – ce n'est pas là qu'est le musée Guggenheim ? Je crois qu'il a travaillé au Guggenheim avant de venir échouer ici. Il s'exprime très mal en anglais, mais il parle espagnol, et c'est en cette langue que Jack et lui communiquent. Les tuyaux n'ont pas de secrets pour Zigor. Le tuyau est un langage universel.

« Un Basque ! s'était exclamé quelqu'un. Comme ceux de l'ETA.

– Zigor est inoffensif, avait maintenu l'entrepreneur. Il ne ferait pas de mal à une mouche.

– En tout cas, il tue nos lapins, avait répliqué Chloé. Et il a failli tuer notre chat.

– Le vétérinaire ne pense pas qu'on ait tiré sur Mike, avait précisé Brendan, une fois de plus.

– Je me moque de ce que pense le vétérinaire, avait rétorqué Chloé. Ce type circule à toute heure sur notre terrain, fusil à la main. Je lui ai dit qu'il était interdit d'y chasser, mais il m'a ignorée.

– Il n'a sans doute pas compris ce que vous disiez, avait objecté l'entrepreneur. Il parle vraiment mal notre langue.

– Il m'a comprise !

– Un Basque, avait repris Brendan.

– Si vous le voyez, avait lancé Chloé, dites-lui que nous connaissons son identité, et que s'il revient chez nous, je le ferai arrêter.

– Jamais je ne pourrai lui faire comprendre tout ça », avait dit l'entrepreneur en rendant la photo. Chloé avait lancé un regard implorant à Joan Chase, mais son hôtesse s'était bornée à froncer les sourcils et à changer de conversation, manifestement mécontente de voir l'atmosphère festive compromise par les griefs de sa voisine.

Chloé voulait téléphoner à l'employeur de Zigor et affronter celui-ci sur son lieu de travail, mais Brendan n'avait pas voulu en entendre parler. « La saison de la chasse est presque terminée. À quoi bon faire une histoire maintenant. C'est un plombier, il ne parle pas anglais, il essaie seulement d'assurer sa subsistance. Je ne l'ai pas entendu de la semaine. Et toi ?

– Non, avait admis Chloé.

– Et maintenant que nous savons qu'il n'est pas dangereux...

– Les gens armés de fusils sont dangereux par définition.

– Promets-moi que tu ne feras rien avant mon retour, avait demandé Brendan. On en discutera à ce moment-là. »

Mais Chloé n'avait rien promis. Elle avait parlé d'autre chose. Maintenant, elle étudie le braconnier, cet immigrant ambitieux, expert en tuyaux, employé par un entrepreneur qui parle espagnol et dont le nom lui échappe pour l'instant. Il a un aspect différent, elle doit le reconnaître, moins menaçant. Manifestement pas libanais ni même moyen-oriental.

À Madrid, on prétend que les Basques sont les meilleurs cuisiniers qui soient, ce qui est d'autant plus curieux que les Basques détestent les Madrilènes et posent parfois des bombes, faisant ainsi disparaître des clients potentiels des restaurants. Cela revient finalement à donner sa clientèle à un ennemi inférieur, indigne, comme ces Blancs du Sud qui raffolent de la cuisine noire, ou les Anglais qui fréquentent les pubs irlandais pour ce qu'on y chante. Ils veulent nous tuer, mais ils ont leur charme. Nous ne sommes pas intolérants, pourvu qu'ils restent dans les limites de leurs compétences.

Sur le chemin de l'aéroport, Brendan avait glissé à Chloé : « Il paraît que maintenant, on entend plus de slovène et de serbo-croate que d'italien à Trieste.

– Qui a dit ça ?

– Le guide.

– Je parie que les Italiens sont ravis.

– Pour la langue, je ne dis pas. Mais pour la nourriture, c'est une autre paire de manches ! »

Ils avaient ri. Amusants, ces Italiens, avec leur antipathie pour toute cuisine autre que la leur.

« J'ai toujours eu envie de voir Trieste, avait dit Brendan. Mais pas en hiver.

– Tu ne vas pas voir Trieste. Tu vas chercher Toby.

– Les chercher, avait-il rectifié.

– Soit. »

Chloé clique sur le X rouge. Zigor vire au bleu et disparaît. Quelle perte de temps et d'argent. Cette horrible fille, son bébé, sa mère morte, qu'il va falloir aider, parce qu'elle est si pauvre, si exceptionnelle, et que c'est une réfugiée. Chloé décide de tromper sa frustration en retouchant ses plaques de gravure. Maintenant, elle est obligée de se servir d'un gabarit car ses mains tremblent légèrement, ce qui compromet la fermeté du trait. Elle prend sur l'étagère la boîte d'huile de coupe et la pierre dure d'Arkansas. Le nom du patron de l'entreprise de plomberie lui revient, et elle s'interrompt pour le noter sur un bloc : Jack Hardy. Il ne devrait pas être bien difficile de trouver son numéro. Il pourra sûrement expliquer au digne Zigor le sens des mots *Chasse interdite*, *pénalité*, et *arrestation*. Cela rendra service au Basque.

« C'est moche, hein ? dit Toby.

– Ça ira.

– Maman ne resterait pas ici cinq minutes.

– Ça ira », répète Brendan. La tristesse de la chambre est implacable : un tapis usé jusqu'à la corde, un lit défoncé couvert d'un dessus-de-lit rouge douteux, une table bancale, une lampe de vingt watts, une télévision vétuste fixée au mur par un bras de métal rouillé, un rideau séparant la pièce de la salle de bains. Ils n'ont pas encore passé la tête de ce côté-là, mais il y a de fortes chances pour que la douche éclabousse toute la surface et que l'eau forme une rigole centrale au sol où agonise un scarabée agitant faiblement ses pattes. Toby a raison. Chloé dirait : « Hors de question » et partirait.

Le voyage a été long, et Brendan sent déjà l'effet du décalage horaire, mais il n'a guère envie de s'allonger sur le lit. « Tu as faim ? demande Toby.

– Pas tellement. Mais je n'aurais rien contre un expresso.

– Il y a un café très agréable à côté. »

– Trieste est célèbre pour ses cafés, dit Brendan. Je vais juste me rafraîchir un peu et changer de pull. » Il soulève sa valise pour la poser sur la table – il n'a pas le choix –, ouvre la fermeture éclair et sort sa vénérable trousse de toilette en cuir, que Toby l'a vu déballer des dizaines de fois dans des dizaines de pays d'Europe. Mais jamais dans une chambre aussi miteuse et jamais sans que sa mère investisse sa part de l'espace physique et psychologique.

Au moins sa part.

« Je suis content que tu sois venu, papa. J'ai beaucoup, beaucoup de choses à discuter avec toi.

– C'est pour ça que je suis là », répond Brendan en tirant le rideau de la salle de bains. Dans la rigole centrale

du carrelage, un scarabée agonise en agitant ses pattes fili-
formes. « Pour parler. »

Toby s'approche de la fenêtre, tire non sans mal le lourd
rideau et regarde dans la rue. Grise, mouillée de pluie,
froide et presque vide. Il pense au sexe, dont ils sont pratiquement privés : l'appartement de Jelena n'est pas grand
et comme la petite Vilka est toujours là, ils n'ont aucune
intimité. « Demande à ton père de nous laisser utiliser sa
chambre quand il viendra », lui a dit Salomé. Elle a raison.
C'est la solution la plus évidente, mais Toby se sent gêné.
Il a largement utilisé la carte de crédit de Brendan au cours
des dernières semaines, surtout pour acheter de la nourriture, car Jelena ne peut certainement pas nourrir deux
bouches supplémentaires. Voilà pourquoi il a économisé
sur la chambre. Il se retourne vers la salle de bains où son
père se lave les dents, et ses yeux s'arrêtent sur le lit. Sordide, mais Salomé n'y verra pas d'objection. À l'idée de la
voir nue sur ce dessus-de-lit dégoûtant, il sent son sexe
frémir délicieusement ; il s'oblige à repousser l'image avec
fermeté. Son père ferme le robinet et sort de derrière le
rideau. Il porte un maillot d'hiver moulant qui laisse voir
des épaules encore musclées – tout ce bois coupé –, mais
sa poitrine semble un peu creuse. Il a son expression habituelle, bienveillante et curieuse, légèrement distraite,
comme s'il s'attendait à tout moment à être dérangé par
une affaire urgente en cours à l'intérieur de sa tête.

Toby ne souhaite pas ressembler à son père. Il le sait
depuis quelque temps, mais cela ne signifie pas qu'il désire
que son père change. Il apprécie la distance ironique qui
caractérise l'aura paternelle, détachée mais bienveillante,
fraîche par opposition à froide. « Il vient te chercher », a
dit Salomé en lisant l'e-mail annonçant son arrivée. « Ta
mère n'ose pas, alors elle l'envoie.

– Il vient me parler d'argent, dit Toby. Mes parents ne sont pas aussi riches que tu le crois. »

En fait, Toby a une idée précise du patrimoine de ses parents et de la somme investie dans son éducation coûteuse. Il leur est reconnaissant, mais compte tenu de leur personnalité et de leur échelle de valeurs, il eût été étonnant qu'ils agissent autrement. Il comprend que son autonomie morale et financière est le rendement qu'on attend de ce placement, et il ne voit pas d'objection à satisfaire ces espérances.

Mais cet idéal d'autonomie n'a pas un pouvoir de séduction irrésistible ; il ne tient aucun compte de la passion. Toby regarde son père fouiller dans sa besace en toile, en quête de son portefeuille. « Alors, comment va Salomé ? demande Brendan.

– Bien. Elle est chez sa mère. Jelena héberge une petite fille malade et quand elle va travailler, c'est Salomé qui s'en occupe. Ça soulage beaucoup sa mère

– Cette petite, c'est sa fille ? »

Toby hausse les épaules. Il vit depuis trois semaines dans l'appartement de Jelena, mais n'a pas encore pénétré le mystère de l'identité de Vilka. Jelena la désigne toujours comme « la petite » et Salomé affirme qu'elle ne fait pas partie de la famille et qu'elle n'est même pas adoptée. « Ma mère l'a trouvée quelque part pendant la guerre », a-t-elle dit.

« Quel âge a-t-elle ?

– Environ dix ou onze ans. Elle n'est pas tout à fait normale. Elle ne parle pas. Elle fait des bruits et de temps en temps, elle a des crises où on est obligés de la rouler dans une couverture.

– Seigneur ! » s'exclame Brendan. La surprise de son père soulage Toby, qui a stoïquement gardé ses réactions

207

pour lui face à un environnement étranger. Seigneur, en effet ! Pourtant, il n'a pas pu verbaliser sa réaction, ni même se la formuler. Il se laisse tomber sur le lit – il n'y a pas d'autre endroit pour s'asseoir – et s'épanche. « Il n'y a pas beaucoup de place dans l'appartement, deux pièces seulement. Jelena travaille beaucoup. Elle est traductrice à temps partiel au consulat et travaille pour une famille anglaise. Elle tient leur maison et s'occupe des enfants. Elle parle italien et anglais. C'est quelqu'un de très fin. Salomé tient d'elle pour l'intelligence. Je crois qu'elle en a vraiment bavé, mais elle n'en parle pas. Elle fume beaucoup et ça m'inquiète à cause du bébé. C'est nocif, la fumée, hein ?

– Sans doute, répond Brendan.

– Salomé ne sait plus où elle en est. Ni ce qu'elle pense, ça change d'une minute à l'autre. Elle en veut à son père de ne pas avoir essayé de retrouver Jelena après la guerre, et elle s'efforce de rattraper le temps perdu avec sa mère. À ceci près que Jelena n'est plus la même que dans son souvenir.

– C'est ce qu'elle te dit ?

– Oui, elle me le dit à moi. Elle a passé dix ans à entretenir le souvenir de sa mère. Et maintenant, la voilà face à cette nouvelle mère et cette fille inconnue. Jelena n'a pas reconnu Salomé en lui ouvrant la porte, ce qui lui a fait de la peine. Et puis on peut se demander pourquoi elle n'a pas essayé de retrouver sa famille.

– Et pourquoi ?

– Je ne crois pas que Salomé a eu le courage de lui demander.

– Et toi, que penses-tu de tout ça ?

– Je suis complètement dépassé par les événements, papa. Je patauge.

– Tu envisages sérieusement d'arrêter tes études ?

– Est-ce que j'ai le choix ? Salomé ne veut pas quitter sa mère, elle vient juste de la retrouver. Et je ne peux pas quitter Salomé, c'est ma femme, elle est enceinte. C'est ma famille maintenant. »

Brendan regarde son fils avec solennité. « Il y a une chance pour que la mère vienne aux États-Unis ? »

Toby secoue la tête avec un sourire de regret. « Ça paraît hautement improbable. »

Un silence tombe. Dehors, quelqu'un vocifère. Une voiture passe avec un bruit de succion sur la chaussée mouillée. Toby porte la main à sa poche, d'où il tire une impressionnante chapka en fourrure. « Allons prendre un café, dit-il.

– Eh bien dis donc, ça c'est du chapeau !

– Merci. C'est Salomé qui me l'a acheté. Après la pause café, nous irons à pied à l'appartement, si tu veux. Elle nous attend.

– Je suis prêt, dit Brendan. Je te suis. »

L'appartement est au quatrième étage, blotti sous les combles d'un bâtiment qui, comme beaucoup d'autres à Trieste, a connu des jours meilleurs. En montant l'escalier, ils croisent quelques locataires, une vieille femme enveloppée dans ce qui ressemble à du tissu d'ameublement et deux jeunes gens qui fument et parlent une langue que Brendan identifie seulement comme n'étant pas de l'italien. Il fait sombre dans la cage d'escalier. Le plâtre, autrefois rose, est passé et effrité, laissant de vastes plaques grises sur un champ beige boueux. Il règne une forte odeur de poisson frit. Toby s'arrête à chaque palier pour attendre son père. Brendan n'est pas essoufflé mais monte d'un pas lourd et régulier dénotant une fatigue générale. En haut, un étroit couloir conduit à la dernière porte. Toby sort une clé de sa poche et la tourne dans la serrure. À l'intérieur, on entend une plainte. Il entre, se retourne vers son père, l'air inquiet, et dit : « Elle a une de ses crises. »

Salomé, à genoux sur le sol nu, dos à la porte, s'efforce de contenir une fillette menue qui hurle et tournoie sur elle-même, le visage caché par une masse de cheveux sombres.

« Aide-moi », crie-t-elle à Toby, qui se précipite, arrache une couverture du divan et s'agenouille à côté d'elle. Ensemble, ils maîtrisent les membres agités et, avec des précautions nées de la pratique, l'enveloppent étroitement. Elle ne cesse pas de hurler, mais l'intensité de ses cris diminue, et la terreur à glacer le sang se transforme en douleur pitoyable. « Tout va bien, répète Toby. Tu n'as rien à craindre. Nous sommes là, tu n'as rien à craindre. » Salomé prend dans ses bras le paquet en larmes et lui murmure des mots doux en même temps que Toby, mais dans une autre langue. Peu à peu, les sanglots s'apaisent.

Brendan est resté à la porte. Tandis que le calme revient, il commence à enregistrer la pièce, la table nue et les chaises de bois pliantes, la plaque de cuisson encrassée et l'évier en inox casés dans un petit coin, sous lesquels les tuyaux sont apparents ; juste à côté, un placard sans porte où quelques plats et casseroles sont rangés avec des boîtes de conserve ; au-dessous, un petit réfrigérateur. Contre le mur du fond se trouve un canapé défoncé couvert d'un jeté de lit marron, sur l'un des accoudoirs duquel une couverture militaire pliée sert de coussin supplémentaire. À côté, il y a une table basse délabrée, à deux plateaux. Celui du dessous sert de bibliothèque, et des livres de poche en anglais s'y empilent. Quelques mots sont lisibles sur les dos, *Silas Marner,* Doris Lessing, *Disgrace.* Une étoffe aux motifs très vifs tendue sur une corde en travers d'une arche entre les deux pièces donne une touche de couleur, la seule, à cet ensemble triste à pleurer. La lumière – enfin, le peu qu'il y a – filtre par une unique lucarne. Occupés à calmer l'enfant, Toby et Salomé ont pour l'instant oublié Brendan, le laissant décider seul quand et comment entrer dans cette pièce, qui est sa destination finale et le lieu d'enjeux multiples. La pièce où son fils est « dépassé par les événements. » Hier, il a quitté Chloé à l'aéroport, et maintenant, il est au bout du voyage.

À quoi s'attendait-il ? Il ne le sait pas au juste, mais pas à ça. Il tourne la tête pour regarder le couloir étroit, poussiéreux, avec sa rangée de portes branlantes. Derrière chacune, de mornes existences se dévident ; nul ne vit là s'il lui reste quelque espérance. Brendan franchit le seuil et ferme la porte derrière lui.

À ce bruit, Salomé lève les yeux et croise son regard, qui l'évalue sans détour. Elle dépose l'enfant, calme à présent, dans les bras de Toby et vient à sa rencontre, main tendue, comme si elle l'accueillait pour le thé. « Brendan, dit-elle. Je suis contente que vous soyez venu. Vous devez être fatigué du voyage. »

Ceci le déconcerte un peu plus, cette désinvolture étudiée, cette affirmation tacite qu'il existe un lien entre eux, qu'elle est sa belle-fille et porte l'enfant de son fils. Cet appartement miteux constitue-t-il sa dot ? Il n'a pas opposé de résistance à son affirmation, mais maintenant qu'elle lui prend la main et tend la joue pour qu'il l'embrasse, il en saisit toutes les implications. Elle porte un pull volumineux, mais il est clair que, comme dit Chloé, « ça » commence à se voir.

« Comment allez-vous, ma petite fille ? » dit-il.

Toby, qui observe leur rencontre au ras du sol, installe plus confortablement dans ses bras le mystérieux enfant-paquet. « Ça, c'est Vilka, dit-il en repoussant les cheveux noirs qui cachent le visage. Elle va avoir peur de toi, donc ne t'approche pas trop d'elle pour l'instant. Mais elle s'habituera. » La petite ne semble pas avoir remarqué la présence de Brendan. Ses yeux sombres sont fixés sur les lèvres de Toby. « Je ne pouvais pas t'approcher quand je suis arrivé, hein ? lui dit Toby. Et maintenant, tu vois comme on est.

– Elle ne comprend pas un mot de ce que tu dis, intervient Salomé, d'un ton que Brendan trouve un peu froid. Asseyons-nous sur le canapé », propose-t-elle.

Brendan s'exécute et s'affale sur les minces coussins. Il sent l'armature rigide au-dessous. Toby soulève l'enfant et desserre la couverture autour de son cou. Alors, elle tourne la tête et fixe sur Brendan des yeux étonnés, inhumains. Elle a une peau d'un blanc laiteux, des lèvres minces, bleuâtres, aux commissures retroussées, mais qui ne sourient pas. On dirait un elfe, une créature d'un autre monde. Sur sa joue droite, on voit une cicatrice sombre en demi-lune, aussi distincte qu'une marque au fer rouge. Elle émet un son où Brendan ne reconnaît aucun mot d'une langue quelconque. « Bonjour, Vilka », dit-il en souriant. Salomé ajoute quelque chose en croate, et Vilka plisse les paupières, comme si elle ne pouvait à la fois écouter et regarder. « Je lui ai dit que vous étiez notre père », dit Salomé.

Toby baisse un peu plus la couverture, découvrant les bras fluets de Vilka. Elle en passe un autour de son cou et pose sa joue contre sa poitrine. « D'où vient-elle ? demande Brendan.

– Personne ne le sait, répond Salomé. Ma mère l'a trouvée pendant la guerre, dans un camp quelque part. Elle n'aime pas parler de ça. Vous voulez du café ?

– Non, merci, nous venons d'en prendre un dehors.

– Ma mère ne va pas tarder. On déjeunera quand elle sera là », dit Salomé.

Ma mère. Comme elle prononce avec précision ces syllabes magiques qui, pendant tant d'années, n'ont renvoyé qu'à un souvenir d'enfance, une mère fantôme, aujourd'hui revenue du pays des morts. Une mère unique incarnée, née de Dieu, à Trieste. Et Brendan doit être « notre père », car elle a rejeté le sien dans les ténèbres extérieures. Comme les choix moraux sont clairs pour les jeunes ! « C'est un miracle que vous ayez pu retrouver votre mère, dit Brendan. Tant de personnes ont été perdues pendant la guerre. »

Toby lui adresse un regard de mise en garde, mais la réponse de Salomé, si elle est acide, est dépourvue d'hostilité. « Ça n'a pas été particulièrement difficile, en fait, c'est ça le pire. »

Brendan n'arrive pas à imaginer la réponse qui détendrait l'atmosphère, alors il se tait. Vilka, qui l'observe avec attention, lâche Toby et commence à se mordre le poing. Perdue dans son pull, les joues creuses, elle est d'une maigreur tragique et paraît ratatinée, comme si jadis elle avait eu plus de volume. « Elle veut son ours », déclare Toby. Salomé se lève, disparaît derrière le rideau et revient avec une petite peluche informe, longtemps mâchonnée, à laquelle Brendan remarque qu'il manque un œil. Vilka se précipite vers elle, lui arrache le jouet, le serre contre sa poitrine, et va s'abriter sous les chaises de la table. « Elle viendra vers toi quand elle sera prête, annonce Toby à son

213

père. Mais ne cherche pas à t'approcher d'elle, sinon elle prendra peur.

– Très bien, dit Brendan. Je m'en abstiendrai. » En fait, il décide qu'il n'ira vers rien ni personne dans cet endroit. Il laissera venir.

Ce qui d'ailleurs ne tarde pas. On entend le bruit sec de pas qui s'approchent, accompagnés de vives protestations du plancher ; personne ne risque d'arriver à l'improviste dans cet appartement. « C'est ma mère », annonce Salomé en allant vers la porte. Elle tourne le verrou et ouvre, barrant la vue de Brendan sur le couloir. « Donne-moi ça, dit-elle. Le père de Toby est là. »

Brendan sent le regard de Toby sur lui, mais il est bien trop occupé à cacher sa surprise pour échanger ne fût-ce qu'un regard avec son fils. Jelena entre, ferme la porte et retire la chapka noire qui lui couvre le front et les oreilles. Elle secoue la tête, libérant les cheveux blonds ondulés qui retombent autour de son visage et, se servant de ses doigts comme peigne, elle les repousse en arrière. Ses yeux noirs, aux paupières lourdes, se posent sur Brendan avec un intérêt distant ; elle l'étudie. Elle accroche la chapka à une patère à côté de la porte et dégage ses épaules de son manteau.

S'imaginait-il qu'il aurait affaire à une paysanne des Balkans ratatinée, à une réfugiée obèse tout de noir vêtue, drapée dans un châle de laine, vaincue par la guerre, la pénurie et la souffrance ? Le manteau est ordinaire, faux cuir noir garni d'un col de fausse fourrure, pâle copie d'un article de meilleure qualité ; les bottes, usagées, ont des talons compensés et des boucles d'argent. Elle n'est plus toute jeune mais elle a dû être superbe, et si elle n'a pas les moyens de s'habiller à la mode, du moins n'a-t-elle pas perdu sa coquetterie. Le rouge à lèvres qui maquille sa bouche pulpeuse est assorti au cardigan duveteux. Elle accroche son manteau à la patère et se tourne vers Brendan, qui s'est levé et tend la main à l'américaine, avec le sentiment d'être ridicule, comme quand il était ado. « Je suis Brendan », dit-il.

Elle pose sur cette main un regard qui en dit long, et sa bouche a un frémissement amusé. Puis elle se décide, met sa main dans la main tendue et l'y laisse, inerte, pendant qu'il l'agite brièvement. « Alors vous êtes le père américain, dit-elle. Je suis Jelena, vous vous en doutez. » Lorsqu'il libère sa main, elle la pose sur son épaule et suggère : « On peut aussi se saluer comme ça, non ? » en effleurant de ses lèvres une joue, puis l'autre.

Vilka, qui est sortie en rampant de sa forteresse sous la table, se précipite entre eux et saisit Jelena par les hanches. Sans commentaire, celle-ci la prend dans ses bras et l'emmène jusqu'à la table, où Salomé met les assiettes, les verres, dispose du pain, du saucisson, du fromage et un bocal de légumes au vinaigre. Brendan la suit, admirant le dos droit de Jelena, ses épaules larges. Elle est mince, mais dégage une impression de force. Elle a de grandes mains aux longs doigts effilés.

« Tu veux du café, maman ? » demande Salomé. Jelena répond : « Oui. »

Toby les rejoint. « Je peux aider ?

– Sors les tasses », dit Salomé.

Brendan reste à l'écart, pour ne pas gêner. Il y a beaucoup de tension dans cette scène domestique, et il perçoit que c'est surtout de Salomé qu'elle vient. Toby embrasse Jelena sur les deux joues, comme cela semble être la règle, et prend les tasses en haut du placard. « Qu'est-ce que tu veux boire, papa ? demande-t-il. On peut descendre en vitesse acheter de la bière.

– L'eau m'ira très bien », dit Brendan.

Jelena laisse glisser Vilka au sol et prend une chaise. L'enfant récupère son ours et se roule en boule, la tête sur une botte de Jelena.

« Comment va-t-on pouvoir tous s'asseoir si elle reste sous la table comme ça ? » demande Salomé. C'est une question agacée, mais néanmoins pertinente.

« En faisant très attention », dit Toby, ce qui fait sourire Jelena. « Toby a raison », dit-elle.

Salomé passe les bras autour des épaules de son mari, l'embrasse dans le cou et murmure : « Toby a toujours raison. » Lequel fait un large sourire à son père. Il a la clé de la chambre d'hôtel dans sa poche. Ils ont réglé tous les détails pendant que Brendan buvait sa première tasse de café italien. Après le déjeuner, les nouveaux mariés trouveront un prétexte. Salomé veut aller à la poissonnerie chercher du poisson frais ; elle fait une marmite de poisson pour le dîner. Brendan invoquera sa fatigue pour rester chez Jelena. « Une heure, a dit Toby. Si seulement on pouvait avoir une heure en tête à tête. » Ils se retrouveront ensuite au célèbre café près de la Piazza Unità.

Brendan tire une chaise en veillant à ne pas déranger l'enfant, qui semble dormir. Jelena sort un paquet de cigarettes et un briquet en plastique de la poche de son pull. Elle tape le paquet contre la table pour en extraire une. « Je suppose que vous ne fumez pas, dit-elle. Les Américains sont si purs. »

Il prend le briquet et fait jaillir une toute petite flamme. Tandis qu'elle se penche vers lui, la cigarette entre les lèvres, ses yeux croisent les siens avec l'effronterie si caractéristique chez sa fille. Mais chez elle, il y a plus de chaleur, trouve Brendan, plus de gentillesse aussi, et une absence de calcul.

« Nous sommes vos premiers Américains ? » demande-t-il.

Elle tire sur la flamme par l'intermédiaire du mince cylindre de tabac, inhale la fumée, puis souffle, lèvres arrondies. « Plus ou moins », répond-elle.

Les pierres tombales se dressent, menaçantes, au premier plan, et convergent vers les deux silhouettes penchées au-dessus d'une tombe ouverte. La perspective est basse, les pierres sont beaucoup plus grandes que les silhouettes, les ombres aussi.

C'est la seconde fois que Heathcliff tente de déterrer son amour défunt. La première fois, c'était la nuit suivant l'enterrement, lorsqu'il était allé sur sa tombe seul, fou de chagrin. Il avait renoncé en entendant le fantôme de Cathy soupirer dans son oreille ; elle semblait l'implorer de la laisser en paix. Là, dix-huit ans ont passé et le mari de Cathy, Edgar, vient de mourir. Il fait jour et Heathcliff est dans des dispositions plus calmes. Il a atteint son but, sa vengeance est complète : il possède à présent les maisons des deux familles. Sa position est telle qu'il peut requérir l'aide du sacristain pour creuser à sa place. Il entrouvre le dessus du cercueil et a la surprise de découvrir le visage de sa bien-aimée Cathy intact.

Nécrophilie, violences conjugales, participation active à la mort de son beau-frère et de son propre fils. On ne peut nier que Heathcliff soit mû par l'irrépressible passion que vantait William Blake dans la maxime que Chloé avait jadis collée sur la porte de sa chambre. Certains critiques l'ont décrit comme le pur exemple du héros byronien : mélancolique, rebelle, satanique. Chloé n'est pas d'accord. Le Childe Harold et le Don Juan de Byron sont des modèles de raison comparés à Heathcliff. La passion de Don

Juan, c'est de séduire les femmes ; n'importe laquelle fait l'affaire, elles sont aussi interchangeables pour lui que des pinceaux pour un peintre ; quant à Harold, c'est un idéaliste blessé, tour à tour déçu, rebelle ou réaliste. Tous deux sont des aristocrates. Heathcliff n'a jamais été un idéaliste et ses origines sont inconnues. Son histoire, révèle Ellen à Lockwood, est celle d'un coucou. Il a pour passion la vengeance, une fournaise d'acier purificatrice qui le consume et finit par le réduire en cendres. Il veut avoir sa revanche sur ceux qui l'ont recueilli sans réussir à l'aimer. Non, il n'a rien d'une vision romantique issue d'une imagination féminine surchauffée. Il est entièrement nouveau : l'orphelin vengeur, l'intrus ingrat, l'annonce de l'éveil vengeur de la grande classe des exclus.

Chloé se penche sur la planche, guide le burin rond dans les sillons, élargit le trait en descendant et relève soigneusement l'outil en fin de parcours pour éviter que les barbes ne retombent dans l'entaille. Elle travaille autour des pierres tombales, qui se détachent en clair contre une vague de terre sombre pareille à un rideau gonflé qui se perd dans la ligne d'horizon. Celles du premier plan sont assez grandes pour qu'on écrive dessus et elle envisage de mettre sur l'une d'elles le nom d'Emily Brontë et ses dates, pour rappeler au lecteur en cette fin de roman que, comme tous les personnages qui peuplent l'univers fou de sa création, Emily est morte jeune.

Chloé est maussade et déprimée. Pourquoi pas ? Le journal est empli de mensonges, de spéculations idiotes sur un lot d'ogives vides, avec une portée de vingt kilomètres en Irak, dont on se demande si elles constituent une menace pour la sécurité nationale. Et Friedman, ce crétin, débite ses sages avis aux Démocrates : il pense qu'ils devraient désigner Tony Blair comme candidat à la présidence !

Et puis il y a Brendan, qui lui donne l'impression d'être devenu un étranger. Il est parti depuis quinze jours maintenant et ils ont eu quatre conversations, toutes plus décevantes l'une que l'autre. Il est manifestement déconcentré et Toby l'a détourné de sa mission d'une manière ou d'une autre. Hier, il lui a expliqué que Toby perdrait seulement du temps s'il restait absent un trimestre, que l'université le reprendrait sans aucun doute, parce qu'après tout, c'était un excellent étudiant et que quelques mois sans avoir à payer de frais d'études seraient un répit bienvenu pour tous.

« Mais qu'est-ce qu'il va faire là-bas ? avait objecté Chloé.

— Apparemment, Jelena va l'aider à se trouver des cours d'anglais à donner. »

Jelena. Un nom qui l'horripile, un nom qui la fait vite changer de sujet. « Alors, que penses-tu de Trieste ? a-t-elle demandé.

— Il fait très froid et il y a beaucoup de vent. La grande Piazza est spectaculaire. Je n'ai pas vu grand-chose de la ville. »

Et pourquoi cela ? Parce qu'il a passé son temps à essayer d'aider Toby, Salomé et Jelena. « Tu me manques, chérie », a-t-il dit, mais elle ne le croit pas. « Je serai là dimanche. »

C'est demain. Il est parvenu à un accord avec Toby, un compromis qui reviendra cher, mais évidemment moins que les frais de scolarité. « Il ne peut pas quitter Salomé en ce moment, a-t-il expliqué. Et elle ne veut pas quitter sa mère. »

Cela pourrait être pire, se dit Chloé. Ils pourraient hériter de la mère qui ferait des rideaux au crochet dans la salle de couture et redécorerait toute la maison aux normes du chic romano. Chloé soulève le burin et recule, s'éloignant de la planche. L'amertume de ses pensées imprègne tout. Même ce travail, qu'elle avait entrepris dans l'enthousiasme, lui paraît maintenant vain, rassis. Elle a mal à la tête et le bras engourdi à force de le garder trop longtemps dans la même position. Elle se tourne vers la plaque chauffante et glisse la bouilloire sur le brûleur. Comme il a neigé dru pendant la nuit, elle est restée coincée dans la maison jusqu'à l'arrivée du chasse-neige. Après quoi, elle a dû déblayer les marches à la pelle pour accéder à l'allée, puis renouveler l'opération pour entrer dans l'atelier, et cela l'a épuisée. Elle n'a pas beaucoup mangé ni parlé à grand-monde. Elle en veut à Brendan, mais sera soulagée de le voir rentrer. Le téléphone est trop frustrant. Toby a pris l'appareil une fois et a dit à peu près dix mots, des formules toutes faites : *Comment ça va, nous ça va, as-tu reçu les photos ?*

« Oui, avait-elle répondu. J'aime bien ton nouveau chapeau.

– C'est un cadeau de Salomé. »

Elle t'a donné un chapeau. Je t'ai donné la vie. Voilà ce qu'elle pense en remplissant sa tasse de thé, vaguement consciente d'un léger bruit de succion dans le silence enneigé de l'atelier. Elle regarde le sentier, petit sillon à peine visible dans l'étendue blanche. Au moment où elle est certaine d'entendre des pas approcher, elle voit apparaître le braconnier.

Il marche d'un pas décidé, levant le pied haut à chaque pas, les bras levés à hauteur du coude pour garder l'équilibre. Il porte une veste à capuche, un pantalon de survêtement et des bottes en caoutchouc à tige courte, où la neige pénètre et s'entasse à chaque pas ; ni fusil, ni chien. Chloé reste figée, sa tasse de thé à la main. Des bribes de la conversation qu'elle a eue avec son patron reviennent bruire à sa mémoire, et la glacent. Lorsqu'il arrive à la terrasse, il lève la tête et la voit. Il s'arrête, lève une main, geste qui peut être défensif ou cordial, ou les deux. Il a les sourcils très froncés, le regard soucieux. De l'autre main, il repousse son capuchon, lui donnant ainsi l'occasion de bien le regarder.

Avec précaution, Chloé repose sa tasse, notant la position du téléphone portable sur la table à côté de son fauteuil. Elle entend l'entrepreneur lui dire : « Il est inoffensif. » Elle se répète ces mots comme un nouveau mantra en déverrouillant la porte vitrée qui les sépare et tire un bon coup pour l'ouvrir.

« Madame, dit-il aussitôt. Pardon. Moi très désolé.

— Vous m'avez fait une peur bleue, dit-elle.

— Il faut parler à vous. » Elle recule et lui fait signe d'entrer. « Venez à l'intérieur, il gèle dehors. » Mais il ignore l'invitation. « Vous, appeler Mr Hardy », dit-il. C'est une question ou un ordre ?

« Ah oui ? En effet.

— Vous, devoir appeler.

— Que voulez-vous ?

— Je ne chasse pas », dit-il avec application. Il a préparé sa phrase. « Je ne chasse plus. Pardon.

— Je suis ravie d'entendre cela.

— Vous, devoir appeler Mr Hardy. » Il tremble. De froid, d'un excès d'émotion ? Chloé ne peut le dire. L'air glacial entre, contournant le visiteur, et agresse le cou et les chevilles de Chloé, aussi insistant que la truffe froide d'un chien.

« Entrez. Il fait trop froid. Je ne peux pas rester dehors à vous parler. Il fait moins douze.

– Je fais quoi ? » demande-t-il, s'adressant à on ne sait qui. Mais il s'avance d'un pas à l'intérieur et Chloé referme la porte derrière lui.

– Je suis désolée de vous voir si ennuyé, dit-elle, mais je vous ai déjà dit l'année dernière de ne plus chasser sur ce terrain. »

Debout, adossé à la porte, il se tord littéralement les mains. « Je comprends pas, dit-il.

– Je vous l'ai déjà dit. L'année dernière. La chasse est interdite ici. Mr Hardy ne vous a pas dit ce que signifie "Chasse interdite" ?

– Vous, appeler Mr Hardy, dit-il.

– Pourquoi ? » Chloé recule. Le mal de tête qui l'a fait souffrir toute la matinée s'intensifie soudain. Il a migré derrière ses yeux et envoie des douleurs fulgurantes dans sa nuque et ses sinus. Elles se répercutent même dans sa mâchoire. « Pourquoi dois-je l'appeler ?

– Moi, perdre mon travail, dit-il. Je ne chasse pas. Vous, l'appeler.

– Arrêtez de me répéter ça », lance sèchement Chloé. Elle a dit à Mr Hardy qu'elle ne cherchait pas à faire renvoyer ce type ; elle voulait juste que quelqu'un lui explique qu'il ne pouvait pas circuler sur des terrains privés pour y chasser. Or il se trouvait que Mr Hardy avait horreur des chasseurs. Une de ses vaches avait été tuée accidentellement d'un coup de feu. « Comment peut-on tuer une vache par accident ? avait-il pesté. Le type n'avait même pas de permis de chasse. » Chloé avait fini par défendre le braconnier. « Il ne chasse que les lapins. Et il ne comprend pas bien l'anglais. Je voudrais juste que vous lui parliez.

– Connard de Zigor. Je vais m'occuper de lui, il ne sera pas déçu. »

Ainsi, il l'avait viré. Chloé fronce les sourcils et regarde le Basque désespéré. Elle ne peut rien pour lui et elle le sait. Pourquoi ne la laisse-t-il pas tranquille ? « Je n'essayais pas de vous faire virer », dit-elle.

Zigor la regarde d'un air interrogatif. Il va lui dire qu'il ne comprend pas, mais peu importe, parce que Chloé ne comprend pas non plus. Ce qu'elle vient de dire. Elle comprend que ce n'était pas ce qu'elle voulait dire, ce qu'elle avait en tête. Elle essaie de dire autre chose, des mots simples, son nom. « Zigor », dit-elle. Oui, ça sort correctement.

Il n'a pas bougé, mais son expression a changé : il paraît moins effrayé, et c'est tant mieux, parce que Chloé a des choses urgentes à lui dire. Le mal de tête s'enfonce comme une lame dans l'arrière de son œil droit et dédouble sa vision. Il y a deux Zigor à présent, l'un dans l'ombre vive de l'autre. Elle lève la main, tout engourdie et montre la table. « Le téléphone », dit-elle. Il ne bouge pas ; il va falloir qu'elle le prenne elle-même. C'est alors que ses jambes la trahissent et elle s'étale sur le sol.

« Madame, dit-il en se précipitant vers elle. Madame ! Il y a problème ?

– Téléphone », dit-elle. Ou du moins, c'est ce qu'elle essaie de dire. Par miracle, il la comprend, avise l'appareil et le saisit prestement. « Quoi je fais ? » demande-t-il. « Qui j'appelle ?

– Neuf, un, neuf », répond-elle, mais elle n'entend que le neuf.

– Oui, dit-il. Neuf, un, neuf. J'appelle. » Il compose le numéro. Ça capte mal dans l'atelier. Chloé est souvent obligée de sortir pour utiliser son portable, mais comment

223

le lui dire ? Elle ne comprend pas ce qu'elle fait par terre, coincée entre le plan de travail et la bibliothèque. Où est son thé ?

« La dame, tombée », dit-il dans l'appareil. Manifestement, il parle à quelqu'un. « Oui, venir maintenant. C'est urgence. »

L'engourdissement de sa main a atteint l'épaule à présent : Chloé sent comme une invasion d'insectes, pas des piqûres mais plutôt la palpitation de milliers de petites pattes.

« Adresse ! s'exclame Zigor. Quelle adresse ? »

Là, elle peut l'aider. « Quarante-sept », dit-elle. Mais seul le quarante sort de sa bouche. Elle essaie à nouveau. « Quatre, sept. »

« Quatre, crie Zigor dans l'appareil. C'est quatre. »

Non, idiot, se dit-elle. C'est quarante-sept. Il se penche sur elle. « Rue ? » dit-il d'un air encourageant.

Cette fois, ça va être la catastrophe et elle le sait. Le nom de la rue est Elmwood. Elle essaie, sans beaucoup d'espoir. L'un des côtés de sa bouche ne bouge plus du tout. Elle ne sait pas quel son en sort, mais elle concentre toute la force qui lui reste sur ces deux syllabes difficiles. Oui, dit-il en se redressant d'un bond. C'est Elm. Numéro quatre, Elm. »

Il y a une rue de ce nom dans la ville voisine, mais pas dans celle-ci. Peut-être s'en aviseront-ils. Ils doivent avoir l'habitude de ce genre de situation. Zigor secoue le téléphone. « Non, non, crie-t-il, j'entends pas. » Son anglais s'améliore de seconde en seconde. Il ne va pas tarder à annoncer que ça capte mal. « Un moment », dit-il en se redressant et en lui jetant un regard si désespéré que le cœur de Chloé s'emplit de pitié pour lui. Il ouvre la porte et se précipite sur la terrasse en tenant le téléphone vissé à son oreille. « Oui, maintenant, j'entends. » Des vagues de froid entrent derrière lui et la giflent comme une marée montante. Elle se souvient de la plage où elle était étendue les pieds dans l'eau il n'y a pas si longtemps, au Cap Cod. Une vague était arrivée jusqu'à sa taille, mouillant sa serviette. Toby était à côté, encore petit ; il faisait un château de sable. Il avait ri en la voyant se lever d'un bond. Un rire joyeux : la mer a pris ma mère par surprise. Elle avait ri aussi. Et la lumière était vive, si vive.

Mais ici, la lumière décline rapidement. Y a-t-il un variateur de lumière dans l'atelier ? Elle ne se souvient pas. Il y a un homme là-bas. Qui est-ce ? Brendan ? Non, elle ne le reconnaît pas. C'est un inconnu. Debout sur la terrasse, il regarde en direction de la forêt et crie : « Au secours, il faut aider. »

Et la forêt répond sans cesse : *Je ne vous comprends pas.*

« Au secours », crie l'homme à nouveau. Il a un accent qu'elle ne reconnaît pas. « Au secours. » Ce sont les derniers mots qu'elle entend.

Bien entendu, après cela, nous n'avons pas tardé à nous faire prendre, et de la pire façon possible. À cause de l'hostilité en ville, il était imprudent de se parler, même dans la rue. Tout le monde savait que la guerre était imminente. L'armée yougoslave avait assiégé Vukovar, où les habitants stockaient des provisions. Les Serbes de la Krajina bloquaient la route entre Split et Zagreb avec des troncs d'arbres. Mais nous continuions comme si les événements arrivaient ailleurs, comme si c'était une prise de bec qui serait réglée par nos dirigeants. Sûrement, ils ne nous lâcheraient pas les uns sur les autres, sachant quels étaient nos rapports. Nous regardions nos voisins avec méfiance, mais nous ne savions pas comment formuler ce que nous cherchions au juste, ni comment discerner les vraies rumeurs des fausses. Il n'y avait pas moyen de faire machine arrière. Comment cela arrive-t-il, Comment une guerre commence-t-elle ? Pas là-bas, mais chez nous.

Un jour on se lève, on va à la fenêtre et il y a quelque chose de différent, un changement si mineur qu'on ne le remarquerait pas si l'on n'était déjà aux aguets : une grille entrouverte dans la cour du voisin, une odeur de caoutchouc brûlé, un chien qui pleure devant sa porte. La guerre est ici. Elle a commencé.

Dans mon cas, ce furent deux camions arrêtés à l'orée du bois, et trois hommes, fusil à l'épaule, debout dans la poussière, en train de fumer.

Je n'avais pas vu Milan depuis dix jours. Chaque jour, je trouvais un prétexte pour sortir et filais dans les bois pour aller au hangar à outils, mais il n'y était pas. Nous n'avions aucun moyen de nous faire parvenir un message ; nous étions forcés de nous en remettre au hasard. Ce jour-là, j'avais passé la matinée dans la cuisine, à mettre en pots de la confiture de prunes et des légumes au vinaigre, sous les reproches de ma belle-mère qui disait que je ne stérilisais pas les bocaux comme il fallait et que nous allions tous mourir du botulisme. Puis nous nous sommes assis pour déjeuner, tous ensemble, et mon mari a parlé du temps, qui pour une fois était beau, mais sa mère lui a garanti que ça ne durerait pas et qu'une sécheresse ou une averse de grêle anéantirait la récolte. Les enfants étaient silencieux, même Andro, l'aîné, qui n'avait pas d'horreur à raconter. Après une matinée passée avec son père à couper du foin, il n'avait qu'une hâte, être libéré pour pouvoir retrouver sa bande et préparer de sales coups. Après leur départ à tous, j'ai débarrassé et bu une tasse de café. La vieille s'est endormie dans son fauteuil au milieu d'une tirade contre les Serbes, ces bouchers, ces paresseux. Dès que son menton a touché sa poitrine, j'ai passé la porte, toujours en tablier, et filé sans m'arrêter jusqu'au hangar. Je ne sais pas pourquoi, j'étais sûre qu'il serait là. De fait, il m'attendait, aussi impatient que moi. Nous avons foncé l'un sur l'autre comme deux trains et sans un mot, avons commencé à arracher nos vêtements. Il faisait chaud, nous étions tous deux en sueur, ce qui ne nous dérangeait pas puisque tout ce que nous voulions, c'était glisser l'un dans l'autre, hors du monde où nous étions. Nos baisers étaient si avides, il me serrait si fort que j'ai cru défaillir. Je me suis laissée glisser à genoux devant lui et l'ai pris dans ma bouche. Très loin, j'ai entendu sa voix. Il a dit « Mon Dieu ! » et j'ai cru que c'était de plaisir, mais ses mains qui étaient dans mes cheveux se sont crispées et il m'a tirée pour me faire lever. J'ai entendu un grand bruit, et vu mon fils Andro balancer une faux dans la fenêtre. En se fracassant, le verre est tombé en pluie sur moi. Andro hurlait des insultes. Milan a bondi vers la porte et l'a terrassé d'un coup de poing, puis il s'est mis sur lui pour le maintenir au sol. Vision d'horreur : mon amant nu à califourchon sur mon fils enragé. Tous deux s'insultaient et se menaçaient. J'essayais de me couvrir et de me débarrasser du verre en même temps. Par la fenêtre, je hurlais : « Ne lui fais pas de mal », mais ni l'un ni l'autre ne m'écoutait. Milan enfonçait le visage de mon fils dans la poussière et Andro pleurait et sanglotait en répétant : « Salope, putain, je te tuerai. »

Pendant que je me rhabillais, Milan a dit à mon fils que s'il soufflait mot de ce qu'il avait vu à qui que ce soit, sa famille mourrait le lendemain, compris ? Lui aussi mourrait, comme sa pute, Anelka, qu'il égorgerait lui-même.

C'était la première fois que j'entendais dire que mon fils avait une petite amie. « Rentre, Jelena, a dit Milan. J'ai encore deux ou trois choses à dire à ce sale petit espion.

— *Ne lui fais pas de mal* », ai-je répété avant de redescendre le sentier sans me retourner. En sortant du bois, je les ai vus, les trois hommes et leurs camions. Je ne me suis pas arrêtée et ils ne m'ont pas parlé, ils m'ont juste regardée. Ils portaient des vestes de style militaire, mais je n'en ai pas reconnu la couleur et je ne voyais pas les insignes. Ils n'étaient pas de Belgrade, en tout cas. L'un d'eux a glissé quelques mots à son voisin et tous se sont mis à rire. Je n'ai pas entendu, mais ça devait être une réflexion sur moi. J'ai gardé la tête baissée et j'ai pressé le pas sur le chemin qui me ramenait chez moi. C'est alors que j'ai compris, avant même de voir le camion de mon mari garé curieusement de biais à côté de la maison, que ça y était : la guerre était arrivée dans notre ville.

Dire qu'il fallait que ça tombe aujourd'hui, me suis-je dit en entrant par la porte de la cuisine. Mon mari est sorti en trombe de la chambre et m'a prise dans ses bras. « Où étais-tu ?

— J'étais allée me promener. Qu'est-ce qui se passe ? Pour-quoi es-tu rentré ?

— Ils ont pris le contrôle du poste de police. Ils ont rassemblé tous ceux qui s'y trouvaient, les ont emmenés à la rivière et les ont fusillés. Il paraît qu'il y aura un couvre-feu ce soir et que tous ceux qui sortiront après la tombée de la nuit seront abattus.

— Qui sont-ils ?

— Ils disent s'appeler "les loups". Ils sont de Knin.

— Je les ai vus, à l'instant. Ils étaient garés à côté du champ d'Ante. Où sont les enfants ?

— Ici. Mais pas Andro. Après qu'on a fini de couper le foin, il est parti. Tu l'as vu ?

— Non, ai-je menti.

— J'imagine qu'ils le renverront chez lui. Pour l'instant, ils disent à tout le monde de rentrer à la maison.

— C'est ce qu'ils t'ont dit à toi ?

228

– Oui. J'étais sur mon tracteur. L'un d'eux a traversé le champ et m'a dit que je n'étais pas en sécurité dehors, qu'il fallait que je rassemble ma famille et que je ramène tout le monde à la maison. J'ai demandé : "Qui êtes-vous" et il m'a répondu : "On est les loups de la ville des loups." J'ai cru qu'il plaisantait et j'ai ri. Alors il m'a dit : "Ce n'est pas une plaisanterie, et si tu n'en as rien à faire de ta famille, on la tue pour toi." »

Mon petit garçon est sorti de la chambre et a couru vers moi. Il avait écouté à la porte et a demandé : « Maman, qu'est-ce qui va arriver ?

– Rien. Il n'arrivera rien.

– Pourquoi est-ce qu'on ne peut pas sortir ?

– Parce qu'on est très occupés. Il y a beaucoup de travail dans la maison. Il reste toutes ces prunes, alors on va faire du clafoutis. Tu veux bien m'aider ? »

Je me suis donc mise à préparer un clafoutis avec mon fils. Ma petite fille est entrée. Elle sentait bien qu'il se passait quelque chose d'anormal, mais elle n'a pas posé de questions. Elle a grimpé sur les genoux de mon mari et lui a montré un morceau de dentelle qu'elle était en train de crocheter ; sa grand-mère lui avait appris et elle adorait ça.

« Que fait mémé ? lui ai-je demandé.

– Elle dort. Elle dort beaucoup. »

Nous sommes restés dans la cuisine, attendant Andro. Je ne savais si je devais souhaiter qu'il soit vivant ou mort. Nous étions tellement mieux sans lui, mais il est impossible pour une mère de souhaiter la mort de son fils, alors j'espérais qu'il rentrerait et ne dirait rien de ce qui s'était passé. Cela semblait sans importance, alors que pour lui, bien entendu, c'était la chose la plus importante du monde. Je le savais. Je savais qu'il me haïssait et me haïrait jusqu'à sa mort. Je pensais qu'il y avait une petite chance qu'il se taise pour protéger les autres, *en tout cas sa petite amie. Peut-être était-il allé chez elle et comptait-il y rester jusqu'à ce qu'arrive ce qui devait arriver.*

Mais il est rentré et l'enfer s'est déchaîné. Il faisait nuit ; le clafoutis refroidissait sur la grille du four. Nous avions dîné légèrement, de pommes de terre et de saucisses, et les enfants étaient dans la chambre avec leur grand-mère, occupés à un jeu de société. Mon mari et moi étions assis à table, inquiets, à parler. Il me disait que nous serions peut-être obligés de partir. Ils pourraient nous forcer à quitter la ville, puis ils pilleraient notre maison et la brûleraient. Il avait appris que c'était ce qui s'était passé en Slavonie, où ils étaient allés d'une maison à l'autre en ramassant tous les fusils avant de rassembler les habitants pour les faire sortir de la ville.

Nous avons entendu des pas dans la cour. Mon mari s'est levé pour regarder par la fenêtre. « C'est Andro. Il est sain et sauf. » Il a ouvert la porte et a appelé à mi-voix « Andro », comme s'il s'attendait à voir les « loups » bondir des fourrés et l'emmener avant qu'il ait eu le temps d'arriver à la porte. Une minute plus tard, Andro était dans la cuisine. En voyant son visage quand il a franchi le seuil, j'ai compris que mon sort était réglé. « Regarde, a dit mon mari, ils l'ont battu », mais il a écarté son père pour me tirer de ma chaise. Il m'a saisie par un bras et m'a donné du revers de la main une gifle si violente qu'elle a fait le bruit d'une assiette qui se cassait, puis il m'a jetée par terre. « Sale pute, a-t-il craché, paillasson. » Il a essayé de me donner des coups de pied, mais je me suis écartée vite ; son père l'a attrapé et pris à la gorge. Il a commencé à hurler lui aussi. « Qu'est-ce que tu fais, tu oses frapper ta mère !

— Ce n'est pas ma mère, c'est une pute, a dit Andro. Elle se met à genoux dans le hangar et elle suce des queues serbes ! Elle a trahi. Je vais la tuer. »

Je me suis assise, ai mis la main sur mon visage et les ai regardés se battre. Andro avait un œil gonflé et une lèvre fendue ; on aurait dit que ses vêtements avaient été lavés dans la boue. Son père le tenait, essayant de comprendre ce qu'il venait d'entendre. « Tu es devenu fou ? » a-t-il demandé.

Mon petit garçon est apparu à la porte de la cuisine. Je ne savais pas ce qu'il avait entendu ni ce qu'il avait compris. « Josip, retourne avec Mémé, a lancé mon mari sèchement. Ferme la porte et ne sors pas tant que je ne t'ai pas appelé.

— On voulait du clafoutis », a-t-il réclamé, le pauvre chéri. Je me suis relevée et suis allée jusqu'à la cuisinière. Andro s'est tenu tranquille et n'a rien dit. J'ai pris la parole : « Je vais vous apporter le clafoutis. Je prépare un plateau et vous ferez comme si vous étiez en pique-nique. » Le petit est reparti et j'ai descendu le plateau, où j'ai posé le clafoutis, des assiettes, des fourchettes, un pot de lait, des tasses, et je l'ai suivi. Dans la chambre, Josip a demandé : « Qu'est-ce qui est arrivé à Andro ? » J'ai répondu : « Il s'est battu. » Ma belle-mère m'a jeté un regard meurtrier, mais je l'ai ignorée. J'ai posé une part de clafoutis à côté de son fauteuil en disant : « N'effrayez pas les enfants avec vos contes horribles. » Elle s'est contentée de grogner et a saisi le clafoutis avec ses doigts. Quand je suis retournée à la cuisine, Andro était assis à la table, les bras étalés devant lui et mon mari était debout derrière lui. Des larmes ruisselaient sur son visage. « C'est vrai, ce qu'il dit ? » m'a-t-il demandé.

Je sentis mon cœur aller vers lui. J'aurais voulu le réconforter, mais j'étais la source de sa douleur. L'espace d'un instant, j'ai été tentée de nier, de lui dire qu'Andro mentait. Mais pourquoi un fils inventerait-il une histoire pareille sur sa mère ? Qui me croirait ? J'ai fermé la porte et y ai appuyé mon dos en soupirant : « Branko, tu mérites une meilleure épouse que moi.

231

– *Bordel de Dieu*, a crié Andro en repoussant sa chaise de la table. *Laisse-moi la tuer.* » Mon mari l'a repoussé et il est retombé sur sa chaise. « *Boucle-la*, a-t-il grondé.

– *Tu ne sais donc pas ce qui se passe dehors, pauvre paysan* », a riposté Andro. Mais il s'est rassis. « *Ils ont encerclé la ville. Ils vont nous tuer, famille après famille, et elle, elle baisait avec eux.*

– *Pas avec eux. Avec l'un d'eux. Un seulement.* »

Mon mari a pris ça comme une gifle. Il s'est pris la tête dans les mains et a reculé en titubant jusqu'au poêle. « *Qu'est-ce que tu as fait, Jelena ?*

– *Je te demande pardon.* »

Andro s'est penché et m'a craché dessus. J'ai senti sa salive couler sur ma jambe. « *Quand ils viendront nous chercher, je te mettrai devant moi et je dirai au premier : "La voilà, laisse-la te sucer la bite, et quand tu déchargeras dans sa bouche, éclate-lui la cervelle. Alors, je mourrai heureux."*

– *Tais-toi, Andro.* » Mon mari avait toujours la main sur les yeux pour ne pas me voir, pour que je ne voie pas son gros cœur brisé en mille morceaux. J'éprouvais plus de pitié que de culpabilité, même si je savais que j'étais la cause de ses souffrances.

« *Branko, ai-je dit, pourras-tu me pardonner ?*

– *Quelle famille de merde !* a craché Andro. *Que la terre rejette nos os.* »

J'ai senti tourner le bouton de la porte dans mon dos et ma belle-mère a croassé : « *Ouvrez cette porte.* » J'ai obéi. Elle nous a regardés, statue vivante du mépris, et a annoncé : « *Le gamin a sauté par la fenêtre.* »

J'ai hurlé « *Josip* » et me suis précipitée dans la chambre. Ma petite fille était assise sur le lit, les yeux écarquillés. « *Où est allé Josip ?* » a-t-elle demandé. Je me suis approchée de la fenêtre et j'ai regardé au-dehors. Il faisait nuit, mais j'ai

aperçu quelque chose qui bougeait près de la route. J'ai crié
« Josip ! » Branko est entré. « Tu le vois ? » a-t-il demandé, et
ma fille a répété sa question.

J'ai répondu : « Il est allé à sa leçon de musique. Tu restes
ici au lit et je vais aller lui dire qu'il n'y a pas de leçon ce
soir. » J'ai bousculé Branko qui m'avait suivie dans la cuisine.
Andro, qui avait décroché le fusil du râtelier, a aboyé à son
père : « Où sont les balles ? Tu as l'intention de rester assis et
de les laisser nous tuer tous ? »

Je me suis dirigée vers la porte en annonçant : « Je vais
chercher Josip.

— Oui, va donc dehors, a crié Andro. Ils t'attendent. Et
quand tu auras fini de baiser avec eux, reviens, que je puisse
t'envoyer une balle de la fenêtre.

— J'y vais, Jelena, a dit Branko.

— Non. Ils te tueront. Tu le sais. J'ai plus de chances que
toi. » Et avant qu'il ait pu m'en empêcher, j'étais sortie. Pourquoi Josip s'était-il sauvé ? Était-ce à cause des paroles qu'il
avait entendu son frère prononcer dans la cuisine ? Il était
assez âgé pour comprendre ce que j'avais fait, jusqu'à un certain point. Peut-être comprenait-il seulement que nous nous
disputions. Je suis arrivée au tournant où la route pénétrait
dans la ville entre deux rangées de grands tilleuls, une vue que
j'aimais bien d'habitude, car c'était l'un des rares charmes de
notre village. La lune était pleine, l'air tiède et parfumé, le
champ derrière les arbres parsemé de gros rouleaux de foin
coupé. Mais tout ce que j'éprouvais, c'était de la peur, et les
arbres obscurs semblaient se dresser au-dessus de la route
comme des tours de guet. J'aurais voulu crier le nom de mon
fils, mais je craignais d'attirer l'attention. Il régnait un silence
bizarre : on n'entendait même pas le chant d'un oiseau de
nuit dans les feuilles au-dessus de ma tête. De l'autre côté du
champ, j'ai vu un bâtiment qui brûlait : les flammes bondis-

saient par-dessus le toit, mais aucun son n'arrivait jusqu'à moi. Était-ce une grange ou une maison ? Le propriétaire faisait partie de la police. Était-il l'un des hommes assassinés ?

J'ai entendu trois coups de feu secs et me suis jetée contre le tronc de l'arbre le plus proche. « Ne bougez pas », a crié une voix d'homme, mais je n'ai pas pensé qu'il s'adressait à moi. Serrée contre le tronc, j'ai jeté un coup d'œil d'un côté. J'ai vu deux hommes debout en bordure du champ. L'un des deux avait un fusil braqué à hauteur d'épaule et visait quelque chose qui gigotait dans l'herbe quelques mètres plus loin. Il a tiré encore deux fois.

Je me suis dit : c'est un animal. Ils ont tué un cochon sauvage. Celui qui avait tiré a abaissé son fusil et l'autre est allé vérifier son travail dans l'herbe. Il a tâté le corps de sa botte. « Il est mort », a-t-il dit. Puis il s'est baissé pour soulever un bras menu. J'ai aperçu une manche de pyjama rouge à carreaux retroussée sur le coude.

Je suis tombée à quatre pattes et j'ai vomi par terre. Ils m'ont entendue. « Ne bouge pas », a dit l'homme au fusil, en levant son arme à nouveau à hauteur d'épaule. Son camarade est venu du champ à la course pour m'examiner.

Je me suis assise, me suis essuyé la bouche d'un revers de bras, et j'ai dit : « Tuez-moi.

— Qui c'est, celle-là ? La petite maman ?

— Oui. Vous venez de tuer mon fils.

— C'est ta faute. Personne ne doit sortir ce soir. Tu aurais dû le garder chez toi.

— Il a sauté par la fenêtre. »

L'homme au fusil s'est approché et ils se sont penchés sur moi. « Elle est jolie, a dit l'un d'eux. Tu crois qu'on la tue ?

— On va l'emmener.

— Il vaudrait mieux me tuer », ai-je dit.

Indésirable

L'un d'eux a ri. « Tu as raison. Ça vaudrait mieux pour toi. C'est pour ça qu'on t'emmène. » Il a mis le canon du fusil contre mon dos. « Lève-toi, pute oustacha. » Je n'ai pas bougé. « Si tu ne te lèves pas, on va te ligoter et te traîner.

– Je me fiche de ce que vous faites, assassins. »

Il a commencé à défaire sa ceinture en m'insultant. Quand l'autre m'a obligée à me lever, j'ai réussi à me dégager et me suis précipitée vers le champ où gisait le corps de Josip, mais ils m'ont attrapée avant que j'aie traversé la route. Alors j'ai hurlé et les ai suppliés de me laisser voir mon fils. En me giflant et m'insultant, ils m'ont attaché les mains derrière le dos. Puis ils m'ont passé une corde autour du cou et m'ont conduite comme si j'étais une chèvre, sur la route déserte, jusqu'au poste de police.

Il était illuminé, et c'était le seul bâtiment éclairé. Une douzaine des leurs traînaient sur les marches ou se tenaient dans la cour, à fumer et à faire les cent pas. Quand ils m'ont vue arriver en trébuchant derrière leurs camarades, ils ont applaudi et quelques-uns se sont rassemblés autour de moi pour m'accueillir avec des insultes lorsque j'ai monté les marches. Je n'en ai reconnu aucun, sauf un garçon d'environ dix-huit ans dont le visage m'a paru familier. À l'intérieur, il y en avait d'autres, qui se tenaient par groupes, buvant de la slivovitz au goulot et se montrant leurs armes. Jamais je n'avais vu autant de fusils dans le même lieu. Il faisait chaud dans la salle ; ils avaient posé leurs vestes sur les chaises et les bureaux ; les visages étaient rouges et luisants de sueur. Quand ils m'ont vue au bout de ma corde, ils ont lancé des plaisanteries. L'un d'eux a ramassé un fusil et a fait semblant de me tirer dessus. « Pan » a-t-il dit d'une voix forte. Un autre, absorbé dans une conversation près de la fenêtre, s'est retourné en entendant cela.

C'était Milan.

235

J'ai pensé, ah, bon, j'aurais dû m'en douter, mais jusqu'à ce moment-là, je n'avais pas soupçonné qu'il faisait partie du lot. Je l'ai regardé fixement, la nausée au ventre à nouveau, et ne sachant plus où j'en étais après tout ce qui s'était passé. Était-il possible que cet homme et moi ayons poussé des cris de passion extatiques quelques heures plus tôt ?

« Jelena, a-t-il dit. Qu'est-ce que tu fais là ? »

La réponse était si évidente qu'elle en était grotesque : j'avais les mains liées, une corde autour du cou, et deux coqs gonflés de fierté me tiraient derrière eux ; visiblement, je n'étais pas passée pour faire la causette. « On l'a trouvée sur la route, a annoncé l'un de ceux qui m'avaient capturée.

– Ils ont tué mon fils, ai-je dit.

– Andro ? »

Je n'ai pas pu répondre. « C'est vrai ? a-t-il demandé aux coqs.

– Il s'est précipité dans le champ, a répondu l'un, sur la défensive. On lui a dit de s'arrêter, mais il a continué à courir. » Milan était fâché, et les coqs s'étaient changés en moutons, j'en ai donc conclu qu'il était leur supérieur. « Détachez-la », a-t-il dit. Je n'avais cessé de le fixer, comme si mes yeux ne parvenaient pas vraiment à le saisir. On m'a libéré les poignets, on a passé la corde au-dessus de ma tête. Milan m'a pris le coude pour me conduire vers un bureau à l'intérieur du poste. Il a fermé la porte, s'est assis sur un bureau et a versé un verre de slivovitz. « Bois ça, m'a-t-il dit.

– Je n'en veux pas.

– Si, si, bois. Tu es en état de choc. » J'ai pris le verre et en ai avalé le contenu d'un trait. Milan avait raison. Ça m'a donné un coup de fouet.

« Qu'est-ce que tu faisais dehors ? Tu ne savais pas qu'il y avait un couvre-feu ?

236

– *Andro est rentré et a tout raconté à Branko. On se disputait. Josip nous a entendus et il a sauté par la fenêtre. Je lui ai couru après.*

– *Ah.*

– *Mais c'était trop tard.*

– *Alors, Andro lui a raconté.*

– *Oui.* » Il a pris le verre et s'est servi une rasade. J'ai poursuivi : « *Je ne peux pas rentrer à la maison.*

– *Non,* a-t-il admis.

– *Tu as l'air de commander ici.* »

Il a haussé les épaules.

« *Tu peux faire sortir ma famille ?*

– *On emmènera quelques personnes demain matin.*

– *Pas juste hors de la ville. Hors du pays. Tu peux les faire passer en Slovénie ?*

– *Je ne sais pas, Jelena.*

– *Vous avez tué mon fils. Tu me dois bien ça.* »

Il a avalé son verre. « *Et toi ?*

– *Je me moque de ce qui m'arrive. Quelle importance, maintenant ?*

– *Tu ne peux pas rester ici.*

– *Et pourquoi ?* » Il m'a lancé un long regard, où j'ai lu ce qui allait arriver, comme nous le savions tous deux. Ils allaient réduire la ville en cendres. « *Je sortirai à pied avec les autres,* ai-je repris. *Dis à ma famille que je suis morte. Branko ne partira pas s'il croit que je suis toujours en vie.* »

On a entendu des cris dans le bureau principal et dans la rue, et plusieurs coups de feu. Milan a ouvert la porte à la volée pour rejoindre ses camarades. Par la fenêtre ouverte, j'ai vu un vieillard, un fusil de chasse à la main, tituber en arrière, une main crispée sur l'œil. Du sang coulait entre ses doigts. Il insultait les hommes qui se moquaient de sa rage. Son fusil est tombé sur la route avec bruit. Un autre coup a été tiré, frappant à la poitrine l'homme qui est tombé à la renverse. Ses bras et ses jambes ont battu un instant au-dessus de son corps, puis sont retombés, formant des angles bizarres dans la poussière. Milan est apparu sur les marches et a lancé une remarque à deux des hommes. Ils ont ri. J'ai pensé, ma belle-mère avait raison à leur sujet. Des bouchers. Quelques-uns se sont rassemblés à la porte, m'examinant d'un œil froid, mais je n'avais pas peur. « Belle journée de travail, ai-je dit. Vous avez assassiné un enfant et un vieillard. » Ils m'auraient bien insultée, mais ils se sont retenus parce que Milan était revenu à l'intérieur pour donner des instructions à un jeune homme maigre au visage grêlé qui a hoché la tête à plusieurs reprises en me jetant de biais des regards coupables. Il me faisait penser à Andro. Les curieux se sont dispersés quand le garçon est sorti et que Milan est revenu dans le bureau. Il aime ça, me suis-je dit. Donner des ordres à des idiots et faire des plaisanteries écœurantes sur un mort. J'étais assise sur le bureau et l'ai regardé d'un œil noir quand il a fermé la porte. Il a secoué la tête et levé les yeux au ciel. La rançon du pouvoir, quel fardeau… « Je ferai ce que je peux pour les tiens, a-t-il dit. Quelqu'un les emmènera en voiture demain matin de bonne heure.

— Merci.

— Si Andro ne nous avait pas vus, tu pourrais partir avec eux.

— Mieux vaut qu'ils s'en aillent sans moi. » Il a pris un paquet de cigarettes dans sa poche et me l'a tendu. « C'était un coup de malchance, ce matin, a-t-il dit d'un ton pensif.

— Non, merci. » Il a tapoté le paquet, faisant sortir une cigarette et l'a mise entre ses lèvres pour l'allumer. « Ce n'était que ça ? ai-je demandé.

— Quoi donc ?

238

– De la malchance ? » *Enfin, il a croisé mon regard et vu la haine qu'il contenait.*

« C'est une guerre, Jelena. Je ne savais pas qu'elle arriverait et toi non plus.

– Mais tu n'es pas fâché qu'elle ait éclaté.

– C'était inévitable.

– Alors, tu savais qu'elle éclaterait. » *Il a froncé les sourcils, soufflé la fumée, contrarié par ma logique. Au-dehors, un camion s'est arrêté sur la pelouse, juste devant la porte.*

« Je te fais sortir maintenant », *m'a-t-il dit.*

– Je vais où ?

– Où veux-tu aller ?

– Pas en Slovénie.

– Alors tu ferais mieux d'aller vers l'est.

– Je m'en fous.

– Je t'emmènerais bien moi-même, mais je ne peux pas m'absenter maintenant.

– Non. Tu es un homme important. Je vois ça. »

Je me moquais de lui et il le savait, mais il ne s'est pas donné la peine de se défendre. À quoi bon ? « Bien, *a-t-il dit en ouvrant la porte,* pars le plus vite possible. » *Je l'ai suivi dans le bureau principal où circulaient ses hommes ; l'un d'eux chantait : on aurait dit un chien qui hurlait. Ils m'ont remarquée, mais n'ont fait aucune réflexion quand nous sommes passés pour aller jusqu'à l'escalier devant lequel attendait le camion. Le chauffeur a ouvert la portière et Milan s'est penché à l'intérieur pour lui parler. C'était un type jeune, la tête ronde, l'air naturellement hargneux. Mais il s'est montré respectueux devant Milan. Je n'entendais pas ce qu'ils disaient. Ils ont échangé des saluts grotesques et Milan s'est reculé.* « Bonne chance, Jelena », *a-t-il dit. J'ai grimpé, fermé la porte, et le garçon a mis le moteur en route. Le corps du vieillard bloquait le chemin et il a réussi à l'éviter, mais j'ai senti les roues qui heurtaient ses jambes. Je n'ai pas regardé en arrière.*

Alors, Milan vous a fait sortir ?

On peut dire ça comme ça.

Où êtes-vous allée ?

Pendant plusieurs kilomètres, le chauffeur ne m'a pas adressé la parole. J'étais trop choquée, trop submergée par la rage et le chagrin pour penser clairement. J'avais froid et mon corps était engourdi, malgré la chaleur qui régnait dans la cabine. Le camion cahotait sur la route pleine d'ornières. Il n'y avait aucun autre véhicule en vue. Au loin, j'ai aperçu une autre ferme en flammes. Elle devait brûler depuis quelque temps, parce qu'il n'en restait pas grand-chose. Je sentais les yeux du jeune type sur moi, qui ne m'ont pas lâchée jusqu'à ce que nous ayons dépassé la ferme.

« Des connaissances ? a-t-il demandé.

— Non.

— Dommage. » Ses yeux se sont posés sur mes seins et un moment sur mes genoux. Il a rétrogradé ; le camion a ralenti et est allé s'arrêter à l'ombre d'un arbre sur le bas-côté. « Alors dis-moi, sale pute oustacha, tu as cru que si tu te faisais baiser par un Serbe, tu n'aurais pas à te faire baiser par tous ? » Il a abattu brutalement la main sur ma cuisse et j'ai vu qu'il avait les ongles rongés, éraillés comme ceux d'un enfant.

« Non, ai-je dit, je n'ai pas cru ça.

— Tant mieux. Parce que je vais t'apprendre quelque chose, pauvre conne. » Il a approché ses lèvres de mon oreille et a chuchoté comme un amant : « Ils vont tous te baiser. »

Ce qui étonne Brendan, c'est qu'à aucun moment du long voyage de retour, qui le rapprochait heure par heure et minute par minute des conséquences du cataclysme, il n'avait eu le moindre pressentiment. Rationnellement, bien sûr, il sait qu'il n'avait aucun moyen de rien deviner, mais cela semble une piètre excuse face à l'énormité de sa surprise. Même à l'aéroport, en voyant Joan Chase l'attendre près de la porte des arrivées, les mains enfouies dans les poches de son manteau, sourcils froncés, passant les passagers en revue, sa première pensée avait été qu'il n'y avait pas moyen d'éviter la rencontre. Il avait donc pris son courage à deux mains, parce qu'il la considérait comme une enquiquineuse. Les yeux qui avaient croisé les siens étaient humides, pressants, mais il ne se doutait toujours de rien. « Joan, avait-il dit, qu'est-ce que tu fais là ? Tu pars en voyage ? » Alors seulement il s'était rendu compte que peut-être, elle était venue l'attendre ; que c'était elle qui était là au lieu de Chloé. Elle avait fait un pas en avant, posé la main sur son bras tandis que les larmes ruisselaient sur ses joues, et elle avait dit avec un calme remarquable : « Brendan. Il est arrivé un grand malheur. »

Maintenant, deux semaines plus tard, ce moment ressort avec une clarté glacée. Les heures précédentes, le départ de Trieste, le changement d'avion à Milan, la nourriture d'avion infecte pendant le long vol transatlantique sont flous ; ils recèlent fort peu de détails lorsque la mémoire les passe en revue. Mais cet instant à l'aéroport, la pression légère de la main de Joan sur son avant-bras, la sensation de nausée et de consternation pendant qu'elle parlait, l'interruption déplacée d'une annonce par les haut-parleurs concernant les bagages sans surveillance, la valise rouge de l'homme qui l'avait bousculé pour passer, tout cela est fixé dans sa mémoire, avec la clarté et l'abondance de détails d'une scène d'opéra.

Sans conteste, Joan a su gérer cette situation avec sensibilité et efficacité. Brendan a envers elle une dette dont il ne pourra peut-être jamais s'acquitter. C'est elle qui a guidé l'ambulance quand le Basque, suant et soufflant, est apparu sur le pas de sa porte, hors d'haleine, en répétant son refrain : « Il faut aider, madame tombée. » Joan était à l'hôpital quand on avait déclaré Chloé morte ; elle avait fait les démarches nécessaires pour qu'on l'y garde jusqu'à ce que les proches parents soient prévenus. Après quoi, elle était allée à leur domicile et avait cherché le carnet de Chloé, où était notée l'heure d'arrivée du vol de Brendan. Elle avait agi avec calme et compétence ; ensuite, elle était venue tous les jours, apportant un plat mitonné ou une tourte, comme si Brendan était infirme et risquait de se laisser mourir d'inanition. Lorsque Toby était arrivé, elle s'était courtoisement effacée, se contentant de téléphoner chaque jour pour demander si elle pouvait être utile au père et au fils en deuil, bien que, à l'évidence, ce ne fût pas le cas.

Lorsque Brendan avait appelé Toby à Trieste, la première réaction de celui-ci avait été l'incrédulité. Il avait répété à plusieurs reprises : « Ce n'est pas possible », puis avait annoncé : « J'arrive par le premier avion. » Un fois de retour, il était clair qu'il avait décidé de se concentrer sur le malheur de son père, et de jouer le rôle du fils aimant. Il avait participé aux décisions nécessaires : y aurait-il enterrement ou crémation ? Quel genre d'office fallait-il choisir ? Devait-on porter plainte contre le Basque, ou le considérer comme impliqué d'une façon ou d'une autre ? Joan y tenait farouchement. Pourtant, il n'y avait aucune preuve que l'homme ait touché Chloé ; au contraire, tout indiquait qu'il avait essayé de lui sauver la vie. « Mais il était là, soutenait Joan. Il lui a fait une peur mortelle. Qui sait ce qu'il lui a dit ? Elle se sentait très menacée, nous le savions tous.

– Maman n'avait pas peur de lui », avait protesté Toby.
« Elle l'avait déjà vu en face à face », avait renchéri Brendan. Les médecins avaient conclu à l'infarctus, soudain et
massif, qui avait pu être provoqué par divers « facteurs »
d'origine coronaire. Chloé avait une tension élevée depuis
un certain temps, avait rappelé son médecin à Brendan.
Lors de sa dernière consultation, elle s'était plainte de pal-
pitations, symptôme assez courant chez les femmes de son
âge. En fait, les accidents ischémiques cérébraux, tel était
le nom qu'on avait donné à ce qui était arrivé à Chloé,
n'étaient pas exceptionnels chez les femmes de son âge. Si
on l'avait amenée plus tôt à l'hôpital, elle aurait peut-être
survécu, elle aurait peut-être été paralysée, partiellement
ou totalement, à vie. Personne ne pouvait en être sûr.

Brendan l'avait vue, couchée sur une plaque réfrigérée à
la morgue de l'hôpital, le corps recouvert d'un drap de
plastique vert, les cheveux dégageant le visage, qui était
pâle, cireux et curieusement réconfortant, si caractéristique
et pourtant comme vacant. C'était la demeure qu'elle avait
occupée récemment, mais elle l'avait quittée. Brendan
avait eu l'impression de pouvoir lui parler. Et il avait dit :
« Ma chérie. Oh, mon amour. » Alors, il avait pleuré, les
épaules secouées de sanglots déchirants, pendant que le
préposé attendait pour remonter le drap sur le visage.
Brendan ne s'était pas excusé ; il était bon et normal qu'il
pleure ; ses larmes servaient d'exutoire à son chagrin qui,
pour l'instant, était presque insupportable. Enfin, il s'était
détourné, s'essuyant les yeux avec le mouchoir qu'il avait
pris soin d'apporter, puis était sorti pour signer les papiers
nécessaires.

Toby n'avait pas vu sa mère. Cela aurait pu se faire,
mais il avait refusé. Chloé avait été hostile à l'habitude
d'exposer un cadavre ; elle trouvait cette pratique barbare,

et son fils aussi. Pour lui, elle était partie. Elle avait souhaité être incinérée, ce qui fut fait aussitôt. Toby avait eu l'idée d'enterrer l'urne contenant ses cendres dans le joli cimetière sur la colline à côté de leur maison, dont elle avait souvent admiré la situation sereine. « Je n'aime pas l'idée de disperser maman », avait dit Toby franchement à son père.

Maintenant, tout est terminé, l'office funèbre, l'enterrement, le bref déluge de fleurs, les cartes de condoléances et les notes de remerciement. La vie doit continuer. Pour Brendan, ce n'est pas un processus compliqué, encore qu'il soit déprimant ; mais Toby, lui, est très préoccupé. Il voudrait retourner auprès de sa femme, qui l'appelle chaque jour, mais il doit clarifier certaines affaires avant de repartir. L'une de celles-ci, sujet sensible au sein du jeune couple, se nomme Branko Drago.

« Salomé veut le rayer de son existence, explique Toby à son père. Mais j'estime qu'elle devrait lui pardonner. Il a cru que Jelena était morte et il avait des enfants à élever. Il a fallu qu'il recommence à zéro dans un nouveau monde. » Ils sont dans l'atelier de Chloé ; leur mission est de le déblayer ou, plus exactement, de se faire une idée de ce qui s'y trouve au juste. Toby prend une miche moisie de pain aux raisins et la met dans un sac-poubelle.

« Est-ce qu'il sait maintenant que Jelena est vivante ? » demande Brendan. Il tient la tasse de Chloé, encore à moitié pleine de thé au lait. Elle devait être en train d'en boire quand le Basque est apparu. *Tu n'as pas fini ton thé, ma Chloé,* pense-t-il en vidant la tasse dans l'évier.

« Oui, il est au courant. Je l'ai appelé avant de quitter New York. À moins que ce ne soit lui. Il me téléphonait trois fois par jour. Je ne pouvais pas faire autrement.

– Il a eu l'air surpris ?

– Il a eu l'air inquiet.

– Tu crois qu'il était déjà au courant ?

– Va savoir. Je pense qu'il avait des doutes, enfin, il devait en avoir, non ? Mais après toutes ces années… Et puis si Jelena l'avait voulu, elle aurait pu le retrouver, et sans doute bien plus facilement qu'il n'aurait pu la retrouver elle. C'est ce que je crois, mais je ne peux pas le dire à Salomé.

– Elle a sûrement pensé la même chose.

– Tout ce qu'elle voit, c'est qu'elle a retrouvé sa mère, et que c'est la faute de son père si elle en a été privée.

– Et Jelena, que dit-elle ?

– Elle refuse d'aborder le sujet. Tu sais comment elle est. Elle vit au jour le jour. Elle dit seulement : "Le passé est le passé."

– Ah bon », dit Brendan. Il voit très bien Jelena en train d'écraser sa cigarette pendant que sa fille, dont elle a été longtemps séparée, lui ressert une tasse de café et que l'enfant handicapée qu'elle a arrachée aux dents de la guerre se roule en boule comme un chien pour dormir à ses pieds. « Que vas-tu faire ?

– Je pense dire la vérité à Branko. Et il faudra ensuite que je répète à Salomé ce qu'il m'a dit.

– Oui, convient Brendan, tu seras obligé de le lui répéter.

– Qui sait, peut-être que Branko et Jelena pourraient se remettre ensemble, dit Toby, l'innocent. Ils sont seuls l'un et l'autre. » Il examine une pile de livres posés à côté du fauteuil de lecture de Chloé. « Je ne savais pas que maman s'intéressait aux Tsiganes, dit-il. Brendan le rejoint. Sur le dessus se trouve un énorme livre de photographies intitulé *Les Rom,* où figure en couverture une famille miteuse rassemblée près de sa cuisinière dans un camp de fortune. Au

245

premier plan, un petit garçon de dix ans environ, la main appuyée contre le front, fixe sur l'appareil ses yeux noirs hostiles. Derrière lui, une vieille emmitouflée dans plusieurs couches de tissus à ramages brandit une cuiller en bois. Brendan prend le volume et l'ouvre de façon à voir le rabat de fin. C'est un livre de bibliothèque, dont la date de retour est maintenant passée. « Elle cherchait Heathcliff, dit-il.

– Pardon ? » Toby s'est approché d'un tas de chemises empilées sous la table à dessin.

« Pour son livre. Elle pensait que Heathcliff était sans doute un gitan, alors elle cherchait un type physique. »

Toby sort une chemise et en feuillette distraitement le contenu. Elle renferme des dessins, la plupart au crayon et à l'encre : un renard qui marche sur ses pattes de derrière, un chien qui tourbillonne comme un derviche, et dans lequel Toby reconnaît le chien de la voisine. « C'est le chien de Joan, non ? » demande-t-il à son père en lui tendant la feuille. Brendan la prend et se met à rire. « Fluffy ! Il est parfait. Je le ferai encadrer pour le donner à Joan. » Toby admire une page couverte de croquis de faucons : en vol, perchés sur une patte, un détail d'une tête ou d'une aile déployée. « Maman était douée pour dessiner les oiseaux », annonce-t-il. Il soulève la feuille et regarde la suivante.

« Oh, non ! » s'exclame-t-il à mi-voix. Soigneusement, il pose la chemise ouverte sur la table et se détourne en se frottant l'arête du nez avec le pouce et l'index. Derrière lui, Brendan s'approche pour voir. C'est Salomé, les poings sur les hanches, impassible mais rebelle, ses cheveux fous servant de nid d'insectes. Il avise la légende écrite lisiblement au bas de la feuille : *Sauve qui peut, voilà la fille aux frelons.*

Quelle malchance que Toby soit tombé sur ce dessin. De plus, il est ressemblant, impossible de le nier.

« Voilà comment elle nous voyait : des êtres risibles, dit Toby.

– Elle ne pensait pas à mal, affirme Brendan.

– Non. C'est juste un de ses dessins. » La voix de Toby se brise sur ce dernier mot. Les larmes affluent et ruissellent ; un sanglot lui échappe ; il ne résiste pas, un autre suit. Brendan voudrait le réconforter, mais les circonstances – le dessin cruel, le sarcasme qui l'a provoqué – ont teinté la tristesse d'amertume, et il sent que rien de ce qu'il pourrait dire ne consolera Toby. De fait, les phrases qui lui viennent à l'esprit – *elle t'aimait beaucoup, elle ne cessait de penser à toi* – sonnent creux et faux, comme s'il cherchait à excuser Chloé. Toby s'assoit dans le fauteuil de sa mère, se couvre le visage des mains et pleure sur l'indicible. Son père se tait et attend. Aux murs, les images que Chloé a façonnées si patiemment, jour après jour pendant tant d'années semblent attristées au son du chagrin de son fils. « Jamais elle n'a laissé la moindre chance à Salomé, se lamente Toby à travers ses larmes.

– Elle aurait fini par revenir à de meilleurs sentiments, dit Brendan. Elle vous trouvait tous les deux trop jeunes.

– Elle trouvait que nous étions tous les deux des idiots », rétorque Toby, et Brendan entend clairement la voix de Chloé, tout près de son oreille, qui dit : « *C'est un idiot.* »

Toby l'entend peut-être aussi, car il se lève d'un bond, saisit le dessin, le déchire en deux, le roule en boule et l'envoie vers le poêle. Brendan est scandalisé, comme si Toby avait frappé sa mère. « Assied-toi, dit-il sèchement. Calme-toi. Un peu de respect pour ta mère. »

Toby se tourne vers lui : « Comment veux-tu que j'en aie ? » s'exclame-t-il, mais sa colère se dissipe aussi vite qu'elle a flambé, et il en a honte.

« Alors, pardonne-lui. C'est la moindre des choses.

– Je sais, admet Toby. J'y arriverai un jour, mais c'est encore trop tôt. » Il examine la pièce, la tanière de sa mère, où il était toujours le bienvenu. Lorsqu'il était enfant, il y venait après l'école et elle interrompait toujours son travail, quel qu'il fût, pour lui préparer un chocolat chaud et des tartines grillées, lui poser des questions sur sa journée, et lui dire ce qu'elle pensait de ce qu'il pensait. « Je ne peux pas rester ici, dit-il d'une voix assez calme. Je te retrouverai à la maison. »

À la porte, il se retourne.

« Soit, dit Brendan. Je rentre d'ici un petit moment. » Il observe les épaules courbées de Toby qui remonte lourdement le chemin enneigé vers la maison.

Le temps est clair, très froid et sans vent. Quand Brendan s'était levé, il faisait moins quinze. Il avait enfilé plusieurs couches de vêtements et s'était mis en devoir d'aller à l'atelier pour allumer le poêle, conscient de remplir une tâche dont s'acquittait Chloé chaque matin, bien qu'elle n'ait jamais laissé la température y baisser autant. Les fenêtres étaient couvertes de givre. Il s'était accroupi devant le poêle pour mettre du petit bois dans les flammes vacillantes. Le bois sec avait pris facilement. Bientôt, la pièce serait un refuge tiède dans un univers de glace. Mais un refuge pour qui ? Brendan avait essayé de toutes ses forces de repousser l'image de Chloé étendue par terre, près de la porte ouverte, tandis que l'air froid la recouvrait, glissait sous elle, l'entraînant vers le monde souterrain. Mais il la sentait là, en train de perdre conscience, de lutter contre l'obscurité envahissante, décidée à se battre pour regagner le monde de la lumière. Le feu crépitait joyeusement, envoyant des langues de chaleur qui léchaient ses mains et son visage gelés. Il s'était dit tristement : « Je suis vivant. Mais ma femme est morte. »

248

Toby se répète mentalement le message qu'il va laisser sur le répondeur quand la sonnerie est interrompue par le « Allô » bourru de Branko. Pourquoi n'est-il pas sur le bateau ? « Bonjour, Branko. Toby à l'appareil. » Dans la pause qui suit, il se demande s'il devrait ajouter son nom de famille. Mais non, c'est ridicule. Après tout, il est le gendre de cet homme.

« Ah, Toby, dit Branko. Ne raccroche pas. Il faut que je te parle. » Toby reste en ligne et entend un flot de croate, un échange entre Branko et une tierce personne. Il ne doit pas s'agir d'Andro. Les voix sont animées, mais pas pressantes, et les réponses de Branko brèves, comme s'il recevait des informations. Quelle langue ! pense Toby. Arriverai-je jamais à la comprendre ? Notre enfant la parlera-t-il ? Serai-je un étranger dans ma propre famille ? Enfin, la conversation s'achève et Branko dit : « Oui, Toby, je suis à toi. Il se passe beaucoup de choses terribles ici et j'ai hâte de savoir que Salomé rentre avec toi.

– Quelles choses terribles ? Il s'agit du bateau ?

– Non, de mon fils. Il a été arrêté. C'est très grave. »

Super, pense Toby. Le frère a tué quelqu'un. « Je suis navré d'apprendre ça, dit-il.

– On s'en sortira. J'ai engagé un avocat, un bon, mais très cher.

– Andro est accusé de quoi ?

– C'était un accident. Il s'est battu, et l'autre a été envoyé à l'hôpital. Et puis il est mort.

– Homicide involontaire, dit Toby.

– Ah. Un mot compliqué que je ne connaissais pas. Dismoi, Toby, d'où tu appelles ?

– De New York.

– Ah, tant mieux ! Et Salomé est avec toi ?

249

– Non. Elle est toujours à Trieste.

– Elle revient quand ? Comment elle va ? Elle se porte bien ?

– Très bien.

– Je me fais tellement de souci pour elle que je ne dors plus.

– Vous n'avez aucune raison de vous inquiéter. Elle aide sa mère ; elle veut passer du temps avec elle.

– Bien sûr. Ça je le comprends.

– Jelena a eu des moments très difficiles, mais elle se débrouille bien maintenant. Elle travaille dans plusieurs endroits et elle a recueilli une petite fille qui a perdu sa famille pendant la guerre.

– Ah bon », dit Branko. Un silence s'installe entre eux. Toby se lance. « Salomé vous en veut encore, parce qu'elle pense que vous auriez dû vous donner plus de mal pour essayer de retrouver Jelena, mais je crois qu'elle changera d'avis. Jelena a le téléphone. Je pourrais vous donner le numéro pour que vous l'appeliez là-bas.

– Tu crois que Salomé va y rester combien de temps ?

– Nous avons tous les deux demandé une permission d'absence à l'université. Donc nous pouvons rester jusqu'en septembre, mais je ne sais pas si nous le ferons. C'est difficile à dire. Le bébé est attendu en juillet, alors il nous faut décider où nous voulons qu'il naisse.

– Mon petit-fils doit naître en Amérique, déclare Branko.

– Je suis américain, dit Toby. Donc mon fils sera américain, où qu'il naisse.

– Tu espères que ce sera un fils. Moi aussi. »

Agacé, Toby se frotte la mâchoire. Il est difficile de retenir longtemps l'attention de Branko sur le même sujet.

« Ça m'est égal, en réalité, dit-il. Vous appellerez Salomé ?
Qu'est-ce que je lui dis ?

– Qu'elle m'appelle. Elle peut le faire en PCV.

– Impossible, Branko, elle vous en veut trop.

– J'attendrai jusqu'à ce qu'elle arrête de m'en vouloir.
Dis-le-lui. Elle sait que je l'aime. Dis-lui que j'attends
qu'elle m'appelle.

– Et pour Andro, je lui dis ?

– J'ai tout raté, comme père. Mes enfants me tournent
le dos.

– Je ne lui dirai pas.

– Toby, il faut que tu rentres finir tes études.

– Je sais. Je reviendrai. Mais Salomé a besoin d'être avec
sa mère pour l'instant, et moi, j'ai besoin d'être avec elle.

– Tu retournes là-bas quand ?

– La semaine prochaine. Il faut que je débarrasse notre
appartement et que je mette nos affaires chez mes parents.
Après ça, je rentrerai.

– Dis à Salomé que j'ai hâte d'entendre sa voix.

– D'accord. Je le lui dirai. »

Branko dit : « Attends », et lâche un flot de croate. Une
autre voix lui répond, une voix de femme cette fois.
« Toby, reprend-il, il faut que je te laisse. J'ai rendez-vous
avec l'avocat dans pas longtemps.

– D'accord. Je transmettrai à Salomé ce que vous m'avez
dit.

– Je l'aime. Elle me manque. Dis-le-lui, Toby.

– Promis. J'essaierai de la persuader de vous appeler.

– Au revoir, Toby. Tu es un bon fils, mon seul fils.

– Au revoir, Branko. » La communication est coupée.
Toby écoute le bourdonnement un moment avant de rac-
crocher. Il se rend compte qu'il n'a même pas dit à son

beau-père que sa mère était décédée. Il n'a pas pu placer la nouvelle.

La zone des entrepôts est un décor récurrent dans ses rêves. C'est là qu'il rencontre les morts. Ses parents, un cousin tué au Vietnam, Moira, une Irlandaise avec qui il est sorti quelquefois à l'université, et qui s'est suicidée, le Pr Brasher, son directeur d'études, qui a expiré en lisant la thèse d'un étudiant – heureusement pas celle de Brendan –, et maintenant, Chloé. Elle s'avance vers lui sur un quai, passe devant les portes béantes des entrepôts. Une odeur de résine flotte dans l'air ; ça sent le goudron et les balles de coton. Il entend l'eau bouillonner sous la jetée, claquer contre les points d'amarrage entourés de cordages. Chloé a retrouvé ses cheveux longs, sa peau luit dans l'air marin. Elle porte une robe d'été qu'il a toujours aimée, au corsage noir ajusté sur une ample jupe à petits pois et – détail bizarre qui signe un rêve – elle fume. Quand elle s'approche, il remarque qu'elle est inquiète. Ses yeux cherchent les siens ; elle tire sur la cigarette, puis l'écrase du bout de sa sandale. Un coup de vent soudain lui soulève les cheveux comme un nuage doré, fait voler sa jupe de-ci, de-là. Elle parle mais il n'entend pas ses paroles ; le vent les emporte. « Quoi ? hurle-t-il. Qu'est-ce que tu dis ? » Il tend la main pour prendre les siennes.

« Où est Toby ? demande-t-elle dans la bourrasque.

– À Trieste. » Brendan ouvre les yeux dans la froide lumière du matin qui baigne leur chambre. « Il est à Trieste », répète-t-il.

Sous la douche, il tâte les bleus encore sensibles au dos de sa main droite, témoins pâlissants de sa récente incursion, la dernière peut-être, sur la scène de la désobéissance civile. D'abord, il s'était dit qu'il n'irait pas. Personne ne s'attendait à l'y voir ; Chloé était morte depuis un mois à peine. Si David Bodley l'avait invité à se joindre à ses collègues, qui partaient en groupe, c'était, il l'en avait assuré, par pure courtoisie. « On ne veut pas que tu te sentes exclu, avait-il dit. Mais on comprend tout à fait que tu n'aies pas envie de rester debout dans la rue par moins dix sans raison. »

Cela devait être une des manifestations internationales prévues dans plus de trois cents villes du monde. Colin Powell avait brandi sa fiole de sable aux Nations-Unies et averti que si elle contenait le bacille du charbon — ce qui n'était manifestement pas le cas –, il pouvait provoquer des ravages. La police de New York avait refusé d'autoriser la manifestation, sous prétexte de sauvegarder la sécurité du public, et les rigolos des services de sécurité de l'intérieur avaient placé la barre encore plus haut en changeant le code de l'éternelle alerte à l'attentat terroriste pour la faire passer à l'orange. On conseillait au public de s'approvisionner en feuilles de plastique et d'être prêt à s'enfermer chez soi. Le Pentagone avait mis en marche la grande machine de guerre ; pas moyen de l'arrêter. Tony Blair lui-même avait fini par le remarquer. David avait raison : à quoi bon y aller. Il ferait froid et ce serait une journée affreuse ; mais il n'y avait pas non plus de motif de s'abstenir. « Merci, avait répondu Brendan, mais je tiens à participer. Chloé n'aurait pas laissé passer ça, alors je me dois d'y aller. »

Le train était bondé. Une foule joyeuse, tous âges et toutes races confondus, agitait pancartes et drapeaux et essayait de faire de la place aux files attendant sur les quais des stations desservant la gare centrale. La manifestation allait être importante, tout le monde était d'accord là-dessus. À la gare, le flot s'était déversé dans la rue, où des policiers maussades renvoyaient tout le monde vers les quartiers résidentiels. Il régnait une ambiance bon enfant ; la foule se dirigeait vers la Première avenue, le plus près possible de la 51ᵉ rue, mais on voyait bien qu'on la détournait de sa destination. Il faisait un froid vif, la police était de plus en plus hostile. Les participants, remontant péniblement la Troisième avenue vers le nord, dévièrent au carrefour dont l'accès était interdit par des barrières en métal, des uniformes et des matraques : 57ᵉ, 61ᵉ, 68ᵉ rues. Enfin, à la 73ᵉ rue, on leur avait fait traverser la Troisième avenue en direction de la Deuxième, mais sans les laisser tourner vers le sud. Brendan et ses compagnons avaient protesté à travers leur cache-nez. David Bodley s'était arrêté pour sermonner les flics, leur rappelant que les citoyens respectueux de la loi avaient le droit d'attendre de la politesse de la part des officiers ayant juré de maintenir ladite loi. Un cri avait jailli d'un groupe juste devant eux qu'un policier à cheval avait coincé contre la vitrine d'un restaurant. Un manifestant était tombé. Le cheval avait replongé dans la rue, forçant la foule à se disperser. Brendan avait reculé lorsque l'animal puissant avait obliqué dans sa direction, et c'est alors qu'il s'était aperçu qu'il se trouvait à l'intérieur d'un enclos barricadé. De l'autre côté de la rue s'était élevé un nouveau cri : « Laissez-les sortir, laissez-les sortir », et une brigade en uniforme s'était ruée dans la foule pour refermer le périmètre où étaient parqués les manifestants. La pression à l'arrière était si forte qu'il était difficile de tenir debout. « À quoi ça rime, tout ça ? avait glissé David à Brendan.

– C'est ridicule », avait convenu Brendan. On avait fait circuler une fois de plus l'information selon laquelle le maire était en Floride. Le dos contre la barrière, Brendan apercevait un début de bagarre, car la foule refusait d'entrer dans l'enclos bondé. Il pensa – ce qui lui arrivait parfois maintenant – qu'il était heureux que Chloé ne voie pas ça. Derrière lui, la barrière céda et un groupe près du coin se mit à hurler, puis les gens se relevèrent en chancelant, enjambèrent les grilles de métal pour se trouver nez à nez avec les policiers en furie qui leur avaient envoyé des jets de poivre. Brendan perdit l'équilibre et se retrouva à genoux. Tout cela était tellement inutile, se dit-il.

Des manifestants se bousculèrent pour essayer d'éviter le cheval tout proche. Un genou heurta Brendan au côté et un homme tomba sur lui. « Pardon », dit-il lorsque Brendan s'étala sous son poids. Il sentait l'odeur du cheval, dont les sabots dansaient tout près, mais ne le voyait pas. Une douleur fulgurante lui traversa la main. « Attention », hurla une voix, et l'homme roula de son dos, le libérant. Brendan s'assit, étreignant sa main, et vit la croupe du cheval s'éloigner vers le nord, créant des remous dans son sillage. Tout en restant prudemment à distance afin d'éviter un coup de sabot dans la poitrine, il se releva en chancelant et suivit la croupe mouvante sur une centaine de mètres, vers l'extrémité où se trouvait une issue.

Sa main, traversée de douleurs lancinantes, était brûlante dans son gant ; il redoutait de la regarder. « Pour moi, c'est terminé », dit-il à la cantonade, car ceux qui s'écrasaient contre lui avaient tous des protège-oreilles ou des capuches doublées de fourrure. Il tourna vers l'ouest, tête baissée, serrant sa main blessée contre sa poitrine. En se plaquant contre les murs des immeubles, il put remonter à contre-courant de la foule. Ses collègues étaient convenus d'un point de rendez-vous au cas où ils seraient séparés : un bar du centre-ville, loin de la manifestation, un endroit charmant, confortable, avec des fauteuils profonds en cuir et une cheminée. C'était là qu'il avait envie de se trouver. La politique devrait attendre. *Je me suis fait marcher dessus par un cheval, vous vous rendez compte !* leur dirait-il. Un verre serait le bienvenu.

Son gant lui avait sauvé la main, avait déclaré son médecin ; il n'y avait aucune fracture. Au cours des jours suivants, sa main avait enflé de façon alarmante, viré au noir, bleu, vert et jaune. Alors que les satellites peuvent photographier les insectes sur une feuille depuis l'espace intersidéral, la presse s'était repliée sur la vérité universellement reconnue selon laquelle il est impossible d'estimer le nombre des personnes présentes dans les rues. On avait admis que les manifestations avaient été impressionnantes, et qu'on pouvait compter plusieurs millions de participants. Interrogée sur sa réaction à l'expression de l'indignation mondiale, Condoleeza Rice avait répondu que peu importait ce que pensaient les gens.

Dans la cuisine, Brendan noue la ceinture de son peignoir et pose la cafetière sur le brûleur. Maintenant qu'il fait du café pour lui seul, il a choisi un pot plus petit et un mélange plus corsé. Il met une cuillerée de sucre en poudre dans sa tasse et quand le café gargouille, il le verse en tournant distraitement sa cuillère. Un glaçon qui pend de l'avant-toit goutte avec régularité : c'est la première fois depuis des semaines qu'il fait au-dessus de zéro. Le ciel est blanc, duveteux, comme le ventre d'une oie énorme. Brendan se souvient de son rêve en gagnant son bureau et allume l'ordinateur. Pourquoi Chloé fumait-elle, elle qui détestait les cigarettes ?

Dans ses e-mails, il trouve un message de Toby. C'est plus facile, maintenant qu'il a un ordinateur. Plus d'appels manqués, ni de conversations hâtives dans une cabine pour ne pas faire grimper la facture téléphonique de Jelena.

Toby annonce qu'il a donné des cours d'anglais à deux étudiants. Salomé travaille à temps partiel dans une boulangerie et ils ont enfin trouvé un petit appartement dans le quartier. Naturellement, ils ont besoin d'argent, mais pas de beaucoup. Il demande seulement s'il peut tirer trois cents dollars sur la carte. Ils vont tous bien. Jelena envoie ses amitiés à son « cher historien ».

Cette dernière phrase le fait sourire. *Mon cher historien.* Il entend le ton légèrement moqueur qu'elle y a mis, pas inamical, presque indulgent. *Envoie-lui mes amitiés.*

Quand il lui avait dit sa profession, elle avait ri. « Historien ! Par exemple ! Tudjman était historien, vous savez. Notre auguste président, le *Docteur* Tudjman. Tout le monde savait qu'il avait un diplôme de troisième catégorie obtenu dans une université de cinquième catégorie. Il a écrit un livre qu'il a appelé livre d'histoire, pour prouver que les Serbes exagéraient le nombre des morts de Jasenovac. Stratégie nationaliste serbe typiquement "chetnik", disait-il. Nous autres Croates, nous devions dépasser notre complexe de Jasenovac. Nous n'avions rien à nous reprocher.

– C'était quoi, Jasenovac ? avait demandé Brendan.

– Un camp de la mort. Au sud de Zagreb. Ça se passait pendant la guerre, sous la domination des Oustachis. Il y a eu beaucoup de morts là-bas. Beaucoup de Serbes et de Tsiganes.

– Tudjman avait raison ? Les Serbes avaient exagéré ?

– Qui sait ? Et qui s'en soucie ? C'était le début de la fin en Yougoslavie. Imaginez que le Premier ministre allemand ait écrit un livre disant que les juifs avaient exagéré le nombre de morts à Auschwitz. Qu'ils essayaient juste de culpabiliser davantage les Allemands. Pensez-vous qu'on s'y laisserait prendre et que les juifs le toléreraient ?

257

– Il y a des gens qui nient l'existence de l'holocauste.

– Oui. Combien ? Peuvent-ils être élus ? Ils vont en prison quand ils disent ça. Alors que Tudjman a été salué comme un homme de savoir qui rétablissait la vérité. Les gens l'admiraient ; ils l'ont pris au sérieux et l'ont élu président. Aussitôt, il a banni le drapeau yougoslave et rétabli le blason croate, le *sahovnica* qui, pour les Serbes, ne signifie qu'une chose : Oustachis. Il flottait partout, le monde entier était enveloppé dans ce damier. Et puis, le gouvernement a commencé à renvoyer les Serbes occupant des postes dans la police, ainsi que ceux qui étaient enseignants, médecins et même agents de tourisme. Les Serbes étaient trop nombreux dans ces secteurs : telle était la version officielle. Ensuite, il est devenu impossible d'obtenir un passeport ou de tirer de l'argent à la banque sans une carte prouvant que vous étiez d'origine croate. On racontait que Tudjman et Milosevic avaient passé un accord : "Vous excitez vos assassins, j'excite les miens et on se partage le butin." » Elle avait exhalé sa fumée avec impatience. « Ce n'est pas difficile de provoquer une guerre si on sait comment réécrire l'Histoire. On ressort d'anciens griefs, on verse de l'essence dessus et on distribue les allumettes.

– Je ne suis pas de ces historiens-là.

– Bien sûr que non », avait-elle répondu. Et à partir de ce moment-là, elle l'avait appelé *mon cher historien*.

Brendan prend une fiche dans sa pile. Bien sûr que non. Il n'écrit pas le genre d'histoire susceptible de provoquer une guerre. Et d'abord, son public se limitera à ceux qui s'intéressent à des événements datant de sept cents ans, un lectorat assez limité. Il lit la fiche. *On voyait souvent des processions de flagellants sur les routes traversant l'Europe. Pénitence publique = Psychothérapie du XIIIe siècle ?*

Pourquoi a-t-il écrit cela ? Parce qu'il a songé que Frédéric les avait vus voyager en groupes ou vagabonder en solitaires, condamnés par l'Église à errer sans relâche, en se fouettant sur les routes construites par les Romains mille ans auparavant. Savaient-ils que les pierres qu'ils tachaient de leur sang avaient été posées par des esclaves capturés dans les lointaines provinces de l'Empire, les lugubres forêts de Germanie, les prairies verdoyantes des îles britanniques ? Par des sauvages aux cheveux blonds et au teint rose, qui croyaient aux esprits des arbres et aux fées ? Les soldats qui les enchaînaient et les remmenaient en Italie consultaient des vierges et des trous creusés dans le sol, lisaient les présages et édifiaient des autels à un panthéon de dieux capricieux. Si le maître battait parfois l'esclave pour qu'il obéisse, aucun des deux ne méprisait son propre corps. Au reste, les dieux des Romains trouvaient parfois les mortels si attirants qu'ils faisaient l'amour avec eux, ce qui engendrait des catastrophes. Ils auraient considéré la mortification de la chair comme une forme de démence.

Mais Frédéric Hohenstaufen était le *Saint* empereur romain, et avec ce mot *saint*, le corps était devenu un problème. En cheminant sur les routes pour surveiller ses vassaux, superviser la construction de ses châteaux et de ses pavillons de chasse, Frédéric avait dû croiser des processions de flagellants se frappant sans relâche pour faire sortir le diable de leur corps renié par l'Église et le dieu qui l'avait créé. Brendan se préoccupe toujours de donner à ses lecteurs une idée du monde de Frédéric, de son aspect, ses odeurs, du goût de la nourriture et des activités des gens ordinaires. Alors, il avait noté cette réflexion sur une fiche pour ne pas l'oublier.

Il regarde au verso et lit la référence. Un mouvement à la fenêtre attire son regard. C'est Mike qui rentre après une nuit de carnage pour finir de se rassasier avec le contenu de son écuelle. Bien que ses réflexions l'aient distrait, la Mélancolie, sa nouvelle compagne, suit Brendan jusqu'à la porte quand il va ouvrir au chat. Mike se frotte contre la jambe de son maître. Tout en prenant dans le pot une mesure de croquettes, Brendan se rappelle que Chloé est partie depuis deux mois et trois jours. Il fait froid dans la cuisine. Les premiers flocons de neige tombent doucement, le glaçon goutte toujours. « On a l'impression que ça fait plus longtemps, dit-il au chat en vidant la mesure dans l'écuelle. Tu ne trouves pas ? »

Je n'avais pas peur. J'étais au-delà de la peur. Nous avons franchi quelques postes de contrôle, où le garçon est descendu du camion pour faire les cent pas et échanger avec les autres les dernières nouvelles. Tous paradaient avec leur fusil ou leur revolver pour montrer leur importance. Ils ont regardé dans le camion pour me voir et ont ri quand le chauffeur leur a dit que j'étais sa captive. Ils ont pointé leurs armes sur moi en m'insultant. L'un d'eux m'a craché dessus en m'annonçant qu'on allait m'égorger tout de suite, à quoi bon attendre, et qu'il serait heureux de le faire, mais mon chauffeur a dit qu'hélas, il avait des ordres et ils nous ont laissés passer. Nous nous dirigions vers le sud-est. Je me suis dit que nous devions être près de la frontière bosniaque. Ce qui allait m'arriver ne m'intéressait guère ; je m'attendais au pire. Mon seul souci, c'était de savoir si Milan m'avait dit la vérité en m'annonçant qu'il ferait passer ma famille en Slovénie. Je ne savais même pas s'il avait autorité pour cela, et encore moins s'il le souhaitait. Je me disais que dans son code pervers de macho, il devait éprouver une sorte de respect pour mon mari, sans doute parce que Branko était le seul honnête homme à des kilomètres à la ronde, et parce que lui, Milan, le cocufiait régulièrement. Cela pourrait le disposer à faire un geste honorable au moment où il s'apprêtait à détruire un village. Mais beaucoup de gens voulaient la peau d'Andro, et Branko ne partirait pas sans lui. J'ai pensé à ma pauvre petite fille et à toutes les histoires horribles qu'on avait entendues à la radio et à la télévision sur ce que faisaient les Serbes aux enfants et aux vieillards. Je m'efforçais de ne pas penser à Josip, à ce bout de manche de pyjama que j'avais vu, à son petit bras menu, à la botte qui pressait son flanc dans l'herbe raide du champ, coupée de frais. Je ne voulais pas pleurer devant la brute qui me conduisait. J'essayais de deviner où nous nous trouvions, mais il faisait nuit. La route semblait se dérouler à l'infini entre des champs de céréales. Les collines avaient cédé la place à la plaine. Au loin, j'ai aperçu le dôme d'une église vaguement éclairé, sans doute par les réverbères de la rue voisine. Une ville, que je n'ai pas reconnue. Un grondement de moteurs s'est intensifié devant nous et à la fin d'un virage, j'ai vu que nous arrivions dans une forêt de phares allumés, un convoi militaire qui s'étendait à perte de vue. Camions, voitures blindées, il y avait même un tank avec des soldats en tenue de camouflage brandissant des mitrailleuses au-dessus de la tourelle. Le jeune conducteur a arrêté le camion, aplatissant un carré de tournesols qui se sont inclinés de mauvaise grâce comme des spectateurs curieux. Le véhicule de tête a ralenti sans s'arrêter, reconnaissant à l'évidence la légitimité de notre présence. Mon compagnon a fait un signe par la fenêtre, échangeant avec son collègue des saluts et des cris d'encouragement. Il a continué à agiter le bras et à manifester son enthousiasme stupide pendant qu'ils nous croisaient, l'un après l'autre. Ça a duré longtemps. Quand ils ont été enfin derrière nous, il s'est tourné vers moi, les yeux brillants d'excitation. Je me demandais où ils s'étaient procuré un tank, mais *je n'allais pas manifester la moindre surprise.* « *Ils vont à Zagreb* », *m'a-t-il annoncé. Il a remis le camion sur la route et repris son chemin dans une obscurité aussi aveuglante maintenant que les phares de tout à l'heure.* « *C'est de là que tu es, non ?*

— Comment le savez-vous ? »

Pour toute réponse, il a répété ma question en imitant mes inflexions à l'identique, me signifiant par là que j'avais l'accent citadin qu'il méprisait particulièrement.

« *Vous y êtes déjà allé ?* » *ai-je demandé.*

Il a ricané en guise de réponse. Zagreb, me suis-je dit. Y aurait-il des fusillades dans la vieille cité où mon père, aigri, terminait ses jours ? Ma mère était morte d'un cancer l'année où Josip était né. Mon père ne le lui avait jamais pardonné. Mon frère lui aussi les avait déçus : il avait épousé une Hollandaise et était parti en Hollande, où il travaillait dans l'affaire de son beau-père, qui s'occupait de fournitures pour restaurant. La dernière fois que j'avais vu mon père, il n'avait qu'une idée en tête : déshériter mon frère. Il refusait même de voir mes enfants. Quand il parlait d'eux, il disait « *les enfants du paysan* ». *Je l'avais laissé à son hostilité qui, à l'évidence, l'aidait à vivre. Maintenant, il pourrait cristalliser sa rage sur un nouvel objet : la présence de soldats dans les rues de Zagreb.*

La route s'est rétrécie et j'ai vu quelques réverbères. Nous étions arrivés dans un petit village tout en murs blancs et toits de tuiles rouges, avec des roses et du chèvrefeuille grimpant partout, des portes fraîchement repeintes en bleu. Pas une âme en vue. Un village de carte postale étalé le long d'une grand-rue, avec guère plus d'une dizaine de carrefours. Il cédait ensuite la place à d'autres champs de céréales. À l'intersection de deux champs, nous avons tourné sur un chemin de terre et sommes passés devant une grange, un poulailler, avant d'arri-

ver devant un entrepôt en béton. Le chauffeur s'est garé à côté d'autres voitures arrêtées devant le bâtiment. La porte était ouverte, laissant voir de la lumière. Deux hommes en tenue de camouflage sont sortis et l'ont regardé descendre du camion. « Qu'est-ce que tu nous amènes ? » a demandé l'un d'entre eux, et le garçon s'est mis à rire. « Une merde », a-t-il répondu. Pendant le bref échange qui a suivi, les hommes ont regardé par-dessus l'épaule du jeune chauffeur pour me jauger. Je n'entendais pas ce qu'ils disaient. Enfin, il est revenu et a ouvert la porte. « Descends, a-t-il dit. Tu es arrivée. » Je l'ai suivi jusqu'aux hommes qui souriaient en me regardant, comme si ma vue les amusait profondément. « T'en fais pas, petite ménagère, a dit l'un d'eux, on va bien s'occuper de toi. » Je me suis alors aperçue que j'avais toujours mon tablier. À l'intérieur, il y en avait quatre autres, assis autour d'une table, à jouer aux cartes et à boire. « Tu restes ? a demandé l'un d'eux au chauffeur. Tu veux un verre ?

— Je rentre, a-t-il dit. Demain matin, j'ai le bus à conduire. Je vais emporter une bière. » On lui a passé une bouteille et il est retourné à son camion. Mais avant d'y remonter, il a ouvert sa braguette et a pissé dans la poussière. « Bravo », a dit l'un des hommes, tandis qu'un autre faisait une réflexion sur les avantages pratiques de la vie à la campagne. Après son départ, l'un des hommes s'est tourné vers ceux qui étaient assis et a dit : « Eh bien, on a une invitée pour la nuit.

— Elle a une langue ? a demandé l'un.

— Tu as une langue ? a répété l'autre. Comment tu t'appelles ? »

J'étais debout, malade de fatigue et de haine, sans une étincelle d'espoir. Les hommes attablés ont relevé la tête l'un après l'autre, curieux de voir si j'allais parler. Celui qui était le plus près de moi s'amusait tellement qu'il arrivait à peine à contenir son rire ; il s'est penché vers moi, les narines fré-

263

missantes. *Je me suis dit, il me renifle. Levant la main vers ma joue, il l'a tapotée, comme s'il voulait me faire revenir à moi. J'ai levé les yeux et vu sa curiosité rapace, cruelle. J'ai repoussé sa main et j'ai reculé pour marquer mon mépris. J'ai dit « Jelena.*

— Jelena », at-il répété en minaudant, et un cri s'est élevé de la table :

« Jelena !

— Eh bien, Jelena, a-t-il dit, qu'est-ce qu'on va faire de toi ? »

Je n'ai pas besoin de vous dire ce qu'ils ont fait de moi, mais ils n'ont pas essayé de me tuer. Ils ne m'ont pas battue, ne m'ont pas pissé dessus ni sodomisée ni étranglée. Tout cela est venu plus tard. Ils se sont plus ou moins relayés. J'ai perdu conscience plus d'une fois et, chaque fois, je me suis réveillée dans une partie différente de la pièce : à plat ventre sur la table, sur le dos par terre, les poignets liés devant moi à un tuyau du mur. J'ai du mal à me souvenir de ces scènes ; à cet égard, la mémoire est miséricordieuse. À un moment, on m'a donné de l'eau, en approchant un verre de ma bouche. Le matin, quand je me suis réveillée, j'étais étendue sur une couverture dans un coin de la pièce, mes vêtements empilés à mes pieds. Tous les hommes étaient partis, remplacés par une vieille qui tournait une cuiller dans une marmite sur un réchaud près de la porte. Elle m'a montré un seau d'eau et donné un chiffon avec un morceau de savon. J'ai demandé : « Qui êtes-vous ? » mais elle n'a pas voulu parler. J'ai dit : « Il faut que j'aille faire pipi. Il y a des toilettes ici ? » Pour toute réponse, elle a montré le champ. Je suis sortie, nue comme j'étais, et me suis accroupie dehors. La douleur était intense. J'ai vu que je saignais, mais assez peu, parce que j'étais à vif à l'intérieur. Je suis retournée près du seau et me suis lavée tant bien que mal. Chaque muscle me faisait mal et je voyais des bleus se former sur mes seins, mes flancs et mes cuisses. J'étais couverte de piqûres de moustiques qui me déman- geaient. Je me suis rhabillée et dirigée vers la porte. La femme m'a fait signe de m'asseoir et m'a apporté une tranche de pain, un morceau de fromage et une tasse en alu emplie de café amer. Il était tôt, il ne faisait pas encore chaud et les champs bourdonnaient d'insectes. J'ai mangé en regardant les épis qui bruissaient. C'était une scène bucolique, paisible et sereine. Au bout d'un moment, on a entendu un bruit de moteur. Un bus est arrivé en brinquebalant et s'est garé devant nous. Quand les portes se sont ouvertes, le chauffeur de la veille a sauté au sol, suivi par neuf des plus jolies filles de notre ville.

Elles étaient toutes affolées et en larmes. Certaines avaient du sang sur leurs vêtements. Un autre soldat est sorti derrière elles et les a fait entrer dans le bâtiment en menaçant d'abat- tre la première qui désobéirait. J'en connaissais certaines de vue. L'une d'elles était la fille d'Ante Govic, dont la ferme était voisine de la nôtre. Je ne pouvais pas les rassurer sur ce qui les attendait, mais je suis entrée avec elles pour essayer de les calmer. Elles étaient toutes plus jeunes que moi, de dix ans au moins. La fille d'Ante – Maja, elle s'appelait – est venue vers moi, m'a mis les bras autour du cou en sanglotant. « Ils ont ouvert la porte à coups de pied, ont tiré sur mes parents et mon frère ; ils ont même tué le chien. » Une autre fille a dit : « Ils ont fait monter tous les hommes de notre rue dans un camion et les ont emmenés. Après, on a entendu des coups de feu dans les bois. Ça a duré longtemps.

– Il y a des gens qui se sont échappés ? ai-je demandé.

– Ils ont rassemblé des femmes et des enfants et leur ont dit de partir à pied, a répondu une fille. Ils ont mis le feu à notre grange et nous ont forcées à écouter les pauvres vaches qui ne pouvaient pas sortir », a ajouté une autre en pleurant. C'était encore une enfant, pas plus de quinze ans. « Pourquoi ne

m'ont-ils pas tuée aussi ? » *Comment pouvais-je lui dire ce qui allait lui arriver ?*

Plus tard dans la journée, quatre des hommes de la nuit précédente sont revenus, tous dans le même camion, et le jeune type du bus est reparti. L'un d'entre eux m'a hélée : « Jelena ! On est de retour. » Mon cœur s'est serré en les voyant circuler parmi les jeunes femmes, leur demander leur nom et les zyeuter. Mais ce soir-là, ils ne nous ont rien fait. Quand la vieille a dit que son ragoût était prêt, nous nous sommes mises en rang pour recevoir un bol de soupe aux haricots et un morceau de pain. Les hommes jouaient aux cartes, criaient, chantaient, et nous ignoraient. Nous nous sommes blotties près de la porte. L'un d'eux est sorti, puis est revenu avec des couvertures et un seau qu'il a posé dans un coin. « Voilà vos toilettes », a-t-il dit. Cette nuit-là, deux d'entre eux seulement sont restés, à fumer et à bavarder, chacun d'un côté de la porte, le fusil sur les genoux. Nous avons étalé nos couvertures et nous sommes étendues. Il faisait chaud, on entendait le bruit des mousti-ques tournant autour de nous, celui de sanglots qui ne s'arrê-taient jamais, et l'odeur du seau nous arrivait par bouffées nauséabondes. J'avais les yeux secs. Je me disais : Maintenant, les miens sont morts et j'aurais dû mourir avec eux. Je savais que j'étais en vie pour la raison précise qui aurait dû me valoir la mort, ce qui était une cruelle ironie du sort. On aurait dit que tout ce que je méritais, c'était d'être en vie parmi ces hommes qui me tueraient peut-être – ou peut-être pas –, qui, assurément, me maltraiteraient de toutes les manières imaginables et, sur ce plan, je les créditais d'une grande imagination. Rien en moi ne désirait plus vivre.

Le lendemain matin, le bus est revenu. Quelques filles en sont sorties et sont restées debout dans la poussière, à la pointe des fusils, puis on nous a toutes regroupées avant de nous faire remonter dans le bus qui nous a emmenées. Les fenêtres avaient été badigeonnées de noir, pour que nous ne puissions pas voir à l'extérieur. Deux hommes étaient assis à l'avant, tournés vers nous, le fusil sur les genoux. Je ne sais pas combien de temps a duré ce voyage, quelques heures, et puis le bus s'est arrêté sur un parking. On nous a fait descendre une par une et on est restées là, debout, à regarder ce qui devait être notre prison pendant de longs jours à venir. C'était un restaurant de campagne, une vieille Konoba[1] au toit de tuiles rouges, garnie d'un auvent sur le devant, où autrefois se trouvaient des tables et des chaises, où des clients s'installaient pour boire, manger, bavarder et rire. L'enseigne, criblée de balles, était encore lisible, et en la voyant, je me suis pincée pour être sûre de ne pas rêver. Un soldat m'a enfoncé le canon de son fusil dans le dos en gloussant. Elle disait « Konoba Jelena » Je me suis retournée pour regarder la brute hilare derrière moi et j'ai demandé : « Où sommes-nous ? » « Là où tu as toujours été, pute oustacha. En Serbie. »

Nous y sommes restées je ne sais pas combien de temps. Nous étions quinze au départ. Notre nombre a augmenté et diminué à mesure que d'autres filles étaient amenées, qu'on en emmenait certaines, où, nous n'en savions rien. Une est morte. C'était une Bosniaque, une fille de seize ans seulement. Elle a perdu tout son sang après une séance particulièrement brutale dans ce que nous appelions « l'autre pièce ». Nous vivions tant bien que mal dans l'ancienne salle à manger. Nous avions repoussé les tables contre les murs et dormions à même le sol sur nos couvertures. Nous n'avions à manger que des haricots avec un peu d'huile et de sel, parfois un os pour donner du goût, et de temps en temps une miche de pain. Ils étaient toujours quelques-uns à nous garder avec leurs insultes

1. Terme dalmate désignant une cave à vin.

et leurs fusils. Le soir, ils débarquaient en groupes et se compor-
taient comme s'ils venaient dans un genre de bordel. Et ils nous
faisaient ce qu'ils faisaient aux pensionnaires des bordels, ce
qui m'a donné pour ces femmes une compassion que je n'avais
jamais éprouvée auparavant. Ils se rassemblaient dans
« l'autre pièce » en riant et en vidant leurs bouteilles de slivo-
vitz ou de bière, dont ils avaient d'inépuisables provisions, et
envoyaient leurs gardes chercher une ou deux d'entre nous. Ils
connaissaient nos noms. Comme j'étais la plus vieille, j'étais
la moins sollicitée. Parfois, quand ils rejetaient une fille épui-
sée pour en faire venir une autre, ils nous servaient un couplet
selon lequel nous devions leur être reconnaissantes. Si nous
savions ce qui arrivait dans les villages, nous disaient-ils, nous
comprendrions notre chance. Nous étions nourries, logées, et
nous serions mères de bébés serbes. Ils engendraient la
prochaine génération de Serbes avec nous, c'était un honneur.
Et puis ils tiraient l'une d'entre nous dans l'autre pièce, la
couvraient d'injures et claquaient la porte à notre nez de
veinardes.

Ce discours sur les bébés serbes me laissait perplexe ; il était
répété assez souvent pour avoir l'arrière-goût d'une ligne du
parti. S'imaginaient-ils sérieusement que nous serions capables
d'aimer ou même de désirer un enfant conçu par la force en
un tel lieu ? C'était de la démence pure et simple.

Pendant la journée, quand ils étaient partis assassiner,
piller et brûler le monde, nous parlions d'eux, de la façon dont
nous pourrions leur survivre, ou nous échapper. Notre situa-
tion était décourageante. Même en admettant que nous par-
venions à nous sauver, nous ne savions pas où nous étions.
Eux, si. Nous serions certainement rattrapées et fusillées. La
seule façon, nous étions d'accord là-dessus, c'était que l'un
d'entre eux se désolidarise du groupe et nous aide. Hypothèse
improbable, mais il y avait des moments où, quand la plupart

d'entre eux étaient ivres morts, un mot ou un regard pouvait pénétrer le voile toxique de peur et de haine régnant dans « l'autre pièce ». Ils étaient en général jeunes : des gamins en liberté qui s'amusaient avec leurs queues engorgées et prenaient plaisir au carnage. À mon avis, jamais on ne devrait laisser des armes à feu aux jeunes mâles. Le contact du fusil leur donne une érection, et tant que le fusil ou la queue n'est pas vidé, il ne peut y avoir de paix.

Ils savaient ce qu'ils faisaient, mais ne voulaient pas le savoir. Nous discutions de la meilleure façon d'établir le contact avec eux, de ceux qui étaient faibles et d'autres, des brutes endurcies. Parfois, quand on était bâillonnées et qu'on ne pouvait rien dire, le mieux était de fermer les yeux et de se murer en soi-même. On pouvait aussi les regarder et essayer de croiser leurs yeux, ce qui arrivait parfois avec un jeune mal dans sa peau. Sans bâillon, il était possible de parler. Une fois, j'ai soufflé : « Que dirait ta mère si elle te voyait ? » Grosse erreur. Je me suis fait gifler à m'en décoller la tête. Une fille a dit : « Dieu te pardonne », et une autre : « Je te pardonne », paroles inutiles à mon avis, et mensonges évidents. Nous en sommes arrivées à la conclusion qu'il n'y avait qu'une phrase efficace, qui pouvait provoquer des largesses étonnantes. Une fois, j'ai obtenu une poignée de cigarettes, et Maja, une miche et une boîte de sardines. En choisissant le bon moment, si on réussissait à croiser le regard de l'animal qui vous baisait, on pouvait dire : « Toi, tu n'es pas comme les autres. »

Je ne veux pas dire que nous pensions un seul instant avoir un quelconque pouvoir sur eux. Nous vivions dans la peur permanente et nous avions si peu à manger que nous étions constamment affamées. Si l'une d'entre nous ne voyait pas venir ses règles, nous l'assurions toutes que c'était parce que nous mourions de faim, et dans certains cas, je suis certaine que c'était vrai. Quand ils étaient partis, nous n'allions *jamais dans « l'autre pièce », même si rien ne nous en empê-chait. Nous ne nous approchions pas de la porte. Nous avions un seau pour quinze, mais un évier de cuisine, et nous pas-sions beaucoup de temps à essayer simplement de rester pro-pres. La journée s'écoulait lentement, mais nous ne pouvions souhaiter l'arrivée d'une autre nuit. Je crois que chacune nourrissait une étincelle d'espoir de voir cesser la folie, les soldats disparaître et de pouvoir sortir au soleil.*

Quelques-unes des filles sont devenues folles sous les sévices. Elles essayaient de se faire du mal. Un jour, Anka, une ravis-sante fille de vingt ans, s'est assise contre le mur et a commencé à s'y cogner la tête. Nous l'avons tirée en arrière et elle s'est écroulée dans mes bras. Je lui ai dit : « Ils ne sont pas déjà assez cruels avec toi ? Comment peux-tu vouloir que ce soit encore pire ? » Une autre fille, une Bosniaque elle aussi, et musulmane je crois, s'est écriée : « Pourquoi nous haïssent-ils ? Pourquoi veulent-ils nous humilier ? » J'ai essayé de trouver une réponse qui puisse l'aider. « Si un chien te pisse dessus, si un cheval t'envoie un coup de sabot, crois-tu qu'il veuille t'humilier ? Non, tu te dis : C'est juste un animal stupide et dangereux. Il ne sait pas qui je suis, il ignore tout de moi. Avec eux, c'est pareil. Tu n'as rien à te reprocher car ce sont des animaux. Ils ne souhaitent plus être humains : c'est un choix qu'ils ont fait. Regarde les noms qu'ils se donnent : "les loups", "les tigres". Ils sont ridicules. »

La fille a hoché la tête et réfléchi à mon raisonnement. L'une des autres, une paysanne du village voisin du mien a dit avec un sourire désabusé : « Les aigles. »

« Les aigles, a répété une autre. Ils devraient s'appeler "les vers de terre". » Nous avons toutes ri. « Les mollusques », a dit une autre, ce qui a provoqué de nouveaux gloussements. « Les asticots », a suggéré une autre. Nous avons ri aux larmes.

Indésirable

Quand la Bosniaque est morte, les rires ont cessé. Cela prend longtemps de saigner à mort, et beaucoup de sang. Nous les avons suppliés de faire venir un médecin, mais ils nous ont ignorées. Elle gisait sur sa couverture, à même le sol, hébétée, fiévreuse, les yeux dilatés de peur, sans prononcer un mot. Cela a pris toute la nuit et toute la journée. Le lendemain soir, quand ils sont venus et que nous leur avons dit qu'elle était morte, ils n'étaient pas contents : « Vous ne pouviez donc pas vous occuper d'elle ? » a dit l'un d'eux, comme si c'était notre faute.

Les jours ont raccourci. L'air s'est rafraîchi. Nous n'avions pas de nouvelles de l'extérieur. C'était comme si nous étions hors du temps. Essayer de rester en vie, aider ces jeunes femmes à vouloir rester en vie m'épuisait plus que les soirées avec nos ravisseurs. Paralysées par l'ennui, nous nous querellions parfois, puis c'étaient des larmes, des accusations, et enfin un désespoir engourdi.

Un soir, nous avons entendu des explosions au loin et avons vu des éclairs rouges zébrer le ciel, obscurcis par des nuages de fumée. Nos gardiens ont essayé de nous empêcher de nous approcher des fenêtres. Ils étaient nerveux, inquiets, parlant tout seuls, prêts à tirer. Est arrivé un petit camion d'où ont sauté deux soldats. Il y a eu un conciliabule, avec des regards fréquents dans notre direction. Puis ils ont ouvert la porte et nous ont ordonné de sortir en file indienne pour monter dans le camion. « Il n'est pas assez grand », a dit une fille. En guise de réponse, on lui a collé le canon d'un fusil contre la poitrine, avec l'ordre : « Passe la première. » Une par une, nous sommes sorties nous ranger sous l'auvent. La soirée était très froide. Je suis restée derrière pour ramasser quelques couvertures. «Laissez-nous les emporter, ai-je dit au soldat qui m'a fait prendre la file.

– Pose ça », a-t-il ordonné. *Les femmes me regardaient avec espoir.* « *Laissez-la les prendre, il fait froid, laissez-nous nos couvertures* », *ont-elles crié. Les soldats les ont insultées et menacées de leur fusil.* « *Montez dans le camion ou on vous abat sur place, a dit l'un.*

– *Ça nous est bien égal.* »

Une par une, les femmes ont grimpé à l'arrière du camion, dont les côtés étaient hauts, faits de planches de bois légèrement espacées : peut-être avait-il servi auparavant au transport de cochons ou de balles de foin. Maintenant, il servait au transport de femmes. J'ai pris place au bout de la file, tenant toujours mes couvertures. Un soldat m'a donné un bon coup de crosse dans le dos. « *Lâche ces putains de couvertures* », *a-t-il hurlé. Je suis tombée à genoux. À ce moment précis, nous avons entendu deux violentes explosions et le ciel est devenu rouge à l'ouest. Les soldats ont admiré le spectacle.* « *C'est parti* », *a dit l'un d'eux.*

Je n'avais aucune envie de monter dans ce camion. Je me suis dit : Au point où j'en suis maintenant, ils peuvent me tuer. Je me suis mise à quatre pattes et j'ai roulé sous le véhicule. Une fois de l'autre côté, je me suis relevée tant bien que mal et j'ai commencé à courir. Il n'y avait pas de soldats par là et il s'est passé un moment avant qu'ils comprennent ce qui s'était passé. J'ai traversé la route à la course, suis arrivée à un champ bordé d'une haie de petits acacias. Je me suis dirigée vers ces arbustes. Malgré deux ou trois coups de feu, puis une salve rapide au bruit de marteau-piqueur, je n'ai pas arrêté de courir. Le sol était inégal, mais sec et dur. Naturellement, j'étais terrifiée et m'attendais à être tuée d'un instant à l'autre, mais après avoir été enfermée si longtemps, c'était merveilleux de courir dans l'air froid et pur. J'ai entendu l'une des femmes crier : « *Cours, Jelena.* » *J'ai atteint la haie, qui me mettait à l'abri des regards, et j'ai continué tout droit.*

J'entendais les hommes crier, le moteur gronder. Et puis les coups de feu ont cessé, les bruits se sont éloignés. Au bout du champ, il y avait une forêt où je voulais aller. J'avais l'impression qu'elle tendait ses branches vers moi, m'encourageait. Je me suis précipitée à travers les broussailles de la lisière, puis entre les troncs épais des arbres. Enfin, hors d'haleine, j'ai ralenti l'allure, me suis mise à marcher et j'ai regardé derrière moi. Alors, je me suis arrêtée. Personne ne me poursuivait. J'étais libre.

Mais pour combien de temps? Et pour aller où? Au comportement des soldats, il était clair que quelque chose avait modifié le cours de la guerre, qu'ils avaient reçu l'ordre de se déplacer ou y avaient été contraints. Peut-être la meilleure solution était-elle de rester où j'étais et de retourner à l'auberge le lendemain matin. Je n'ai pas tardé à avoir faim et soif, à trembler de froid. J'étais trop fatiguée pour avancer beaucoup. Je suis restée à l'orée de la forêt – où j'avais peur de m'enfoncer à cause des ours – et je gardais l'œil fixé sur le champ, qui ressemblait à une couverture pâle et moelleuse étalée au clair de lune. Je n'avais pas de destination, j'avançais, voilà tout. Je me suis dit que si je trouvais un ruisseau, je le suivrais et qu'il me mènerait à une ville, ou du moins à une ferme. Je marchais, j'écoutais, et je me remettais en marche. Enfin, n'en pouvant plus, je me suis assise près d'un arbre et me suis endormie. Quand je me suis réveillée, l'aube se levait juste, l'air était lourd et humide, et un brouillard blanc s'était formé, aussi épais que de la soupe aux pommes de terre. J'y voyais à peine à trente centimètres devant moi. Je claquais des dents et mon estomac criait famine. Je me suis levée, ai fait quelques pas d'un côté, puis de l'autre. Peine perdue, je ne voyais pas où j'allais. J'ai regardé mes pieds. Mes chaussures, légères, étaient mouillées. J'ai remarqué que contre mon pied gauche, l'herbe était rare, couchée. J'ai fait un pas à

273

gauche. *Maintenant, l'herbe couchée était devant. J'ai fait un autre pas de côté et me suis retrouvée dans de l'herbe rêche. Je me suis mise à quatre pattes pour regarder sous la nappe de brouillard. Il y avait un sentier qui menait vers de la blancheur. Où il va, me suis-je dit, je vais aussi. Alors, pas à pas, j'ai suivi ce sentier. Il a grimpé une côte, a tourné, s'est élargi. Le brouillard a commencé à se lever et ma visibilité s'est étendue à quelques pas en avant et en arrière. Le silence était irréel, mais providentiel : j'entendrais le moindre mouvement. La forêt s'est éclaircie, le sentier a débouché dans un champ de chaume. Des nuages s'étaient amassés et il s'est mis à pleuvoir. Je me suis arrêtée et j'ai bu dans le creux de mes mains l'eau tombée du ciel. Puis j'ai suivi le chemin, tête baissée, liée à lui comme un poisson à une ligne qui le sort peu à peu de la mer. Arbres, rochers, buissons et temps ont défilé, et j'ai fini par arriver sur une colline herbue donnant sur des vignes en terrasse à l'arrière d'une ferme. La cheminée fumait, la porte était ouverte. Personne en vue.*

Si seulement j'avais su où j'étais ou s'il y avait eu moyen de savoir qui habitait là, à quel camp ils appartenaient. Je ne savais plus dans quel pays j'étais. Mais j'ai compris aussi que peu importait le nom que je donnais à ce pays, car quel que soit son nom, c'était un pays en guerre. La guerre est un pays, c'est ce que j'avais appris, elle a toujours le même aspect. Les citoyens ont en commun une culture, celle de sauver leur peau. Les soldats une autre culture, celle de tout ravager sur leur passage. La monnaie de la guerre est celle du soupçon et son économie se fonde sur le désespoir. Je n'avais pas grandi dans ce pays-là, il ne m'était pas familier. Je suis restée debout sur la colline, sous la pluie, n'osant avancer. La fumée montant de la cheminée, la porte ouverte me fascinaient. Il devait faire chaud à l'intérieur. Il y aurait peut-être une bonne vieille qui me proposerait de la nourriture et des vêtements secs ; ou un homme armé d'un fusil, assis à une table, prêt à me tirer dessus. Les larmes me sont montées aux yeux. Je me suis rendu compte que je voulais vivre. Ce qui m'a semblé infiniment triste. J'ai commencé à traverser le champ, qui n'était pas très large, en faisant en sorte de ne pas être visible de la porte. Je suis arrivée sur le côté droit de la ferme. C'était une vieille maison de pierre, petite, aux murs épais, au toit de tuiles et aux fenêtres hautes à battants. Je ne voyais pas l'intérieur. J'ai contourné l'arrière, restant plaquée au mur. La pluie tombait à verse et l'eau ruisselait des coins du toit. C'était le seul bruit. Je me suis accroupie – allez savoir pourquoi – et me suis avancée furtivement jusqu'à l'embrasure de la porte ouverte. De là, j'apercevais une partie de la cuisine : un évier, un plan de travail avec des oignons dans un panier. Ils me faisaient saliver, ces oignons. Un craquement sec. J'ai sursauté en m'aplatissant contre le mur, mais ensuite, j'ai reconnu le bruit. C'était le bois qui crépitait dans le poêle. Je me suis écartée du mur et j'ai franchi le seuil.

Personne. Mais il y avait eu quelqu'un récemment encore, car le poêle dégageait des flots de chaleur, qui m'ont attirée comme des paroles de bienvenue. C'était une petite cuisine avec une table et trois chaises, une glacière d'un autre âge, quelques casseroles d'aluminium pendues à des crochets aux poutres, un buffet pour la vaisselle. Qui jonchait le sol, en miettes ; les chaises étaient retournées. Un rideau de dentelle avait été arraché à une fenêtre et piétiné. Des bouteilles cassées de rajika de cerise teignaient le sol en rouge sang. Je me suis dit : Ils sont venus ici et ont emmené les habitants. Je me suis approchée du poêle, et j'ai tordu ma jupe et mes cheveux. Le poêle était fermé et couvert. La caisse à bois contenait une bonne quantité de bûches fendues empilées. Je pouvais me sécher et rester au chaud toute la nuit. Et puis, il y avait les oignons. Et peut-être d'autres provisions. Sous l'évier, j'ai *découvert un panier de pommes de terres, et dans la glacière, avec un bonheur que j'aurais du mal à décrire, une cruche en verre à moitié pleine de lait frais. Je l'ai prise tout de suite et j'ai bu au bec, en bénissant les vaches du fond du cœur. Quel festin en perspective ! J'ai examiné la cuisine avec avidité et ce que je voyais de la pièce voisine, à laquelle on accédait par une baie. Je ne distinguais pas grand-chose dans la pénombre. Je me suis dit que les volets devaient être fermés. J'ai posé la cruche sur le plan de travail et me suis approchée, avec circonspection car soudain j'ai eu la sensation que je n'étais pas seule, qu'on m'observait. Je me suis retournée vers la porte, pour voir si je pourrais sortir avant qu'on m'attrape. J'ai crié : « Il y a quelqu'un ? »*

Silence. J'ai avancé d'un pas, le cou tendu, prête à prendre la fuite, les sens en alerte comme une chatte curieuse. Puis j'ai poussé un cri et fait un bond en arrière dans la cuisine. Il y avait un homme assis sur une chaise, face à moi, mais avachi, le menton sur le sternum. Sur le moment, j'ai eu l'impression qu'il était noir. J'ai crié : « Oh, mon Dieu ! » en me mettant les mains sur le visage. Pourquoi ? Pour m'assurer que j'étais toujours là ? Mon cerveau essayait de définir ce que mes yeux avaient à peine vu. Pour rester assis de cette manière sans tomber, il devait être ligoté à la chaise. Était-il vivant ? Avais-je perçu un mouvement ? J'hésitais, partagée entre l'envie de fuir, de prendre la porte et de courir dans la forêt, au risque de rencontrer des ours, et celle de savoir ; on veut toujours savoir, non ? Avec précaution, j'ai passé la tête dans l'embrasure de la porte et laissé à mes yeux le temps de s'habituer à l'obscurité. Il était attaché ; il ne bougeait pas, le noir, c'était du sang séché. Il y en avait partout, sur ses vêtements, et là où la peau était exposée. J'avoue qu'en m'approchant de lui, j'espérais qu'il était bien mort. Je pensais pouvoir dire s'il était mort en regardant ses yeux, mais cela s'est révélé impos-

sible parce que ses orbites étaient deux trous noirs entourés de chair sanguinolente. Ses joues et ses lèvres étaient tuméfiées et l'une de ses dents était tombée sur ses genoux. Quelques mouches circulaient sur son cou et autour de l'épouvantable trou qu'il avait dans le crâne. C'est ce trou et les mouches qui m'ont donné la certitude qu'il était mort. Elles ne tarderaient pas à grouiller. J'ai reculé lentement, une main appuyée sur mon estomac qui menaçait de rejeter le lait que je venais de boire dans la cuisine de cet homme. Quelques autres mouches venues d'on ne sait où ont fait leur apparition pour se poser sur son visage meurtri. J'ai dit : « C'est trop horrible. » J'ai regardé la pièce. Contre le mur, il y avait un lit en fer, fait bien proprement. Je suis allée ôter le couvre-pied matelassé, puis, m'approchant du corps, je l'en ai recouvert. Je n'ai pas eu le courage de le toucher. Ensuite, je suis retournée dans la cuisine pour réfléchir à ce que je devais faire.

J'ai décidé que la meilleure solution était de passer la nuit sur place. À l'évidence, la maison avait déjà été attaquée et il y avait peu de chance que les soldats reviennent. J'avais de quoi manger, boire et me chauffer. Je pouvais me sécher, manger et dormir par terre à côté du poêle. Au matin, sans doute seraient-ils partis plus loin. Rien de tout cela n'était cohérent ; j'étais simplement épuisée, terrifiée, et j'avais l'esprit trop confus pour poursuivre mon chemin. Plus tard, en repensant à la nuit passée dans cette maison avec un cadavre dans la pièce à côté, j'en ai frissonné ; d'autant qu'en sortant le lendemain matin, j'ai trouvé sa femme à plat ventre dans la cour sous sa corde à linge, les draps propres gouttant sur son crâne défoncé. Il ne pleuvait plus ; le soleil brillait, baignant de lumière le monde trempé. J'ai découvert une route devant la maison et l'ai suivie sur plusieurs kilomètres, passant devant d'autres chaumières et d'autres dépendances. Certaines avaient été brûlées et fumaient encore. Des bêtes mortes, vaches, chèvres et chevaux, jonchaient les cours des fermes. Il n'y avait âme qui vive. J'avais l'impression d'avoir quitté le monde des vivants et d'être la seule créature vivante dans un univers de cadavres. Je suis arrivée à un carrefour et là, j'ai vu ce que j'ai d'abord pris pour un mirage. Une tente blanche plantée sous un vieux chêne et, à côté, deux jeeps couvertes de toile. Un homme en uniforme vert et casque bleu est sorti de la tente et m'a fait un signe du bras. Quand je me suis approchée, il m'a hélée dans une langue que je n'ai pas reconnue. Plus tard, j'ai découvert que c'était du tchèque.

C'étaient donc les troupes des Nations-Unies.

Oui. Les soldats de la paix. Plus tard, les Serbes les ont tués aussi.

Et ils vous ont emmenée ?

Oui, finalement. Au début, ils m'ont conduite dans l'une de leurs zones sécurisées. J'y ai vécu un enfer différent.

Un autre dîner. Le troisième en un mois. Pourquoi Brendan est-il soudain sollicité ? Est-ce par pitié ou parce qu'il est plus commode de compléter une table avec quelqu'un qui vient seul ? Les veufs sont-ils plus appréciés ? Se pourrait-il que ses hôtes attentifs et prévenants le préfèrent sans sa femme ? Jusqu'à présent, on ne lui a pas infligé la voisine de table bien sous tous rapports – encore trop tôt pour cela – mais il sent que c'est au programme. Il est en bonne santé, assez bel homme et titulaire de son poste ; on ne l'autorisera pas à rester en deuil indéfiniment.

Ses collègues ne parlent pas beaucoup d'histoire. La conversation roule plutôt sur la fac, les récits de voyage et la politique. Ce soir, le sujet principal, c'est la guerre imminente, dont la déclaration ne va pas tarder. Personne à la table n'en est partisan, encore que Brendan ait des doutes au sujet de Mel Barker, qui ponctue les pauses dans le concert de tirades indignées avec le refrain : « Saddam Hussein est vraiment un sale type. »

« Personne n'en doute, Mel, s'exclame David Bodley, mais le monde est rempli de tyrans. Quand ça va vraiment très mal, leur peuple s'en débarrasse. Regarde Ceauçescu en Roumanie ; on l'a exécuté à la télévision. Moubarak est un sale type aussi, l'Afrique en est pleine, Kim Jong est un fou, et de plus, armé. Il y a une kyrielle de dingues au pouvoir, alors on se demande pourquoi celui-là en particulier ? Le fait que ce soit un sale type ne suffit pas. »

Les théories défilent comme des pur-sang à la parade, et chacune a ses partisans prêts à prendre des paris. C'est le pétrole, l'arrogance, l'arrogance associée à l'ignorance de la région, une vengeance personnelle, une tactique de diversion parce qu'on n'arrive pas à trouver Ben Laden, une magouille pour donner à Haliburton accès illimité aux finances des États-Unis, une tentative pour concentrer le pouvoir dans l'exécutif – les vrais chefs n'ont que faire de la concertation –, la nécessité d'avoir un ennemi, une croisade religieuse.

Brendan écoute sans grand intérêt, et convient partiellement du bien-fondé de ce qui est proposé. Et encore, on est loin du compte, pense-t-il en trempant sa cuillère sous la surface oléagineuse de la bouillabaisse, qui exhale un parfum d'une complexité très appétissante. Son hôtesse, Mary Bodley, a de grands talents de cuisinière, mais elle met des heures avant de faire passer ses invités à table. Chloé s'en agaçait, car elle y voyait une stratégie : « On ne sait pas vraiment si la cuisine est aussi bonne qu'elle le paraît, car lorsque Mary se décide à la servir, tout le monde crève de faim », déplorait-elle. Parfois, en guise de stratégie préventive, elle buvait un verre de lait avant d'aller dîner chez les Bodley. Il sourit à ce souvenir et goûte. Sublime. Au premier silence dans le catalogue des motivations réelles, il glisse à son hôtesse : « Un délice, Mary.

– Fabuleux », renchérit Mel, et un chœur de superlatifs s'élève autour de la table.

« Notre propriétaire en Provence m'a donné la recette, répond-elle modestement. C'est une grand-mère comme une autre, mais quel cordon-bleu ! »

La conversation s'oriente sur la Provence, où tout le monde s'accorde pour dire qu'il ferait bon y être en ce moment. Le bois crépite dans la cheminée, dehors tombe du grésil, une pluie d'aiguilles d'argent. Il paraît que mars est le pire mois de l'année.

Dans ce genre de contexte – un verre de bon vin italien dans la main, un assortiment de poissons exceptionnels dans le bol en porcelaine posé devant lui, et en fond sonore la conversation chaleureuse et passionnée de ses collègues hypercultivés qui coule autour de lui aussi généreusement que le vin –, Brendan sent parfois vaciller sa conviction d'appartenir à la catégorie des privilégiés et a l'impression de se trouver à mille lieues de ses pairs. Certains détails – la disposition des fleurs, boutons de roses et brins de lavande, sur la table – le gênent. Des roses en mars, comment est-ce possible ? Comme Chloé, Mary Bodley adore s'occuper de sa maison ; chez elle, tout est beau ou fonctionnel, de préférence les deux. Maintenant que Chloé n'est plus là, Brendan a du mal à rester à la hauteur. Il a remarqué hier une tache sombre sur la tapisserie en cretonne d'un fauteuil du salon. Comment est-elle venue là ? Le papier au mur de la salle de bains du premier se décolle. Qu'est-ce qu'il faut y faire ?

Les convives se sont mis à parler des enfants. « Comment va Toby ? demande Mary.

– Très bien, répond Brendan. Il est à Trieste. Sa femme et lui sont chez sa mère à elle. » Dit ainsi, cela paraît si simple, pourquoi préciser davantage.

« Trieste ! s'exclame Amy Treadwell. Quel endroit merveilleux ! Ça fait des années que je n'y suis pas retournée. Je me souviens de cette place extraordinaire donnant sur la mer. C'est la plus grande d'Europe. La mer Adriatique y est très violente. Et ce vent ! Là-bas, on l'appelle le *Bora*. On a vu une table en fer voler droit dans les vagues. Les habitants ne bronchent même plus.

– Oui, opine Brendan, le vent est redoutable. »

Ils s'engouffrent dans la brèche. L'Adriatique, puis la Vénétie. Venise sombrera-t-elle sous le poids des touristes japonais chargés d'appareils photo ? La visite au Lido vous donne le blues, non ? Ça fait tellement Thomas Mann, surtout hors saison.

Brendan avale une cuillerée de soupe. Il a perdu le fil de la conversation, mais peu importe, personne ne s'en avise. Une histoire drôle à propos d'un gondolier et d'une valise provoque une éruption de rires. Il s'y joint, bien qu'il n'ait pas compris la chute. Pourquoi rit-il ? Avec précaution, il pose sa cuillère dans le bol et tend la main pour prendre un verre. Il se sent bizarre, oppressé. Le vin ou l'eau, lequel aidera le plus ? Mary Bodley, qui l'observe, lui sourit. Il opte pour l'eau, avale la moitié du verre. Ce n'est pas la nausée et cela ne vient pas de son estomac. Tout va bien de ce côté-là. Il reprend sa cuillère.

Non, ce n'est pas la nausée. C'est pire. Il identifie la chose. Du dégoût. La tête lui en tourne. Il doit cligner des yeux pour chasser les larmes qui menacent. Ses collègues le dégoûtent. Leur conversation, si courtoise et pleine de suffisance, lui répugne. Ah, voyager en Europe ! Comme c'est charmant !

Pourtant, pourquoi les mépriser ? Il a souvent participé à ces évocations, où l'on se rappelle un repas, un panorama, ou une œuvre d'art exceptionnels ; ces concerts d'exclamations, ah, oui, la montée à Vallombrosa en pleine chaleur, c'est épuisant, on en a plein les mollets, mais alors, quand on arrive au monastère, l'ombre est si reposante, et l'air frais même en plein mois d'août, ça surprend. C'est un endroit magique. On doit s'y geler en hiver.

« Brendan ? Ça va ? » dit Mary.

Il s'étonne lui-même en secouant la tête. Non, ça ne va pas. « Je suis vraiment désolé, dit-il en repoussant sa chaise. Excusez-moi, mais je ne me sens pas très bien. »

Un geyser de compassion jaillit. Dans les effusions des convives, il décèle l'interrogation : « Il est malade ou il a du chagrin ? » Mary se lève. « Si tu allais t'allonger un moment dans la chambre d'amis ? Tu es tout pâle.

– Non, dit-il. Je crois qu'il vaut mieux que je rentre.

– Tu es sûr que tu es en état de conduire ? » demande-t-elle. Mais elle l'escorte jusqu'à la porte de la maison. « Ce n'est peut-être pas prudent si tu ne te sens pas bien. Tu sais que tu peux dormir ici. Il fait un temps épouvantable.

– Il pleut, c'est tout, dit Brendan. Il n'y a pas de verglas, et je ne vais pas bien loin.

– Tu ne veux pas que David te raccompagne ? »

Il imagine le trajet dans l'obscurité avec son chef de département, jovial mais dépourvu de tact. *Où en es-tu de ton livre ?* Oui, ce serait sa première question. Dans l'entrée, où la masse de manteaux mouillés dégage une odeur de suint humide, Brendan confie à son hôtesse : « Je n'ai rien de grave, mais je ne me sens pas bien en société, voilà. Il y a des jours où ça va et des jours pas.

– Je comprends, dit-elle. C'est encore trop tôt.

– Oui. C'est ça. »

Est-ce un mensonge ? Il n'en est pas sûr. Il repère son manteau et le décroche. Mary l'aide à l'enfiler : visiblement, ce qu'il vient d'avouer a calmé son inquiétude. « Excuse-moi auprès de tout le monde, s'il te plaît », demande-t-il, et elle murmure : « Bien sûr, Brendan, bien sûr. » Il imagine la compassion avec laquelle elle expliquera son comportement aux autres convives perplexes, qui ont dû passer un moment à s'interroger sur ce qui lui arrive. *Le pauvre. Il est très affecté. C'est touchant, au fond.*

Une fois assis dans la voiture il éprouve successivement soulagement, gêne et frustration, dans cet ordre. La dernière surgit quand il pense à la bouillabaisse, qu'il a à peine touchée. Quel gâchis. Maintenant, il est tard, il n'a pas dîné, il n'y a pas grand-chose chez lui et il n'est pas d'humeur à faire la cuisine. Il lève les yeux vers les lumières qui scintillent derrière les rideaux de dentelle de la maison, la pelouse en pente, où la neige a largement fondu, bien que l'allée soit bordée d'un long bourrelet sale, laissé par le chasse-neige. Il bruine ; l'air glacé lui éclaircit les idées. Il met le contact et s'éloigne lentement, comme s'il ne voulait pas se faire remarquer. Mon Dieu, se dit-il, je viens de partir de chez David Bodley en plein dîner. Mary va débarrasser sa place – *Oh, il n'a pas fini, quel dommage* – et la conversation passera à autre chose.

« Peu importe », dit-il. Il branche le lecteur de CD et remet le quintette de Brahms là où il l'avait interrompu. La Mélancolie est chassée par le Triomphe quand il débouche de la rue résidentielle tranquille sur la grand-route. Il se rappelle une réplique d'un vieux film. Bergman, sans doute ? Un homme, parlant de sa vie de couple, déclare : « Il faut qu'il y ait une fin à la souffrance. » Chloé adorait Bergman, mais lui le trouvait ennuyeux et sans humour.

Il ne veut pas rentrer dans sa maison vide l'estomac vide. Il tourne dans la rue derrière l'université, puis dans une autre, bordée de bars et de restaurants. Il ira au Briar, où il a ses habitudes mais où personne ne lui demandera comment il va. C'est un endroit connu où l'on mange bien, et où il pourra se faire servir au bar. Cette perspective lui remonte le moral. C'est vrai qu'il a très faim.

L'intérieur est bondé. Un groupe de clients est perché au bord de l'estrade près de la porte, boit et parle en attendant qu'une table se libère. La salle est petite, avec un sol de pierre qui amplifie le bruit, et un plafond haut d'où pendent de grands ventilateurs posés aux endroits stratégiques. La décoration est éclectique : posters de publicités pour de la bière, photos en couleurs des paysages de la région où l'on voit du bétail aux yeux lunaires, vieilles gravures en noir et blanc représentant des ancêtres sévères en redingotes et corselets lacés, dans des cadres recherchés d'ébène et d'or. Le thème, c'est l'absence de thème, a dit Chloé un jour. La serveuse – il la connaît, elle s'appelle Susan – flotte vers lui à travers la foule, en portant avec une adresse merveilleuse un plateau chargé de boissons. « C'est pour dîner ? » demande-t-elle en passant près de lui.

« Oui. Je vais m'installer au bar.

– Il y a une place tout au bout », répond-elle.

Le bar occupe toute la longueur de la pièce ; haut, large, face à un miroir et bordé d'une rangée de tabourets capitonnés de cuir. La barmaid, Libby, qui travaille sans relâche, repère Brendan lorsqu'il grimpe sur son siège, et lève les sourcils et le menton en signe d'accueil. Il étudie la liste de plats du jour sur l'ardoise ; ils ont du mérou ce soir, le plat préféré de Chloé. « Comme boisson ? » demande

Libby en agitant d'une main un shaker argenté tout en distribuant des olives dans trois verres de l'autre.

« Ça a l'air bon, ça, dit-il. Ce sera un martini.

– Sans rien », dit-elle, mais ce n'est pas une question. « Pas de citron.

– C'est ça.

– Avec de la Grey Goose ?

– C'est ça », répète-t-il. Il reporte son attention sur le tableau. Il ne veut pas de poisson. Il a envie de quelque chose de nourrissant. Sans hésiter, il choisit la bavette. Il promène son regard dans la salle. Susan plaisante avec ses clients, qui lui sourient tous largement en retour. À une table de coin, une grande Noire élégante tient sa fourchette en l'air tout en parlant avec animation à un homme aux cheveux blancs, fringant et deux fois plus vieux qu'elle. Il écoute avec attention, sourcils froncés. Brendan ne reconnaît personne, bien que l'homme à l'autre extrémité du bar, en train de vider une bière, lui semble vaguement familier. Département de psycho ? De littérature, peut-être. Libby apparaît avec son martini. « Vous dînez ? » demande-t-elle.

– Je prendrai la bavette », dit-il. Elle dispose devant lui assiette, couverts et serviette. « Ça vient tout de suite », dit-elle.

Le martini est bon et bien glacé. Brendan se sent déjà mieux. Il a eu raison de venir ici. Le couple à côté de lui est en pleine conversation ; son autre voisine boit quelque chose de rouge et fixe la télévision au-dessus du bar avec cette expression vide que Chloé appelait « l'air TV ». Il y a deux écrans, un à chaque extrémité du bar. Parfois, ils retransmettent des programmes sportifs, mais sans le son, Dieu merci. Il avale une autre gorgée de martini et lève les yeux vers l'écran.

C'est un film. Une ville, la nuit. Au premier plan, un grand immeuble des années cinquante, franchement laid et, derrière, une rangée de bâtiments flous dont l'un est en feu. Les flammes bondissent et s'élancent vers le ciel, envoyant des gerbes d'étincelles, comme des essaims de lucioles un soir d'été. Sous ses yeux, le ciel au-dessus d'un palmier à droite de l'écran vire au rouge profond, virulent, sur lequel les palmes se détachent comme des araignées. Un panache de fumée sort de quelque part au-dessous du champ de la caméra et flotte paresseusement vers le palmier. C'est joli. Brendan avale une autre gorgée de martini. Miami, peut-être ? Il finit par remarquer des mots illisibles défilant horizontalement au bas de l'écran, et s'avise que ce qu'il regarde, ce sont des actualités. Il se tourne vers sa voisine à la boisson rouge, qui fixe l'écran, bouche bée. « C'est quoi ? demande-t-il.

– Bagdad, répond-elle sans le regarder.

– Ah bon ! » Ainsi, ça a commencé.

La bande-son doit sans doute retransmettre sirènes et explosions, mais dans le restaurant, il entend des rires, des verres qui s'entrechoquent et d'aimables bavardages anodins. La plupart des gens ne regardent pas l'écran, mais Libby lève les yeux en lavant quelques verres, et un couple installé à la table près du bar regarde aussi en mastiquant d'un air pensif. On dirait ce club épouvantable de la série télévisée sur la mafia, se dit Brendan, où les hommes mettent au point des crimes pendant que des femmes nues font semblant de faire l'amour avec des poteaux. Une obscénité se déroule dans la salle, mais le volume est baissé et personne ne se donne la peine de la regarder.

Ils comptent là-dessus, ceux qui ont préparé cela, et ils ont raison. Le steak de Brendan arrive. « Ça fait combien de temps que ça a commencé ? » demande-t-il à Libby qui répond : « Quoi ? » Il tend le doigt vers la télévision.

« Le choc et la terreur ? dit-elle avec mépris. Environ une demi-heure. »

Elle a raison. *Le choc et la terreur* : le nom qu'ils ont imaginé pour cela, qui est le *moyen*, et doit être justifié par la *fin*. On ne fait pas d'omelette sans casser des œufs, et nous n'avions pas d'autre choix, ayant épuisé les ressources de la diplomatie et fixé ultimatum après ultimatum. *Sic semper tyrannis*, etc. À n'en pas douter, ils sont en train de se congratuler, de se verser un peu de whisky coûteux, hormis le président qui boit du coca light ; et ils doivent lever leurs verres à l'entreprise qu'ils ont eu un certain mal à mettre en route, compte tenu de ces imbéciles des Nations-Unies, de l'opinion mondiale en général et de celle des Français en particulier. Ils ont sans doute un grand écran avec le son, eux, et des téléphones qui sonnent à s'en décrocher tout seuls. C'est parti ! Bientôt, il faudra que le président aille se coucher – il a déjà largement dépassé son heure habituelle – et il dormira du sommeil paisible du juste.

Tandis que Bagdad se met à flamber, Brendan goûte à son steak. La viande est délicieuse et il a faim. Il l'attaque méthodiquement, coupe et mastique jusqu'à ce que le morceau ait disparu. La fumée emplit l'écran. Pour une raison inconnue, des éclairs de lumière verte le traversent. Les bâtiments sont éteints ; à l'évidence, ils ont fait sauter l'électricité en premier.

Personne ne croit jamais que les agresseurs passeront à l'acte, alors que tout le monde sait qu'ils finissent toujours par le faire. Il se souvient avoir lu des articles sur la stupéfaction des Serbes quand Belgrade a été bombardée. Il n'y a pas si longtemps de cela. La guerre de Jelena, et de

Salomé aussi, malgré son très jeune âge. La guerre, qui les avait séparées.

Il faut prendre du recul par rapport à tout cela. C'est son métier après tout. Ce qui se passe sur cet écran, c'est de l'histoire en marche, pas seulement de l'histoire récente, mais, dans l'hypothèse où la planète survivrait, de l'histoire ancienne. Notre destin nous pousse à nous précipiter dans le passé comme si c'était le futur. Mais nous sommes dans le wagon de l'histoire, avec toutes les civilisations curieuses et éteintes qui ont échoué pour des raisons aujourd'hui évidentes. Comme les Étrusques, nous serons exhumés et deviendrons l'objet de fouilles. Peut-être les gens trouveront-ils amusant d'essayer de vivre comme nous, au niveau quotidien, sans profiter des avantages du voyage dans le temps ou dans l'espace, par exemple, ou encore des greffons obtenus dans des fabriques de clones. Ils liront peut-être des descriptions de l'événement actuel, le bombardement de l'antique cité de Bagdad – non, ils ne les liront pas, mais en feront l'expérience dans des sortes de cabines d'histoire en surround sensoriel –, et ils en retireront une idée précise de ce qu'il signifiait quand il est survenu, où il se situait sur la courbe de l'histoire de ce curieux pays, jadis puissant, aujourd'hui oublié.

Mais dans ce monde futur, certaines choses n'auront guère changé, Brendan en est convaincu. La technologie avance, mais pas grand-chose d'autre. Les querelles de territoire ne s'arrêteront jamais, qu'elles portent sur de l'immobilier dans ce monde ou sur le paysage imaginaire du monde futur. On a beau être sûr que les négociations échoueront, que la trahison et la parole non tenue engendreront de nouvelles hostilités, il n'en reste pas moins que le recours aux alliances, politiques ou culturelles, persistera, bien qu'il relève de la stupidité la plus crasse. L'accession au pouvoir de familles riches et belliqueuses est inévitable, et rien, ni la révolte des classes, ni l'anarchie, ni l'idéal démocratique, ne pourra l'empêcher. Voilà un exemple typique, pense Brendan en levant son verre à la ville en train d'exploser sous ses yeux.

« Vous n'êtes pas en train de porter un toast à un crime pareil », claironne une voix.

Il repose son verre, perplexe. C'est la femme à la boisson rouge. Elle le regarde, sourcils froncés, avec une mimique très exagérée, qui n'empêche cependant pas Brendan de remarquer qu'elle est jolie. Plus toute jeune, mais bien conservée ; pas le genre de femme à boire seule tous les soirs dans un bar.

« Non, pas du tout, dit-il. J'y suis absolument hostile.

– J'espère bien », rétorque-t-elle froidement, posant à nouveau les yeux sur l'écran.

Porter un toast ? se dit Brendan. Elle est folle ? S'ima-gine-t-elle sérieusement qu'hormis ceux qui ont planifié cette guerre et ceux qui en profitent, alignés dans les anti-chambres du pouvoir, une personne saine d'esprit pourrait porter un toast aux événements qui se déroulent sur l'écran de télévision ? Il fixe cette femme agressive. Elle pense comme lui, mais c'est une garce quand même. Puis il croise le regard de Libby et, de l'index, esquisse en l'air le signe de l'addition. L'émission sur la guerre n'est pas près de se terminer et il veut rentrer pour envoyer un message à Toby.

Dehors, il bruine et il fait noir comme dans un four. Il ne se rend compte de la densité des ténèbres que lorsqu'il quitte le campus et débouche sur le boulevard périphéri-que. Il a un moment d'inquiétude – et si la chaussée était glissante ? Et s'il avait trop bu ? – mais elle s'estompe lorsqu'il allume ses phares et se cale derrière le volant. Pas une seule voiture en vue. Il a la tête claire ; un bref essai des freins lui montre qu'il peut s'arrêter sans déraper. Il accélère prudemment et branche la radio pour se sentir moins seul. Il s'imagine que les ondes seront chargées des nouvelles de la guerre, mais non. C'est le jazz habituel du programme nocturne, un vieil enregistrement de Billie Holliday, une chanson qu'il n'a pas entendue depuis des années. *Hush now, don't explain*[1], roucoule-t-elle. Brendan l'accompagne, tout en scrutant la route devant lui. *I'm glad you are back. Don't explain*[2]. Elle lui tient compagnie pendant tout le trajet, jusqu'au panneau signalant la sortie à prendre. Puis le détestable présentateur revient à l'antenne pour pontifier sur les grandes voix du passé. Brendan change de chaîne en passant dans la file de droite. La voix du président, pleine d'onction et de gravité feinte, envahit la voiture et lui met les nerfs en pelote. *Maintenant que le conflit a éclaté*, l'informe cette voix, *la seule façon d'en limiter la durée...*

« C'est de te mettre devant un peloton d'exécution, oui ! » lance Brendan. L'espace d'un instant, il pose les yeux sur sa main pour réduire au silence le commandant en chef en appuyant prestement sur le bouton « arrêt ». Satisfait, il se concentre à nouveau sur la route.

Le chevreuil est debout sur la voie de droite, les yeux luisants comme des pièces d'or, si près que Brendan voit ses oreilles frémir sous la pluie.

Il écrase le frein si fort que sa hanche gauche se soulève du siège. Il sent l'effort des roues qui cherchent une prise sur la chaussée mouillée, et l'arrière de la voiture qui chasse

---

1. Chut, pas d'explications.
2. Je suis contente, tu es de retour. Pas d'explications.

lorsqu'elles se mettent à glisser. Il tient le volant sans le serrer, l'attention tellement en alerte qu'il en devient omniscient. Il appréhende beaucoup de choses à la fois : le chevreuil se déplace sur la gauche, pas de voitures derrière lui, donc peu importe si son dérapage le déporte sur l'autre voie, la meilleure solution n'est pas de faire une embardée, mais de laisser l'avant décrire un demi-tour en suivant la rotation naturelle du dérapage. Cela prend un certain temps ; il trouve chaque seconde aussi interminable qu'atroce, mais la voiture s'arrête enfin. Il est dans le mauvais sens, sur la file de gauche, et il voit des phares se ruer vers lui. D'où a surgi cette voiture ? Il appuie sur le klaxon, envoie des appels de phares, n'osant pas bouger. « Mon Dieu, murmure-t-il, ne me percute pas. » La voiture dévie vers l'autre file et le double à droite. Un homme hurle des insultes par la fenêtre du passager. Brendan ne l'entend pas car sa fenêtre est fermée, mais il voit un visage charnu grimaçant d'indignation. La voiture, une vraie forteresse, va très vite, et elle est si déséquilibrée qu'elle tangue dangereusement lorsque le conducteur furieux change à nouveau de file, envoyant une gerbe d'eau comme une charrue dans un champ de poussière. Puis elle disparaît, tout redevient calme et obscur. Brendan remet la voiture dans le bon sens, et regagne lentement la voie de droite, puis la bretelle de sortie. Lorsqu'il arrive sur la nationale, il oblique vers la bande d'arrêt d'urgence et stoppe. Il a les jambes aussi molles que celles d'un chaton et le cœur qui cogne contre ses côtes.

Si l'autre voiture l'avait suivi de plus près, il y aurait eu une collision, latérale, voire frontale, et il aurait pu se faire tuer. Toby, orphelin une seconde fois, serait revenu de Trieste pour d'autres obsèques. L'assurance-vie et la vente de la maison auraient permis audit orphelin de vivre à

291

l'aise un certain temps avec Salomé et leur bébé. Comme l'édition illustrée des *Hauts de Hurlevent*, la biographie de Frédéric Hohenstaufen n'aurait jamais vu le jour, ce qui n'aurait dérangé personne. Brendan secoue la tête pour couper le fil morose de ses méditations. Son cœur s'est calmé. Il redémarre et conduit avec une prudence exagérée pendant le reste du trajet.

La maison est dans l'obscurité. Mike, grognon et affamé, fait les cent pas sous la véranda. Brendan lui ouvre, remplit consciencieusement l'écuelle du chat et renouvelle son eau. Son cerveau lui repasse le film de la soirée, la déconfiture au dîner, la ville en flammes sur l'écran de télévision, la femme déplaisante buvant seule au bar, l'épisode où il a frôlé la mort par chevreuil dans l'obscurité pluvieuse. Quelle nuit ! Il se verse un verre de porto et traverse le hall sombre pour gagner son bureau où il allume la lampe et l'ordinateur. Il ouvre ses e-mails et calcule la différence d'heure : il est cinq heures du matin à Trieste. Toby ignore encore que, pendant son sommeil, son pays a commencé une nouvelle guerre.

Il y a un message de lui dans la boîte du courrier entrant, envoyé pendant l'après-midi. Le sujet est en capitales : VILKA PARLE ! Et il y a une pièce jointe. Brendan s'installe dans son fauteuil, réjoui en voyant que le message comporte plus d'une phrase et que la pièce jointe se compose de deux photos.

Toby commence sans préambule : *Et son premier mot, c'est « Gelato ». J'ai découvert que cette pauvre gamine a passé neuf ans en Italie sans en avoir goûté. Jelena n'aime pas ça et n'a pas de compartiment congélation. Piètre excuse à mon avis. Je lui ai apporté un petit pot de chocolat-pistache il y a une dizaine de jours. Si seulement tu avais vu son expression quand elle y a goûté. Ses yeux se sont illuminés et elle a presque souri. Alors j'ai commencé à lui donner un pot tous les soirs après dîner. On a goûté tous les parfums maintenant et elle est tellement accro que quand je sors, elle m'attend à la porte. Quand je m'en vais, je dis toujours : « Je vais te cher-cher ton gelato. » Ce soir quand je suis rentré, elle a levé les deux bras en l'air et a dit « gelato » très distinctement. On a failli s'évanouir. Elle s'est beaucoup améliorée par ailleurs. Il se passe des jours entiers sans qu'elle fasse de crise, et elle s'assoit à table sur une chaise. Il lui arrive parfois de se servir d'une cuillère. Maintenant, je veux l'emmener chez le glacier, pour qu'elle choisisse son parfum – si elle peut le nommer. C'est mon projet. J'espère que tu vas bien. Les filles envoient leurs amitiés à « notre père américain ». Photos en pièce jointe. Baisers. Toby.*

« Incroyable », dit Brendan, en cliquant sur la première icône de photo.

C'est un cliché touchant : Toby, Salomé et Vilka, assis par terre, en train de manger de la glace dans des petits pots en carton. Salomé est lourdement enceinte ; elle tient le pot en équilibre sur son ventre d'une main et de l'autre porte la cuillère à sa bouche. Elle regarde Toby par-dessus la tête de Vilka avec une expression d'assurance possessive, comme une mère regarde son enfant quand il est sage et futé. Toby a fini sa glace ; le pot est posé près de son genou. Il regarde pensivement Vilka, qui s'appuie contre son flanc et lèche les derniers restes de gelato. Ses cheveux lui cachent le visage, mais sa position traduit une satisfac-tion animale. Elle a les jambes étalées et tient le pot à deux mains. À l'arrière-plan, la table de la salle à manger, encombrée de vaisselle, de morceaux de pain, et de verres à moitié vides, s'orne d'une nappe neuve.

Brendan ouvre la photo suivante, conscient de souhai-ter y voir Jelena. Son désir est exaucé. Salomé et sa mère sont assises sur le canapé, et Vilka par terre devant elles. Toutes trois regardent l'objectif. À l'évidence, on leur a demandé de faire un sourire. Celui de Salomé est large et forcé, ses yeux ont un éclat menaçant ; elle tourne l'affaire en dérision. Jelena lève le menton, son regard, rêveur et distant, glisse vers le bas pour regarder l'objectif ; elle est là sans y être. Sa bouche se retrousse légèrement aux commissures. Elle a une expression que Brendan trouve particulièrement séduisante. Elle porte un pull bleu vif qu'il ne lui connaît pas. C'est une couleur qui lui va particulièrement bien.

Vilka fait un gros effort pour regarder l'objectif, mais elle n'y parvient pas car il lui fait peur. Ses sourcils sont contractés et son regard, comme tourné vers l'intérieur, est déconcertant. Elle entrouvre la bouche et remonte presque jusqu'aux oreilles ses épaules fluettes. Elle a de la glace au chocolat sur le menton et le nez, et une petite tache sur la pommette. On distingue nettement sa cicatrice à la joue. Cette vision, combinée à celle de la glace, fait frissonner Brendan. Il se souvient de la réponse de Jelena lorsqu'il l'a questionnée à propos de la cicatrice.

« C'est un croissant de lune. Pour indiquer qu'elle est musulmane.

— Alors ce n'était pas un accident ?

— Ce sont les Serbes qui lui ont fait ça. Ils ont tué ses parents et ses deux sœurs. Ils ont dessiné une lune au couteau sur les fesses de son père et les seins de sa mère. Ses sœurs ont été violées et étranglées, sans doute devant elle. Pourquoi ils ne l'ont pas tuée, on l'ignore. Elle était toute petite, trois ans peut-être, personne ne le sait au juste. Lorsqu'on l'a trouvée, cela faisait plusieurs jours qu'elle était enfermée avec sa famille morte. Elle était couverte de sang et d'excréments.

– Grand Dieu !

– Ce sont des choses qui arrivent toujours pendant les guerres, avait-elle dit calmement. La guerre agit comme un révélateur. On voit ceux qui prennent plaisir à faire souffrir, les tortionnaires qui se contentaient de maltraiter leurs animaux ou leur femme peuvent alors donner libre cours à leurs instincts en découvrant l'effet que ça leur fait d'arracher les yeux d'un vieillard ou de lacérer les seins d'une femme. Ils sortent de l'ombre. Comment en évaluer le nombre ? Et ils ont tous le même credo : l'ennemi doit souffrir pour ma juste cause. Ses cris de douleur prouvent que j'ai raison. »

Brendan en était resté muet, regardant Vilka, qui mâchonnait l'oreille de son nounours.

« Cette pauvre petite était l'ennemi de quelqu'un, avait conclu Jelena.

– Comment l'avez-vous trouvée ?

– Elle a échoué dans le même camp que moi. J'ai demandé qui elle était et l'administrateur du camp m'a raconté cette histoire. Personne ne voulait d'elle, alors quand j'ai obtenu mon passeport, je l'ai emmenée avec moi. Dans cet immeuble, il y a deux femmes qui s'occupent d'elle quand je travaille. L'une d'elles a perdu sa fille pendant la guerre, alors elle ne veut pas que je la paie.

– Est-ce que son état pourra s'améliorer ?

– Elle va déjà beaucoup mieux. Mais il faut que je vous dise, mon cher historien, que je la vois aller vers votre fils comme elle n'est jamais allée vers quelqu'un. Peut-être parce que c'est un innocent, comme elle.

– Toby a bon cœur.

– Oui, très bon cœur. Vous devez être fier de lui.

– Je le suis », avait répondu Brendan.

Il clique à nouveau sur la première photo pour mieux examiner Toby, ce garçon qui a été mis à rude épreuve ces temps derniers, bien qu'il ne semble pas en avoir conscience. Il a bonne mine, il a même un peu grossi. Il a les cheveux plus longs que d'habitude, peut-être à la demande de Salomé. Il concentre son attention sur Vilka et regarde par-dessus la tête de l'enfant ; sans doute voit-il sa langue lécher les derniers vestiges de gelato. Il semble avoir une certaine assurance. Il a gagné la confiance d'une créature blessée, et il a un plan pour la tirer de sa souffrance et de ses ténèbres. Qui commence par le gelato. « Je suis fier de toi », dit Brendan à l'écran.

Il clique sur le second cliché. La voilà. Le pull bleu s'orne d'une passementerie à l'encolure, quelque chose de brillant. On dirait une tenue de fête. La jupe est noire, les jambes croisées. Il ne voit pas ses chaussures car Vilka est devant ; Jelena a lâché ses cheveux, qui retombent sur son front et ses joues. On dirait qu'elle va parler et Brendan aimerait vivement entendre ce qu'elle a à dire.

En s'adossant à son fauteuil, il jette un coup d'œil à la nouvelle gravure encadrée au-dessus de son bureau. Il n'y est pas encore habitué, et il a beau savoir qu'elle est là, elle le surprend encore. Un homme est en train de creuser une tombe tandis qu'un autre, enroulé dans une cape, le regarde faire. C'est une nuit venteuse ; le genévrier, dont le modèle se trouve dans le champ derrière l'atelier, est courbé par la force des rafales. Le ciel glacé tourbillonne au-dessus. Un rebord de fenêtre encadre la scène, ce qui met l'observateur dans la position morale d'un voyeur. C'est en train de se produire, cette profanation de tombe en pleine nuit, là-bas. Brendan remarque un faucon pris dans la tourmente du ciel nocturne.

« Elles sont magnifiques, a dit l'éditrice quand elle est venue voir les planches. Quel dommage qu'elle n'ait pas terminé. » Il faudra confier le projet à quelqu'un d'autre, ce qui est des plus fâcheux pour la maison d'édition – du moins est-ce ce qu'elle a laissé entendre. C'est fâcheux qu'un artiste meure avant d'avoir terminé son travail. Il faudrait restituer le petit à-valoir. Mais rien ne pressait, avait-elle affirmé à Brendan.

Magnifiques, il en convient. Sinistre aussi que le dernier travail de Chloé ait pour thème central la tombe. Il a choisi cette gravure pour son bureau parce qu'il lui a paru évident que sa profession à lui, c'était d'exhumer les morts. Maintenant, il pense à autre chose, au nombre de tombes qui, d'après le journal dominical, doivent être déterrées à Tulsa en Oklahoma, allez savoir pourquoi, où les survivants âgés des massacres raciaux se rappellent encore avoir vu des corps empilés dans des chariots et rangés comme des « stères de bois » le long des rues de l'enclave noire nommée Greenwood. Or ces corps ont disparu.

Sur la gravure de Chloé, l'exhumation est extérieure à l'histoire. Le fait qu'au cours des derniers jours de sa vie, elle ait pensé à Heathcliff, cet intrus pour qui même la tombe n'était pas sacrée, paraît vraiment poignant à Brendan. Qu'elle a été soudaine, cette mort. Il se console avec un souvenir déjà usé à force d'être ressassé, à savoir que les derniers mots qu'il lui a dits au téléphone de Trieste, où il s'était rendu à sa demande, étaient : « Je t'aime. »

Il termine son porto et reporte son attention sur la photo aux couleurs vives qui emplit son écran d'ordinateur.

C'est la morte-saison. S'il va sur ce site qui vend des billets de dernière minute – et peu lui importe de quel aéroport il décolle –, il pourra sans doute trouver un vol dans la semaine. Toby pourra lui réserver la vilaine petite chambre dans l'hôtel miteux. Il faudra qu'il demande à Joan Chase de s'occuper de Mike, ce qu'elle fera volontiers, car elle est très désireuse de rendre service et cela lui donnera l'occasion de fouiner dans la maison. Il clique à nouveau sur le message de Toby, puis sur l'icône « répondre ». Le cadre du sujet du message apparaît. Dedans, il tape : « *Arrivée.* »

Le camp était un endroit sordide, bondé, boueux. On dormait dans des châlits alignés dans un hangar chauffé par un poêle à bois. On mangeait mal, mais il y avait de la viande, du fromage et du pain. Quant aux légumes, on avait l'impression qu'il n'en restait plus dans ce monde. Les autres réfugiés étaient des paysans des fermes et villages voisins, chassés de chez eux sans rien, sauf les vêtements qu'ils avaient sur le dos. Assis autour du poêle, ils se racontaient sans arrêt les mêmes histoires horribles. Dans cet endroit, le temps était suspendu.

J'ai rencontré une Italienne, Ana Banchi, une femme très gentille qui travaillait pour Caritas. Quand elle nous a apporté des manteaux, je lui ai parlé en italien et elle m'a demandé de l'accompagner pour lui servir d'interprète. Elle n'aimait pas flanquer une pile de vêtements usagés devant les gens, elle essayait de personnaliser la chose et de savoir ce dont ils avaient besoin. Nous sommes devenues amies et elle m'a aidée dans le camp. Plus tard aussi, quand je suis venue ici. C'est elle qui a découvert par la Croix-Rouge que Branko avait été dans un camp en Slovénie et qu'il en était parti directement avec ses enfants pour rejoindre sa famille en Amérique, comme il en avait toujours rêvé.

Alors, vous saviez qu'ils étaient en vie.

Bien sûr. Ana m'a donné l'adresse de Branko en Amérique. Dans le Sud, comment ça s'appelle ?

En Louisiane.

Oui, c'est ça. Ana croyait que je lui écrirais et que j'irais en Amérique. Je lui ai dit que mon mari et moi ne nous entendions plus avant la guerre. Je n'ai pas voulu entrer dans les détails. Je n'avais aucune intention d'essayer de les rejoindre ; j'ai été soulagée d'apprendre qu'ils étaient sains et saufs, ça me suffisait. Je me suis dit que je leur avais déjà fait assez de mal et qu'il valait mieux qu'ils me croient morte. Mais pour obtenir un passeport, j'avais besoin d'un document, la Domovnica, afin de prouver que j'étais croate. J'ai essayé d'appeler mon père, mais je n'ai pas pu le joindre. Plus tard, j'ai appris qu'il était parti en Hollande. Il y est mort il y a quelques années. J'étais sûre que Branko avait pris tous nos papiers avant de partir ; il en avait besoin pour aller en Slovénie et c'était un homme très organisé. Je n'ai pas pu me résoudre à lui écrire. J'ai demandé à Ana de le faire pour moi, juste pour dire que j'étais en vie et lui demander d'envoyer le document afin que je puisse obtenir un passeport et aller en Italie. Elle a trouvé ça bizarre, mais elle a accepté. Il a envoyé le papier aussitôt, mais sans aucun message. C'est comme ça que j'ai su qu'il ne voulait plus entendre parler de moi.

C'est cruel.

Pas vraiment. Il m'a laissé le choix. Pendant toutes ces années, il a su que je risquais de surgir à tout moment. Ça n'a pas dû être facile pour lui.

C'est pour ça qu'il ne s'est jamais remarié.

Oui. On est toujours mariés. Ça vous ennuie si je fume ?

Non, allez-y.

Quand je suis arrivée ici avec Vilka, je voulais oublier mon ancienne vie dans mon ancien pays. J'ai renoncé à mon passé.

Je ne voulais plus en entendre parler, ni de la guerre, ni d'eux, ni de nous. Je ne voulais plus entendre ma langue, même si je l'entends dans ma tête et dans mes rêves. Quand je l'entends dans la rue ici, mon cœur accélère comme un cheval qui retourne à l'écurie — c'est mon fourrage familier. On dirait une drogue, j'en meurs d'envie, mais ça me tue. Je suis pire qu'une exilée, car le pays d'où je viens n'existe plus. La Yougoslavie. C'était une réalité pour moi, j'y ai grandi, mais on l'a rayée de la carte.

Le soir où Salomé a frappé à la porte, j'ai eu l'impression qu'une ancienne cicatrice était déchirée et se rouvrait. La douleur m'a rendue muette. Elle m'a lancé un regard... que je ne peux pas décrire, et elle a dit : « Maman, c'est moi », d'une petite voix. Je l'ai prise dans mes bras pendant qu'elle sanglotait, mais je n'ai pas versé une larme. J'étais en état de choc, je crois. Tout le mal que je lui avais fait quand j'étais en vie alors qu'elle me croyait morte ruisselait de ses yeux dans ces larmes. Elle m'a tout pardonné en un instant. Mais pour moi, ce n'était pas si facile. Pendant que je la tenais serrée, tout m'est revenu, la guerre, et avant, quand nous étions heureux, quand elle est née, ma belle-mère, Milan, et mon petit garçon que j'aimais tant et qui était mort à cause de moi. Je pourrais pleurer pendant mille ans sans me pardonner, alors, à quoi bon ? Je n'ai plus de larmes.

Avez-vous raconté à Salomé ce qui vous est arrivé pendant la guerre ?

Non. Comment aurais-je pu ? J'ai inventé une histoire sur la nuit où Josip a été tué. J'ai dit que les soldats m'avaient mise en prison et que, quand j'étais sortie, ils m'avaient dit qu'ils avaient tué le reste de la famille. J'ai dit que j'étais restée longtemps dans un camp de réfugiés. Que je ne pouvais pas parler du passé, ce qui est vrai : je ne supporte pas d'y penser, mais depuis que Salomé est là, j'ai l'impression qu'il a ressurgi et que je suis plongée dans ses remous. Je l'aime beaucoup, mais elle veut que je sois celle que j'étais avant, celle avec laquelle elle se sentait en sécurité. Je la déçois, et elle est jalouse de Vilka. Je ne crois pas que ça lui fasse du bien d'être ici, surtout avec l'arrivée du bébé. Je pense qu'elle devrait retourner en Amérique avec Toby.

Elle ne vous manquera pas ?

Ma vie entière me manque. Mais ce n'est plus ma vie. Je vis ici maintenant.

Toby préfère le grand marché couvert aux petites boutiques de leur rue, mais c'est loin, et il doit traverser deux rues dangereusement passantes pour y parvenir. Et de surcroît, au retour, il doit monter une côte. Lorsqu'il arrive enfin à l'appartement, chargé de sacs de produits frais, d'œufs et de viande, il y a quatre étages pour l'achever. Il est vaillant et ne s'arrête pas avant d'être devant la porte, où il pose enfin ses généreux achats et cherche la clé dans sa poche. Mais il n'a pas le temps de la sortir. À sa grande surprise, la porte s'ouvre et voilà Salomé qui le regarde, dans l'expectative.

« Tu es rentrée tôt », dit-il.

Elle sort pour l'aider. « On n'a attendu qu'une heure.

– Prends celui-ci, dit Toby. L'autre est lourd. » Il la suit à l'intérieur, tire la porte derrière lui et pose les sacs sur la table de la cuisine. Cette pièce, la pièce principale, par opposition à celle du fond, est sans fenêtre, aussi le plafonnier est-il allumé. L'immeuble, comme beaucoup d'autres à Trieste, a connu des jours meilleurs, mais les hauts plafonds et les parquets n'ont pas changé. Il y a même des moulures en haut des murs. La cuisine, minuscule, est logée dans un coin, et la table est assez grande pour deux.

Ils ont pris cet appartement parce que les meubles n'étaient pas trop laids. Le matelas est même très convenable, et le vieux lit en fer, solide.

« Elle a l'air bien fatiguée, cette salade, commente Salomé en déballant les sacs.

– C'était la plus belle. Qu'a dit le médecin ?

– Rien. Il trouve que je suis en très bonne santé. Il ne me plaît pas. La clinique non plus.

– Tu veux en essayer une autre ? Il doit bien y avoir le choix.

– Je n'aime pas ces médecins italiens. Ils t'examinent dans une pièce sans infirmière, seuls avec toi. Je trouve ça glauque. Ensuite, quand on sort, il faut que maman me traduise ce qu'ils ont dit, et elle ne pose jamais de questions. Si je lui demande d'en traduire une pour moi, elle me regarde comme si j'étais un gros bébé.

– Je suis sûr qu'elle ne pense pas ça.

– C'est un monde à l'ancienne. Personne ne remet l'autorité en question. Tu fais ce que l'homme en uniforme te dit de faire.

– Ah oui, mais ma chérie, c'est l'ancien monde, en effet.

– Ces carottes sont dégoûtantes.

– Mets-les dans l'évier. »

Salomé prend la botte, la laisse tomber dans l'évier et ouvre le robinet. Elle les frotte pendant que Toby replie les sacs en la regardant. De dos, il voit à peine qu'elle est enceinte. Le seul signe, c'est sa façon de se tenir, les jambes un peu plus écartées que de coutume. Ceci, et aussi le fait qu'elle tend les bras pour passer par-dessus son ventre. Elle referme le robinet et se retourne en s'essuyant les mains.

« Je n'aime pas Trieste, dit-elle.

– On n'y est pas si mal, dit Toby.

– Et je n'aime pas cet appartement.

302

– C'est vrai qu'il n'est pas terrible.

– Rien ne marche. Le four n'a qu'une température, six cents degrés, on n'a jamais assez d'eau chaude et le réfrigérateur est beaucoup trop froid, ou alors, la glace fond et l'eau dégouline par terre.

– J'ai l'impression qu'il y a quelque chose qui te contrarie.

– Écoute, est-ce que *toi*, tu te plais ici ?

– Il y a des choses qui me plaisent. Mais si tu veux retourner aux États-Unis...

– Je me sentirais culpabilisée de quitter ma mère.

– Tu ne crois pas qu'elle comprendrait ?

– Peut-être que ça ne lui fera rien du tout. La venue du bébé n'a pas l'air de la passionner tant que ça.

– Ta mère n'est pas du genre à se passionner.

– Si, elle se passionne à ton sujet. Tout ce dont elle a parlé chez le médecin, c'était de toi et de Vilka.

– Vilka fait des progrès. Si tu l'avais vue ce matin ! Elle voulait aller se balancer avec les autres enfants.

– Oui, je suis au courant. Tu es génial.

– Ça t'ennuie que ta mère m'aime bien ?

– Seulement si elle t'aime plus que moi. D'ailleurs je me demande parfois si ce n'est pas le cas.

– Les mères et les filles se bagarrent toujours, non ?

– Comment peux-tu le savoir ? » Elle a fini de laver les carottes qu'elle étale sur l'égouttoir pour qu'elles sèchent. L'une d'elles roule par terre et elle jure en se penchant pour la rattraper, car son ventre la gêne.

« Tu es grincheuse, chérie, déclare Toby. Il s'est passé quelque chose dont tu ne m'as pas parlé chez le médecin ?

– Non. Il y a seulement que je ne me plais pas ici. Je ne veux pas accoucher à Trieste. Je m'en suis rendu compte aujourd'hui à la clinique. Je veux rentrer.

« – Alors, on rentre.

– Mais où irons-nous ? Comment vivrons-nous ?

– Comme ici. Nous trouverons un appartement et je chercherai du travail.

– Je me disais que ce serait une bonne idée d'habiter chez ton père.

– Avec lui ? Je ne pense pas que ça te plairait.

– Et pourquoi ? Ce n'est pas la place qui manque.

– C'est vrai. » La maison apparaît devant ses yeux, vaste, maintenant que sa mère n'est plus là. « Je n'y avais tout simplement pas pensé.

– J'aime bien cette maison. » Salomé tire une chaise de la table et y prend place. « Mes pauvres pieds me font mal, annonce-t-elle.

– Ça m'étonne qu'elle te plaise.

– Ah oui ? C'est le cas pourtant. Il faudrait être difficile. »

Toby garde le silence. Elle n'a pas tort : il faudrait être bien difficile pour ne pas aimer la maison de son père. Pour la bonne raison que c'est celle de sa mère : elle a passé vingt-cinq ans à la rendre confortable et plaisante. Il se souvient de son dos droit pendant qu'elle piquait à la machine, de ses doigts qui guidaient fermement sous l'aiguille cliquetante les mètres de tissu destinés aux rideaux du salon. Le tic-tic de la machine, le tissu, un imprimé où des oiseaux grimpaient dans des branches bleues, et qui ondoyait en se repliant sur le sol, le parquet de pin aux reflets satinés blond pâle sous la lumière de l'après-midi, toute la scène lui revient, claire et sereine. Quel âge avait-il quand elle avait fait ces rideaux ? Dix ans ? Onze ans ? Il mangeait un petit gâteau qu'il avait pris dans le bocal de la cuisine en passant. Sentant sa présence derrière elle, elle avait levé le pied de la pédale et, lorsque la machine avait ralenti avant de s'arrêter, elle s'était tournée vers lui pour dire : « Bonjour, mon chéri. Comment s'est passée ta journée à l'école ? »

Salomé lui fait remarquer que la vie à la campagne sera bien préférable pour le bébé. « Si on habite en ville, dit-elle, il sera comme ces bébés dans leur poussette, tout bleus à force de respirer de l'oxyde de carbone, parce qu'ils sont au niveau des pots d'échappement. »

Toby convient que l'air est meilleur, mais il est distrait et sa réponse ne satisfait pas Salomé. « À quoi penses-tu ? demande-t-elle.

– À ma mère », avoue-t-il.

Salomé fronce les sourcils. Elle n'avait pas prétendu être très attristée par la mort de sa mère ; elle connaissait à peine Chloé, et elles n'avaient pas vraiment sympathisé, mais comme lui, Salomé avait été choquée par cette disparition brutale, et elle avait été solidaire. Après tout, elle savait ce que c'était de perdre une mère. « Tu es triste ? » demande-t-elle. Elle s'extrait de sa chaise pour mettre les œufs dans le minuscule réfrigérateur.

« J'ai eu une enfance heureuse, dit-il. Je me sentais tellement protégé que je n'y pensais même pas. Maman était toujours disposée à me parler, même quand elle travaillait. Elle arrêtait tout pour discuter avec moi.

– Elle te manque ?

– Elle a dit des choses vraiment épouvantables le jour où nous lui avons annoncé qu'un bébé était en route. J'étais tellement furieux contre elle que je n'ai pas pu lui pardonner. Là-dessus, elle est morte.

– Qu'est-ce qu'elle a dit ?

– Peu importe. Je n'ai pas réussi à lui pardonner.

– Mais elle a dit des choses sur moi. »

La bande-son de cet après-midi-là se redéclenche dans sa mémoire : Que sais-tu d'elle ? A-t-elle seulement la nationalité américaine ? Et si elle cherchait une carte verte ? Peut-être veut-elle te piéger ? Et si elle s'intéressait plus à cette maison qu'à toi ? Comment sais-tu que le bébé est de toi ? On te prend pour un imbécile. Elle te gâchera ton avenir. Comment as-tu pu faire une chose pareille ? Comment as-tu pu être aussi bête ?

« Peu importe, répète-t-il.

— Elle a essayé de te monter contre moi. »

Toby regarde Salomé avec attention. Debout devant lui, elle a les poings sur les hanches, les jambes légèrement écartées, l'air buté et renfrogné. Son gros ventre tend les mailles de son vaste pull, ses cheveux frisés sont ébouriffés, ses yeux furieux. Elle ressemble trait pour trait au dessin que Chloé a fait d'elle : *la fille aux frelons*. Que disait-elle d'autre ? *Sauve qui peut*. « Elle ne savait rien de toi, voilà tout, dit Toby. Et elle m'aimait.

— Si elle t'avait aimé, elle t'aurait fait confiance.

— C'est vrai qu'elle ne m'a pas confié le budget de la famille quand j'avais quinze ans, dit-il avec humeur. Elle me gâtait, elle s'occupait beaucoup de moi. C'était un crime ? Pourquoi faut-il que ma mère soit la méchante dans la pièce ?

— Elle ne nous a pas donné notre chance.

— Tu ne lui en as donné aucune.

— Tu prends encore son parti contre moi ?

— Elle est morte, Salomé. Son parti aussi. C'était ma mère, elle m'aimait. Laisse-la reposer en paix. »

Mais Salomé ne l'entend pas de cette oreille. « Je suis convaincue qu'elle t'aimait quand tu étais petit, insiste-t-elle. Je ne le conteste pas. Mais elle ne voulait pas que tu deviennes adulte. Elle n'avait aucun respect pour toi, et moi, elle me détestait, alors que je ne lui avais jamais rien fait. Elle estimait qu'il fallait te défendre contre moi.

– Grands dieux, grimace Toby, arrête, veux-tu ? Je commence à trouver qu'elle n'avait pas tort. »

Salomé plisse les yeux : « Vraiment ? Eh bien bravo ! c'est juste ce que j'avais besoin d'entendre aujourd'hui.

– Et je te ferai remarquer que ta mère n'est pas exactement un modèle de toutes les vertus, lance-t-il froidement.

– Comment peux-tu me parler ainsi ? » Elle retourne vers la table et se laisse à nouveau tomber sur la chaise.

Toby la considère d'un œil sombre. Elle pose la joue sur une main et ôte ses chaussures de l'autre. On dirait une enfant lasse. Nous sommes trop jeunes pour ça, pense-t-il, sans être tout à fait sûr de ce que le *ça* désigne. « À quelle heure vas-tu retrouver ton père ? demande-t-elle.

– À six heures », répond Toby.

Pour changer, il fait un temps convenable. Le vent est tombé ; il ne reste que quelques stries de nuages dans le ciel d'un bleu saisissant. Le soleil baigne d'une lumière limpide et dorée les façades pâles des bâtiments. Brendan a laissé son manteau à l'hôtel ; il est en pull et a noué autour de son cou une écharpe serrée de façon à lui protéger le cou. Il s'est arrêté à la pâtisserie slovène pour acheter un gâteau aux amandes, le seul qu'aime Jelena. Sa journée est déjà tout organisée : déjeuner avec Jelena chez elle, promenade avec elle dans la vieille ville jusqu'à la maison de ses patrons anglais, puis il visitera tout seul les églises le long du Canal Grande, rendez-vous avec Toby au café de la Piazza Unità et enfin, dîner avec Jelena et Salomé au restaurant de poisson près de la place du marché.

Bien que sa journée soit planifiée, il a l'impression que toutes les possibilités s'ouvrent devant lui, ce qui lui donne le vertige. Il a son train-train. Tout lui semble familier à présent, hormis lui-même. Il mange bien, dort bien, boit peut-être un peu trop le soir, mais il se réveille l'esprit clair, impatient de commencer sa journée. Il prend sa douche dans sa misérable salle de bains et va droit au café. Le garçon le considère comme un habitué à présent ; dès que Brendan passe la porte, il lui désigne une table. Tout en écrivant assidûment dans son carnet – qui se remplit vite, il faudra qu'il en achète un nouveau aujourd'hui –, il boit un expresso et mange un cornetto. Son carnet est divisé en trois sections : ses impressions de Trieste, des notes pour un essai sur l'écriture de l'Histoire, et une reconstruction détaillée des histoires que Jelena lui a racontées sur sa vie. Il n'a aucune idée de ce qu'il fera de ces textes, et cela ne le préoccupe guère. Il se sent bien, assis là, devant un carnet où il écrit au stylo au lieu d'utiliser un ordinateur, et où il travaille chaque phrase l'une après l'autre.

Lorsqu'il arrive à l'immeuble où elle habite, il aperçoit son reflet dans la vitrine voisine, celui d'un homme mince, dont les cheveux clairsemés sont ébouriffés par la brise, et qui porte un carton de pâtissier à l'emballage chichiteux. Ce pourrait être n'importe qui, se dit-il en appuyant sur la sonnette familière. L'interphone crépite, la porte s'ouvre avec un « clic » et il entre. Au bout de la longue ascension, il trouve Jelena dans l'embrasure de la porte, qui le regarde d'un œil sceptique. « Vous voulez me faire grossir avec ce gâteau ? demande-t-elle.

– Vous n'êtes pas grosse, dit-il. Et vous l'aimez bien. Il n'y a pas de raison de vous en priver.

– Je constate qu'il n'y a pas moyen de discuter avec les Américains », réplique-t-elle en s'effaçant pour le laisser passer. Couchée par terre, Vilka est en train de colorier un album apporté par Toby. Elle couvre chaque page de traits féroces, orange et rouges. Lorsqu'elle lève les yeux vers Brendan, il remarque une sorte de curiosité dans ses yeux, une expression d'enfant presque normale. Jelena et lui s'embrassent sur les deux joues et il lui tend le gâteau. « Quelle belle journée, dit-il.

– Oui, une vraie journée de printemps, convient-elle. J'ai ouvert la fenêtre pour la première fois de l'année. »

La table est couverte de plats : du jambon froid, le fromage de brebis qu'il aime, des blettes et pommes de terres bouillies, des poivrons, des tomates, du pain, et le bocal de légumes au vinaigre qui paraissent inépuisables. « On s'assoit ? » propose Jelena. Vilka se lève et s'approche de la table.

« Elle est encore sortie ce matin ? demande-t-il.

– Oui. Toby a accompli un miracle. » Jelena apporte sur la table un bol de fromage blanc. « C'est pour toi, dit-elle à Vilka. Viens t'asseoir avec nous.

– Où êtes-vous allées ?

– Toby a trouvé un jardinet tenant lieu de parc juste au coin de la rue. Comme je ne vais jamais de ce côté-là, je n'en connaissais pas l'existence. Il y a une balançoire, et quelques enfants l'utiliseraient. Ça l'a fascinée, mais bien entendu, elle n'a pas voulu s'approcher trop. Elle est telle-ment petite pour son âge que les autres ont cru qu'elle avait le leur, et deux sont venus lui parler. Ça lui a fait peur, alors Toby l'a prise dans ses bras et elle s'est calmée. »

Vilka grimpe sur la chaise vide avec une expression réso-lue, comme si elle s'était décidée à prendre un énorme risque. « Voilà ton fromage blanc, annonce Jelena. Toby me dit qu'il faut que je lui parle davantage. » L'enfant prend sa cuillère et commence à manger, les yeux fixés sur son bol.

« Et elle doit sortir tous les jours. Il y tient beaucoup. Voulez-vous ouvrir la bouteille d'eau ?

– Salomé est venue avec Toby ?

– Non. Elle avait rendez-vous avec le médecin. Je l'ai retrouvée à la clinique. Elle était de mauvaise humeur parce qu'elle n'aime pas se lever tôt. Et le docteur ne lui plaît pas. Prenez du jambon. »

Brendan pique une tranche avec sa fourchette et la laisse tomber dans son assiette. « Qu'a dit le médecin ? demande-t-il.

– Qu'est-ce qu'il y a à dire ? Elle va bien. Elle est enceinte. Ce n'est pas une maladie.

– Toby se fait du souci pour elle.

– Oui, et c'est pour ça qu'elle n'a aucun souci à se faire. Elle a tout le monde à ses pieds. Toby l'adore.

– C'est vrai. Il m'a dit une fois qu'il voulait tout connaître d'elle.

– Je ne pense pas que ça soit si difficile.

– Il dit que c'est sa mission.

– Sa mission. » Elle sourit et prend une cigarette dans le paquet toujours à portée de sa main. « Et votre mission à vous, c'est quoi ?

– À moi ?

– Vous êtes américain, vous devez avoir une mission.

– Vous avez raison. Eh bien ça doit être de vous faire arrêter de fumer.

– Vous autres Américains ! C'est vous qui avez appris au monde entier à fumer. Humphrey Bogart et tous ces films. Maintenant, personne ne peut plus fumer. Eh bien je suis désolée de vous décevoir, mais elle est condamnée d'avance, votre mission. » Elle porte la cigarette à ses lèvres.

310

Brendan craque une allumette et approche d'elle la flamme vacillante. « Votre vie est comme cette flamme et ces cigarettes l'éteignent.

– Quelle métaphore tordue ! Comment voulez-vous qu'elle fonctionne ?

– Oui, ça sera difficile. Donc, vous n'arrêterez pas.

– Non, je ne pense pas. »

Vilka a terminé son fromage blanc. Elle laisse retomber la cuillère dans le bol et glisse au bas de sa chaise en se frottant les yeux des deux poings.

« L'heure de la sieste », dit Brendan. La petite fait des pas de côté jusqu'au canapé, se roule en boule sur les coussins et tire la couverture sur ses jambes.

« Vous en voulez un peu ? propose Jelena en lui passant le plat de blettes et de pommes de terre.

– Volontiers. J'aime bien la façon dont vous les préparez.

– C'est une recette de ma mère.

– Vous ne m'avez pas dit grand-chose d'elle.

– Oh, ma pauvre mère ! C'était l'esclave de mon père, vous savez. Voilà toute l'histoire. Vous n'en avez pas déjà assez entendu, de récits de ma misérable existence ? Vous êtes comme Toby, finalement, vous voulez tout savoir.

– J'ai tout noté.

– Oh, non ! Mais pour quoi faire ?

– Je ne veux rien oublier de ce que vous m'avez raconté. C'est une histoire extraordinaire, vous ne me direz pas le contraire.

– Elle est horrible, mais pas pire que beaucoup de récits que je pourrais vous faire sur d'autres personnes. Je ne sais pas pourquoi je vous ai raconté tout ça.

– Ah, parce que je vous l'ai demandé.

311

– Ça doit être ça. » Elle tire sur sa cigarette et, bien qu'elle soit juste commencée, l'écrase dans le cendrier. « Vous posez tant de questions. Je n'ai jamais rencontré un type comme vous.

– Je voudrais vous en poser encore une, mais je ne sais pas comment la formuler. »

Elle avale une grande gorgée d'eau. « Ça a l'air très sérieux. Alors ?

– Eh bien, voilà. Je me demandais si après tout ce qui vous est arrivé pendant la guerre, vous pouviez éprouver autre chose que de la répulsion pour…

– L'autre sexe, termine-t-elle. Et tout ce qui va avec.

– Oui. » Il coupe un morceau de pomme de terre, le met dans sa bouche et l'avale tout rond, incapable de croiser le regard de Jelena, bien qu'il sente qu'elle l'observe, amusée par son embarras.

« Eh bien, mon cher historien, dit-elle, je ne suis pas à l'abri des sentiments humains ordinaires. Du moins pas encore. »

Il pose soigneusement ses couverts sur son assiette, qu'il écarte. Avec l'impression de tendre le bras très loin, il pose sa main sur la sienne, de l'autre côté de la table. « Jelena, dit-il très sérieusement, vous voulez bien m'appeler simplement Brendan ? Vous voulez bien ? »

Elle pose les yeux sur leurs deux mains et un sourire étonnamment timide erre sur ses lèvres. « Oui, dit-elle, je veux bien.

– Alors, faites-le.

– Mon cher Brendan », dit-elle.

Pour commencer, un marine a entouré la tête de Saddam d'un drapeau américain, mais cela n'a pas du tout plu aux Irakiens, aussi lui ont-ils substitué un vieux drapeau irakien. Puis ils ont noué une corde autour du cou de Saddam, l'ont accrochée à un câble et attachée à un blindé. Quelqu'un a ôté le drapeau irakien, les marines ont mis le véhicule en marche et au bout de deux tentatives, la statue a commencé à basculer. Lorsqu'elle a heurté le sol, les Irakiens, dans leur jubilation, ont jeté leurs chaussures dessus et se sont mis à danser dans la poussière. « C'est un moment éminemment, très éminemment symbolique, hallucinant », a dit le correspondant de la BBC.

Brendan plie le journal, qu'il cale sous sa soucoupe. Les commentateurs britanniques sont devenus aussi pénibles que leurs confrères américains. Ils s'extasient comme des minettes. Enfin, c'est toujours bon d'apprendre que la statue d'un dictateur a été déboulonnée même si ce qui suit peut inquiéter. Les Romains, toujours économes, recyclaient leurs statues, changeant la plaque avec le nom quand un tyran était en disgrâce et qu'un autre prenait sa place. Saddam s'était érigé cette statue – qui, paraît-il, faisait quatre fois la taille humaine – à sa propre gloire, à l'occasion de son soixante-cinquième anniversaire. Une grande masse de métal, sans aucun doute creuse, mais néanmoins lourde ; vers quel dépotoir de l'histoire l'avait-on remorquée ?

Brendan finit son café et interroge ses réactions à cette nouvelle. Elles sont nettement mitigées. Il aimerait que la suite des événements lui donne tort, et ne doute pas que la majorité des gens du pays soient euphoriques en assistant à la chute de ce dictateur brutal. Si tout se passe bien, le monde avalera benoîtement la notion que la fin justifie les moyens et vaquera à ses affaires comme à l'ordinaire, les affaires étant le mot-clé. Sinon, si les événements donnent raison à Brendan, alors ce pays deviendra un autre enfer. Il ne peut donc en son âme et conscience souhaiter avoir raison. Laissons faire, pense-t-il. En l'occurrence, je préfère me tromper plutôt que de voir mes craintes se vérifier. Pourvu que je me trompe.

Autour de lui, la scène est paisible et charmante ; les larges pavés qui se terminent à la mer, les passants joyeux qui déambulent sur le quai, jouissant du soleil et du parfum de l'air marin. L'un d'eux se détache pour se diriger vers le café. C'est Toby qui vient au rendez-vous. Il n'a pas encore aperçu son père. Pendant quelques instants, Brendan prend plaisir à regarder son fils à son insu, car ce n'est pas souvent que ce père indulgent en a l'occasion. Toby marche à grandes enjambées décidées, mais Brendan est frappé par ses épaules un peu voûtées et par son air légèrement abattu au milieu des *Triestini* joyeux. Il a perdu sa mère, il va devenir père, il est très jeune. Son regard parcourt les tables, il reconnaît son père et lève la main, parodiant un salut. Brendan lève l'avant-bras et pianote en l'air. Quand son fils arrive, ils n'échangent pas d'autres civilités : après tout, ils se voient tous les jours. Toby tire une chaise et s'assied. « Alors, ces églises ? demande-t-il.

– Sombres, avec des voûtes imposantes.

– Je n'ai pas visité grand-chose. Je n'ai jamais le temps, en fait. Et l'hiver a été si mauvais.

– C'est vrai, dit Brendan. Mais on dirait que le printemps arrive enfin.

– Oui. Aujourd'hui, la journée a été belle. »

Le garçon apparaît, modèle d'indifférence étudiée, prend les commandes et s'éloigne aussitôt. « Nous, on ne vient jamais ici, dit Toby. C'est un coin pour les touristes et les prix sont à l'avenant.

– Je sais, mais on paie pour la vue et un jour comme aujourd'hui, ça vaut le coup. »

Toby regarde la vue recommandée et se détend maintenant que son avis a été dûment enregistré. « Tu as raison, dit-il.

– Comment va Salomé ?

– Très bien.

– Jelena m'a dit que tu avais emmené Vilka au parc ce matin.

– Elle a très bien réagi.

– Elle dit que tu as fait un miracle avec la petite.

– Ce n'était pas un miracle. J'ai simplement été attentif. »

Brendan note ce rejet bourru du compliment, qui ressemble plus à de l'acrimonie qu'à de la modestie. « Tu crois que Jelena l'a négligée ? »

Toby déplace sa chaise de manière à faire face à son père. « Franchement, papa, oui.

– De quelle façon ?

– Ce n'est pas une négligence criminelle, évidemment. Elle prend soin de sa santé physique. Mais tu as dû remarquer qu'elle ne lui parle presque jamais. Et il arrive que des semaines se passent sans qu'elle la sorte de l'appartement.

– Il a fait très froid.

– Certes. Il y a toujours de bonnes excuses pour ne pas faire d'efforts.

– En tout cas, grâce à toi, elle en fait maintenant. Tu lui as montré que Vilka est susceptible d'évoluer, et tu sais qu'elle t'en est très reconnaissante. Elle a une haute idée de toi.

– Tant mieux. Mais j'ai l'impression de lui apprendre à se comporter en mère et du coup, je me demande comment elle traitait Salomé quand elle était petite.

– Je croyais que tu l'aimais bien, Jelena ?

– Oui. Quand je suis arrivé, j'ai été sous le charme. Sa maturité, son indépendance m'ont fasciné. Elle se débrouille avec deux fois rien et ne se plaint jamais. Elle nous a accueillis et nous a aidés sans jamais essayer de nous imposer quoi que ce soit. Et je sais qu'elle a pris Vilka quand personne ne voulait d'elle, dans le camp. Elle lui a sauvé la vie. Mais... je ne sais pas, j'ai parfois l'impression qu'elle ne s'intéresse pas vraiment à nous. Salomé pense comme moi et ça la blesse beaucoup.

– Jelena pense que Salomé est jalouse de Vilka.

– Tiens ? Elle te l'a dit ?

– Oui.

– Ça lui fait de la peine ?

– Non. C'est tout à fait naturel.

– Je n'y avais pas pensé, mais elle n'a peut-être pas tort. Chaque fois que je parle de Vilka, Salomé change de sujet. »

Le garçon revient avec le café et le prosecco. Brendan et Toby échangent un sourire amusé lorsqu'il inverse les consommations. Il prend la tasse vide de Brendan et, dans un silence lourd, glisse le ticket de caisse sous le verre d'eau. Lorsqu'il se détourne, Toby passe le verre de vin à son père et prend la tasse de café en échange. « Il avait cinquante pour cent de chances », dit Brendan en levant son verre. Toby boit la mousse de son café, puis repose fermement sa tasse. « Salomé veut retourner aux États-Unis, annonce-t-il. Elle ne veut pas accoucher ici.

– Et toi, qu'en penses-tu ?

– J'estime que c'est à elle de prendre la décision. Moi, tout ce que je veux, c'est qu'elle soit heureuse.

– Oui, je commence à comprendre ton point de vue.

– Et toi, quand rentres-tu ?
– Je ne sais pas. Je ne suis pas pressé. Je me plais bien ici.
– Tu dois en avoir marre de cet hôtel.
– Je le remarque à peine. J'ai commencé à écrire un texte. Je ne sais pas encore ce que c'est, mais ça m'intéresse.
– Tant mieux. » Toby vide sa petite tasse et se retourne pour regarder passer, bras dessus bras dessous, un trio d'adolescentes écervelées, dont deux glapissent dans leur portable. « Tu sais, poursuit-il en reportant son attention sur son père, je crois que pour nous, le moment est venu de rentrer. Nous perdons notre temps ici. »

Brendan tire son portefeuille de sa poche et consulte la note. « Que vas-tu faire ?
– Sans doute chercher du travail. Je ne peux pas reprendre la fac avant la rentrée. »

Brendan fixe le billet avec deux lourdes pièces, finit son vin et écarte sa chaise de la table. « Si on en parlait ? »

Toby fait rapidement la somme de l'argent posé là et déclare : « C'est du vol caractérisé.
– On se paie d'audace et on va sur le *molo* ? propose Brendan. La journée s'y prête.
– D'accord.
– On va sur le môle, ça sera plus drôle, reprend Brendan, pour plaisanter. »

Toby fait la grimace : « C'est nul, dit-il.
– Je te l'accorde », répond son père. Lorsqu'ils quittent l'ombre du parasol, ils sont pris dans le flot lent de la *passegiata* sur le quai. Brendan lance à son fils un long regard lorsqu'ils débouchent sur le *molo audace*, la large jetée de pierre qui se termine dans la mer. Les lampadaires en fer filigrané d'où pendent des globes blancs offrent un contraste fantaisiste avec les champignons noirs et trapus des bittes d'amarrage. On dirait une salle de balle flottante.

317

Le nom du môle vient d'un bateau, mais Brendan pense qu'il évoque peut-être aussi l'audace de quiconque s'aventure dessus par grand vent. « Quand partez-vous ? demande-t-il à son fils.

– Pas avant la fin du mois. Le loyer est payé. »

La remarque les amène aux questions d'argent, ce qui les rend un instant muets. Courageusement, Brendan se lance : « J'ai l'intention de vendre la maison. »

Toby est stupéfait. « Quelle idée ! Tu as besoin d'argent ?

– Non. Mais la maison est trop grande pour moi tout seul, et Salomé et toi aurez besoin d'un coup de main. Si je la vends, elle rapportera une jolie somme. Vous pourriez vous acheter un petit appartement à Brooklyn, ou peut-être dans le Lower East Side.

– Et toi, où iras-tu habiter ?

– J'ai songé à louer quelque chose à côté de l'université. Je vais continuer à enseigner à mi-temps encore quelques années, et je ne travaillerai que pendant le premier trimestre.

– C'est possible ?

– Je prendrai un congé sans solde. L'administration n'y voit jamais d'objection.

– Et la moitié de ton salaire te suffira pour vivre ?

– Je pense. Je m'arrête d'ici quelques années, et j'aurai une bonne retraite. Quant à ta mère, elle a mis pas mal d'argent de côté sur son plan épargne retraite. Je ne m'attendais pas à cette somme. Elle a toujours bien su gérer les finances.

– Tu sais papa, je ne trouve pas que ce soit une bonne idée de vendre la maison.

– Je ne vois pas l'intérêt de la garder si je n'y passe que quatre mois de l'année.

– Que feras-tu le reste du temps ?

– Je serai ici. »

Toby digère l'information lentement et y réfléchit jusqu'à ce qu'ils atteignent le bout de la jetée. « Que feras-tu ici ? demande-t-il.

– Ma foi, puisque vous partez, je crois que je commencerai par reprendre votre appartement. Je ne serai pas fâché de quitter l'hôtel et ce sera beaucoup moins cher. Après ça, Jelena et moi pourrons prendre notre temps pour trouver quelque chose de plus grand pour nous deux. » Brendan rit sous cape en voyant la stupéfaction de son fils, qui reste bouche bée. C'est très gratifiant de scandaliser les jeunes.

« Ça alors ! s'exclame Toby, qui chancelle visiblement.

– Ne tombe pas à la mer.

– Tu vas épouser Jelena ?

– C'est un peu prématuré pour y songer. Et de toute façon, rien ne dit que Branko sera disposé à divorcer.

– Je n'en reviens pas.

– Ah bon ?

– Sans vouloir te faire de peine, ça ne fait pas si longtemps que maman a disparu.

– Il ne se passe pas dix minutes sans que je pense à elle », déclare Brendan. Il se tapote la tempe. « Elle est dans ma tête. Mais cette décision n'a rien à voir avec elle.

– Ça ne va pas plaire à Salomé.

– Elle préférerait que sa mère continue à mener une vie de chien jusqu'à la fin de ses jours ? Je le conçois.

– Ne te moque pas d'elle, papa. Il s'agit de choses sérieuses.

– Je suis très sérieux. Tu m'excuseras, mais l'opinion de Salomé n'est pas aussi importante pour moi que pour toi.

– Elle croit que ses parents se remettront peut-être ensemble.

– Elle a parlé à son père ?

319

– Pas encore. Mais elle a l'intention de l'appeler quand nous serons rentrés. Elle lui a pardonné de n'avoir pas essayé de retrouver sa mère. Elle pense que les torts sont partagés et qu'une fois qu'ils l'auront admis, ils se réconcilieront.

– Il y a une chose qu'il faut que je t'apprenne à ce propos.

– À quel propos ?

– Branko savait que Jelena était en vie. Elle l'a contacté avant de venir en Italie.

– Comment es-tu au courant ?

– Elle me l'a dit.

– Ce n'est pas possible ! s'exclame Toby. Là, je sature.

– Ça fait beaucoup de choses d'un coup, je le conçois.

– Je croyais que nous parlerions de notre retour aux États-Unis. Je voulais te demander si nous pouvions habiter la maison en attendant d'avoir le temps de nous retourner.

– Vous voulez habiter la maison ?

– Enfin, oui, jusqu'à ce que tu me dises que tu comptais la vendre.

– Je voulais la vendre pour vous. Mais si vous voulez tous les deux y habiter, elle est à vous. Je pensais que vous préféreriez vivre à New York.

– Salomé trouve que ce n'est pas idéal d'élever un bébé en ville. J'avais pensé trouver un travail jusqu'à l'automne et je peux m'arranger pour bloquer mes cours sur trois jours à l'université et faire les trajets en train. Si je prends des cours privés cet été, je pourrai obtenir mon diplôme en janvier.

– Excellente idée. Nous utiliserons l'argent de ta mère pour payer les frais de scolarité privée : c'est exactement l'usage qu'elle aurait souhaité. Pendant le premier trimestre, quand je serai là-bas, j'habiterai dans son atelier. Ainsi, je n'aurai pas à me trouver un appartement, ni à vider la maison ce que, franchement, je redoutais.

– Tu n'es pas obligé d'habiter dans l'atelier, papa.

– Mais si, ça me conviendra très bien. Je préfère ne pas être dans la maison avec un bébé.

– C'est vrai. Je n'y pensais pas. Ça pleure beaucoup, non ?

– Au début seulement, répond Brendan.

– Alors, nous pouvons rentrer à la maison à la fin du mois et tu nous rejoindras à l'automne ?

– C'est entendu », convient Brendan. Un chalut qui traîne négligemment ses filets dans les vagues longe le môle avec lenteur dans la lumière faiblissante. Ils le regardent passer, complices à nouveau. « Ainsi, tu es amoureux de Jelena, dit Toby, testant cette idée.

– On aime être ensemble. Ça m'étonne que tu n'aies rien remarqué.

– Eh bien non. Je l'ai trouvée plus gaie ces temps derniers. Elle t'accompagnera en Amérique ?

– Je ne pense pas. Elle n'y serait pas heureuse.

– Ça me fait de la peine pour Branko. Quand Salomé va découvrir que depuis tout ce temps, il savait que Jelena était ici, elle va être dans tous ses états.

– Ne le lui dis pas.

– Je ne peux pas garder ça pour moi.

– Ça regarde ses parents ; c'est une affaire entre eux. Pourquoi t'en mêler ?

– Tu as sans doute raison. C'est difficile de savoir quoi faire. Tu crois qu'ils le lui diront ?

– Je n'en ai aucune idée.

– Pauvre Salomé. Elle voulait vraiment tout remettre en ordre, tu sais, réunir sa famille. Elle voulait que tout redevienne comme avant la guerre. Elle pensait que sa mère l'aimerait tellement que tout ce qui est arrivé pendant la guerre pourrait être effacé.

– Il est arrivé beaucoup de choses.

– Tu es au courant ?

– Oui.

– Jelena a eu une liaison ? C'est ce que pense Salomé.

– Oui. »

Toby se couvre les yeux. « Ne m'en dis pas plus.

– Tu as raison. Il vaut mieux que tu ne saches rien. »

Le chalutier accélère, met le cap vers la pleine mer et le bruit de son moteur s'éloigne. Sous leurs yeux, son sillage s'évase en silence avant de venir claquer contre le mur de la jetée, et de s'étaler sur les dalles à leurs pieds. « C'est vraiment compliqué, le mariage, déclare Toby. Je pensais que c'était plus simple.

– C'est un vrai champ de mines, dit Brendan. Il faut avancer très prudemment en espérant ne pas sauter à chaque instant.

– Ta comparaison fait froid dans le dos, papa.

– Soit. Alors disons que c'est comme un voyage en bateau. Quand il fait beau, comme aujourd'hui, tu navigues avec bonheur, mais quand arrive une tempête, ce qui se produit sans prévenir, il faut toute ta force pour maintenir le bateau à flot.

– Ce n'est guère plus engageant », dit Toby, mais il examine l'eau comme s'il y avait une leçon à en tirer.

« Et puis il faut prendre garde à l'apparition de baleines et de requins », ajoute Brendan.

Ce qui fait rire Toby.

« Et à celle des icebergs. » Brendan consulte sa montre. « Il est temps de rejoindre le restaurant si on ne veut pas les faire attendre. »

Indésirable

Toby hoche la tête et jette un dernier regard à la mer agitée. « Et aux naufrages des autres aussi », conclut-il. Alors, les Américains père et fils cessent de contempler la mer et se retournent vers la vieille cité, où ils vont rejoindre l'étrangère et sa fille.

REMERCIEMENTS

Pour tenter de comprendre les événements qui ont provoqué l'effondrement de l'ex-Yougoslavie et la guerre brutale qui s'en est suivie, j'ai lu les romans et essais de Slavenka Drakulic et Dubravka Ugrešic qui m'ont fourni une aide précieuse, et je suis reconnaissante à ces deux auteurs de leur description claire et sans concessions d'un monde devenu fou. Le récit de voyage enlevé de Brian Hall, *Le Pays impossible*, m'a donné une idée de l'impression que produisait cet éclatement sur un étranger désireux à la fois de nouer des relations amicales et de ne pas se faire tuer du même coup.

Je dois des remerciements à tous ceux qui m'ont aidée et encouragée au cours de la préparation de ce roman, notamment à mon agent, Nikki Smith, et à Nan Talese et Ian Smpson, responsables de la publication. Je remercie également Lorna Owen, pour sa relecture minutieuse et l'attention avec laquelle elle a revu tout ce qui touche à la Croatie.

J'ai une dette particulière envers Barry Moser, qui a eu la gentillesse de me faire visiter son atelier et sa classe, m'a raconté des histoires incroyables à dîner, et m'a donné en me quittant les épreuves corrigées de son livre sur la gravure sur bois, *Minces lignes blanches*, un ouvrage intéressant, instructif et, comme son auteur, tout à fait délicieux.

Pas un jour ne passe sans que je sois reconnaissante envers mon compagnon, John Cullen et ma fille, Adrienne Martin, leur conversation et l'inspiration qu'ils me donnent n'ont pas de prix.

DU MÊME AUTEUR

Aux Éditions Albin Michel

MAÎTRESSE, roman, 2004.

« LES GRANDES TRADUCTIONS »
(extrait du catalogue)

ALESSANDRO BARICCO
Châteaux de la colère, prix Médicis Étranger 1995
Soie
Océen mer
City
Homère, Iliade
traduits de l'italien par Françoise Brun

ERICO VERISSIMO
Le Temps et le Vent
Le Portrait de Rodrigo Cambará
traduits du portugais (Brésil) par André Rougon

JOÃO GUIMARÃES ROSA
Diadorim
traduit du portugais (Brésil) par Maryvonne Lapouge-Pettorelli
Sagarana
Mon oncle le jaguar
traduits du portugais (Brésil) par Jacques Thiériot

MOACYR SCLIAR
Sa Majesté des Indiens
La femme qui écrivit la Bible
traduits du portugais (Brésil) par Séverine Rosset

ANDREW MILLER
L'Homme sans douleur
Casanova amoureux
Oxygène
traduits de l'anglais par Hugues Leroy

EDWARD P. JONES
Le monde connu
Perdu dans la ville
traduits de l'anglais (États-Unis) par Nadine Gassie

AHLAM MOSTEGHANEMI
Mémoire de la chair
traduit de l'arabe par France Meyer
Le chaos des sens
traduit de l'arabe par Mohamed Mokeddem

JENS REHN
Rien en vue
traduit de l'allemand par Bernard Kreiss

GIUSEPPE CULICCHIA
Le Pays des merveilles
traduit de l'italien par Vincent Raynaud

ANTONIO SOLER
Les Héros de la frontière
Les Danseuses mortes
Le Spirite mélancolique
Le Chemin des Anglais
traduits de l'espagnol par Françoise Rosset

MORDECAI RICHLER
Le Monde de Barney
traduit de l'anglais (Canada) par Bernard Cohen

STEVEN MILLHAUSER
La Vie trop brève d'Edwin Mulhouse, écrivain américain, 1943-1954,
racontée par Jeffrey Cartwright,
prix Médicis Étranger 1975, prix Halpérine-Kaminsky 1976
traduit de l'anglais (États-Unis) par Didier Coste
Martin Dressler. Le roman d'un rêveur américain, prix Pulitzer 1997
Nuit enchantée
traduits de l'anglais (États-Unis) par Françoise Cartano
Le Roi dans l'arbre
traduit de l'anglais (États-Unis) par Marc Chénetier

MIA COUTO
Terre somnambule
Les Baleines de Quissico
La Véranda au frangipanier
Chronique des jours de cendre
traduits du portugais (Mozambique) par Maryvonne Lapouge-Pettorelli

GOFFREDO PARISE
L'Odeur du sang
traduit de l'anglais par Philippe Di Meo

MOSES ISEGAWA
Chroniques abyssiniennes
La Fosse aux serpents
traduits du néerlandais par Anita Concas

JUDITH HERMANN
Maison d'été, plus tard
Rien que des fantômes
traduits de l'allemand par Dominique Autrand

Composition Nord Compo
Impression : Imprimerie Floch, mars 2008
Éditions Albin Michel
22, rue Huyghens, 75014 Paris
www.albin-michel.fr
ISBN 978-2-226-18386-6
ISSN 0755-1762
N° d'édition : 25867 – N° d'impression : 70611
Dépôt légal : avril 2008
Imprimé en France.

NOTRE-DAME-DE-GRACE